HERMES

在古希腊神话中，赫耳墨斯是宙斯和迈亚的儿子，奥林波斯神们的信使，道路与边界之神，睡眠与梦想之神，亡灵的引导者，演说者、商人、小偷、旅者和牧人的保护神……

西方传统 经典与解释
Classici et Commentarii **HERMES**

古典学**丛编**
Library of Classical Studies

刘小枫◎主编

品达《皮托凯歌》通释

Pindar's Pythian Odes: Essays in Interpretation

[英]伯顿 R. W. B. Burton ｜ 著
管博为　朱赢　｜ 译
隋昕　娄林　｜ 校

华夏出版社

古典教育基金·蒲衣子资助项目

"古典学丛编"出版说明

近百年来，我国学界先后引进了西方现代文教的几乎所有各类学科——之所以说"几乎"，因为我们迄今尚未引进西方现代文教中的古典学。原因似乎不难理解：我们需要引进的是自己没有的东西——我国文教传统源远流长、一以贯之，并无"古典学问"与"现代学问"之分，其历史延续性和完整性，西方文教传统实难比拟。然而，清末废除科举制施行新学之后，我国文教传统被迫面临"古典学问"与"现代学问"的切割，从而有了现代意义上的"古今之争"。既然西方的现代性已然成了我们自己的现代性，如何对待已然变成"古典"的传统文教经典同样成了我们的问题。在这一历史背景下，我们实有必要深入认识在西方现代文教制度中已有近三百年历史的古典学这一与哲学、文学、史学并立的一级学科。

认识西方的古典学为的是应对我们自己所面临的现代文教问题：即能否化解、如何化解西方现代文明的挑战。西方的古典学乃现代文教制度的产物，带有难以抹去的现代学问品质。如果我们要建设自己的古典学，就不可唯西方的古典学传统是从，而是应该建设有中国特色的古典学：恢复古传文教经典在百年前尚且一以贯之地具有的现实教化作用。深入了解西方古典学的来龙去脉及其内在问题，有助于懂得前车之鉴：古典学为何自娱于"钻故纸堆"，与现代问题了不相干。认识西方古典学的成败得失，有助于我们体会到，成为一个真正的学人的必经之途，仍然是研习古传经典，中国的古典学理应是我们已然后现代化了的文教制度的基础——学习古传经典将带给我们的是通透的生活感觉、审慎的政治观念、高贵的伦理态度，永远有当下意义。

本丛编旨在引介西方古典学的基本文献：凡学科建设、古典学史发微乃至具体的古典研究成果，一概统而编之。

古典文明研究工作坊
西方典籍编译部乙组
2011年元月

目 录

中译本说明……………………………………………………… 1

序　言……………………………………………………………… 1
第一章　第十首皮托凯歌………………………………… 7
第二章　第六首皮托凯歌………………………………… 25
第三章　第十二首皮托凯歌……………………………… 38
第四章　第七首皮托凯歌………………………………… 46
第五章　第九首皮托凯歌………………………………… 50
第六章　第十一首皮托凯歌……………………………… 80
第七章　第三首皮托凯歌………………………………… 103
第八章　第一首皮托凯歌………………………………… 118
第九章　第二首皮托凯歌………………………………… 141
第十章　第四首及第五首皮托凯歌……………………… 171
第十一章　第四首皮托凯歌……………………………… 190
第十二章　第八首皮托凯歌……………………………… 219

中译本说明

1922年，维拉莫维茨（Ulrich Von Wilamowitz-Moellendorff）"在生命的最后时光"中出版了专著《品达》(*Pindaros*, Berlin: Weidmannsche Buchhandlung, 页11）。[①] 他视此为自己古典学生涯中最重要的作品之一，或许是某种生命与学术的总结。这位德国古典学大师从自己能够发现的文本流传材料和考古材料出发，推究品达的生平、各首凯歌的具体写作背景和内容，"科学地"考察品达和他的凯歌。但在最后的结论部分，维拉莫维茨坦言，品达的世界"对我们而言完全是陌生（ganz fremd）的；它的习俗和诗歌传统即便不会冒犯我们，至少也无法打动我们"（页463）。而且，品达的精神也不富足：

> 无论是探索广袤的大地，还是解开我们周围和我们内心的自然向我们提出的无数谜题，都不会让他感到兴奋。

如此看来，品达几乎是一个让人无动于衷甚至有些古怪僵硬的形象。维拉莫维茨何必为难自己去研究似乎并不值得研究的对

[①] 维拉莫维茨把这部著作献给Adolf Furtwängler，著名指挥家富特文格勒（Wilhelm Furtwängler）之父，一位优秀的考古学者，1907年在雅典考古时不幸感染痢疾去世。

象呢？可能是为了给出理由，他随后又写到，虽然品达的艺术对他来说是陌生的，但品达仍然是"一个完全的人"，是"缪斯的先知"：

> 一个人与品达相伴越久，他们之间的关系便越是牢固。我对此深有体会（erfahren）；我试图以他向我显现的某种方式接近他，试图使接近他的道路稍显容易，以便他人能够学会理解品达。这样，他们就会爱上品达，并且获得人生的一位真正伴侣（Lebensgefährten）。

维拉莫维茨的言辞颇为含混。一方面，他对品达无动于衷，另一方面，他又尝试接近品达——接近品达这个人，而非其诗歌；此外，他甚至虚拟了可能理解乃至爱上品达的读者或研究者。维拉莫维茨分言品达其人与其诗歌，似乎就具备了某种不为个人好恶所左右的客观性。他这么做的意图究竟是什么呢？回到该书前言，他认为自己从事的研究"伴随着正确的语文学之爱"（mit der rechten Philologenliebe），也就是以考古材料为根据，以瓦克纳格尔（Jacob Wackernagel）的科学的语言学研究为导向，以他"属于雅典人"的心，客观地研究这位雅典之敌（页11）。也许，维拉莫维茨是想以此验证自己科学的、客观的古典学实践。

最终，在维拉莫维茨眼中，品达终究是一个逆于时代之人，一个不懂得时代进步的人，一个深深眷念过去时代的衰颓者："时代的深处已经不同了。"（页446）新的时代属于普罗塔戈拉，属于欧里庇得斯，不再属于诗歌中常常含有格言（Apophthegmata）

的品达。^① 最后，他引用欧里庇得斯肃剧中的诗句格言作为论述品达的结尾：πιστόν τὸ θεῖον（《酒神的伴侣》，行883）。这是一次真挚的引用还是反讽，也只有维拉莫维茨本人方知了。

尼采没有维拉莫维茨的含混，他几乎完全无视所谓年代论和进步论，更不相信历史的命运，他以为品达能够传抄至今是一桩最偶然的事件（das zufälligste Ereigniß），是一种奇迹，因为世间更易流布不入流的作品（1872,19［202］）。尼采的标准既非所谓客观性，亦非时代性，而在于品质。至于维拉莫维茨念念在兹的进步时代，尼采在《人性的、太人性的》（卷一，261节）给出了一个几乎相反的断语：

> 可以说，希腊伟人好像十有八九都来得太晚了，埃斯库罗斯、品达、德摩斯梯尼、修昔底德无不如此；他们后面还有一代人，然后就完全结束了。这就是希腊历史上暴风骤雨一般让人毛骨悚然的现象。^②

以品达为代表的希腊文明突然勃兴，却在一代人之后湮没于荒烟。与这个看似悲观的说法相应的分析也出现在尼采早年的笔记中：

---

① 参普鲁塔克，《伦语》（Ἠθικά, Moralia）关于德尔斐格言的篇章：27卷（Περὶ τοῦ εἶ τοῦ ἐν Δελφοῖς – De E apud Delphos）；28卷（Περὶ τοῦ μὴ χρᾶν ἔμμετρα νῦν τὴν Πυθίαν – De Pythiae oraculis）；29卷（Περὶ τῶν ἐκλελοιπότων χρηστηρίων – De defectu oraculorum）。

② 中译参尼采《人性的、太人性的》，魏育青等译，上海：华东师范大学出版社，2008年。

> 随着雅典（在思想领域）的统治，许多力量都被碾压了……在很长一段时间里哲学都是无源之水。品达不可能作为雅典人而出现……恩培多克勒和赫拉克利特也不可能。所有伟大的音乐家几乎都来自外邦。雅典肃剧不是人们所能想到的最高形式。它的英雄太缺乏品达式的风格。（1875,6 [20]）[①]

尼采将雅典肃剧和其后的制度与文化气氛归结于一种偶然的命运：由于波斯战争的胜利，雅典证成了自己的政治制度，成为泛希腊世界的领袖。这改变了他们自己，也改变了希腊人的命运。所谓"品达不可能作为雅典人而出现"，不过是说品达作为传统政制及其精神的捍卫者，与雅典在本性上不合。这种不合，尼采称之为"深沉的忧郁"：

> 品达深沉的忧郁：只有当一束阳光洒向头顶，人类的生命才有光彩。（1875,6 [20]）

这束阳光可能指品达所信赖的传统世界的精神之光，也可能指品达仍然信任的属于神的光芒。品达大约不会接受尼采所谓忧郁的说法，他对自己作为歌者的角色，对于自己与神圣、美好的秩序之间的关系有着强烈的自信："我的一生纵然短暂，也要述尽一切属于阿尔戈斯神界的美好事物。"（第十首涅嵋凯歌，行19-20）与尼采不同，品达甚至没有忧郁的时间。因为浸淫于这样神圣的美好之光，品达知道自己也分有其光芒：

[①] 另参尼采《肃剧的诞生》第十三节：苏格拉底如何否定了由荷马、品达和埃斯库罗斯等人造就的"希腊文化的本质"。

倘若我已着陆，带给他双重的祝福，

金色的健康，还有皮托竞技之冠的闪烁狂欢，

最勇敢的菲内尼克斯（Pherenikos）曾在基拉（Kirra）获得一次这样的胜利，

我说，我到来时，如同一道光线，令他的光芒更加闪耀，

甚于空中的一粒星辰，当我穿越深海的时候。（第三首皮托凯歌，行 72–76）

虽然人间的生活艰难如穿越深海，但竞技胜利者和品达的诗歌一样，是穿越海与黑暗的光线，前者转瞬即逝，唯有仰赖后者的歌声，才能"更加闪耀"。按照拜占庭的阿里斯托芬（Aristophones，大约从公元前194年开始，担任亚历山大里亚图书馆馆长）的分类，品达共有17卷闪耀的诗歌行世，其中四卷凯歌得到大体完整的保留。这四卷凯歌颂扬那些在泛希腊竞技会——奥林匹亚、皮托、伊斯特米和涅嵋四种——上获胜的人，以当时的贵族及其子弟为主。奥林匹亚竞技会最负盛名，顾拜旦恢复的现代奥运会更让奥林匹亚竞技会广为人知；但皮托竞技会（Πύϑια）对希腊人来说，可能意义更加特殊，因为竞技举办地点在希腊人所谓的大地中心（或大地的肚脐，ὀμφαλός）德尔斐，而以阿波罗为神主的德尔斐神谕和预言更是希腊人建城、宗教、政治等各个层面最重要的准则，对于希腊世界的文化统一性意义攸关，而最著名的德尔斐预言莫过于苏格拉底是希腊最智慧之人的谕示（《苏格拉底的申辩》，20e5-21a）。

早在荷马史诗中，就已经出现皮托之名，《伊利亚特》中强调其"多石的"地貌（9.404），《奥德赛》中强调其神圣（8.80，另参《神谱》，行499，"神圣的皮托"），但这两处都称此处为阿波

罗的圣地,阿波罗曾在此宣示神谕。至于皮托如何成为阿波罗的圣地,又如何得名,荷马与赫西俄德皆无表述。所幸,《献给阿波罗的荷马颂诗》中有着详细的描述。诗中也提到"多石的皮托"(行183):

> 附近有一道涓涓泉水,蛇妖在那里
> 被宙斯之子用强大的弓箭射杀,
> 肥硕巨大的野蛮的怪兽,
> 给大地上的人类带来许多不幸($\kappa\alpha\kappa\grave{\alpha}\ \pi o\lambda\lambda\grave{\alpha}$);(行300-303)
> ……
> 直到远射神主阿波罗射出劲箭,
> 那蛇妖受极度的痛楚折磨,
> 倒在地上打滚,连喘粗气,
> 发出难以言说的神奇声响,
> 在林间来回扭动,最终吐血
> 断了气。福波斯·阿波罗这样夸说:
> "腐烂吧($\pi\acute{v}\vartheta\varepsilon v$),在养育人类的大地上,
> 你不再是活着的凡人的可怕不幸,
> 他们吃着丰产大地的收成,
> 前来供奉无垢的百牲祭,
> 提丰不会从悲惨的死亡中拯救你,
> 有不祥名字的喀迈拉也不会,
> 黝黑的大地和明光的许佩里翁只会让你腐烂。"
> 他这样夸说,黑暗罩住蛇妖的眼睛。
> 赫利俄斯的神圣威力让它在原地腐烂,
> 那地方从此命名为皮托($\Pi v\vartheta\acute{\omega}$),

> 神主也有个封号叫皮提奥斯（*Πύϑιον*），
> 因赫利俄斯的锐利威力让蛇妖腐烂。（行357-374）①

此地之所以被命名为皮托，是因为阿波罗曾在此射杀给人类带来不幸的蛇妖，而皮托之名本身就来自"腐烂"（*πύϑευ*）一词，以蛇妖的腐烂命名彰显了阿波罗的功绩。抚养它们的提丰则生自赫拉的妒忌："她生下一子，既不像神也不像凡人，可怕麻烦的提丰，凡人的灾祸。"（行351-352）蛇妖和提丰显然是对宙斯法义秩序的颠覆：

> 阿波罗生逢奥林波斯秩序尚未稳定的时刻，阿波罗的诞生恰恰促成了这种稳定，或张力均衡。赫拉与天神、提坦神结盟，老神王的杀伤力依然强悍，蛇妖和提丰等怪兽依然在世上横行。颂诗中的阿波罗中止了宙斯王政被更新换代的传闻，奥林波斯政治神话从此换了曲调，转为宙斯王政不断接受挑衅并不断巩固的主题变奏。②

阿波罗的政治功绩就在于维持宙斯的神圣秩序。有意思的是，在普鲁塔克《伦语·论德尔斐的 E》（*Περὶ τοῦ E τοῦ ἐν Δελφοῖς*）中，他给出此地命名的另一个理由：阿波罗神是一位哲人（*ὁ ϑεὸς φιλόσοφος*），他是学习者和求知者的*Πύϑιος*，英译者常常译为 questionist，更恰当的或许是 inquirer［探究者］，来自动

---

① 以下《献给阿波罗的荷马颂诗》译文皆来自吴雅凌译笔，未刊稿。
② 吴雅凌，《神谕、弓与琴：〈献给阿波罗的荷马颂诗〉的谋篇》，未刊稿。

词 πυθέσθαι［探究］。普鲁塔克常年担任德尔斐神庙的祭司，似乎没有人比他更有智慧来解释这个词的含义。他随即又给予"明晰者""展示者"和"知者"之名，用以进一步展示"哲人"阿波罗的形象（385b）。这种哲人当然是这位柏拉图式哲人和祭司的追溯与构造，与我们此处的讨论非常相关之处在于：

> 看起来，有关生活的困惑（περὶ τὸν βίον ἀπορίας），我们所爱敬的阿波罗通过神谕向他求请神示的人，给予补救和解决方案之道。（384f）

困惑是苏格拉底最重要的词汇之一，普鲁塔克之所以将阿波罗柏拉图化，很可能是由于他和柏拉图一样，极为关注政治秩序与正义。阿波罗之射杀蛇妖，正是由于它与提丰共同成为政治秩序颠覆者的不义比喻意象，而生活——尤其是政治生活——中的困惑通常都与政治秩序与正义相关。从"腐烂"这一词意来说，意味着人类生活中的"不幸"之消亡，却不是彻底的消亡，而"探究者"的词意虽然不意味着彻底的消亡，但蕴含着对不幸以及生活和人本身的探究："愚蠢的极不幸的人类，你们焦灼不安，总在自寻烦恼辛劳和困顿。"（《献给阿波罗的荷马颂诗》，行532–533）

这首阿波罗颂诗结束部分描述了最早的皮托节庆的仪式：

> 宙斯之子阿波罗神主引路，
> 手握竖琴，弹奏可爱的琴音，
> 迈着漂亮的高步，而他们跳跺脚舞，
> 克里特人去皮托，一路吟唱伊埃佩安，
> 如克里特人的佩安，缪斯女神

在他们心中灌注甜美的歌唱。(行514–519)

所谓伊埃佩安('Ιηπαιήονι),既是阿波罗的称号之一,也是赞美阿波罗神的颂歌形式,也就是皮托节庆最早的音乐表演与比赛(另参泡赛尼阿斯,《希腊描述》,10.7.2)。阿波罗引导、教育人类,给予人类音乐的节庆方式。柏拉图在《法义》中曾经这样表达过音乐与人间生活的意义:"诸神由于怜悯生来受苦的人类,便制定了不同时段上的节日,以让人从劳作中获得休息。诸神给了我们共度节日的缪斯,还有他们的首领阿波罗,以及狄俄尼索斯——这些神灵可以让人类复原如初。"(653c)① 音乐关乎人类的秩序:"人类生活处处皆需节律与和谐。"②

罗马人奥维德则进一步铺陈了这个故事:

大地也正是在这当儿生出了你,巨蟒皮托,虽然她并不情愿;你这条蛇是以前从未有过的,给新生的人类带来了恐惧,因为你大得可以铺满一座山的地段。这条蛇,射手阿波罗神用从来不用的武器(只除射那奔鹿和野山羊时才用的),发出一千支箭,几乎把箭袋里的箭用光,才把它镇住杀死,它那乌黑的创口,毒血直流。为了使这件业绩不致因岁月的推移而被人遗忘,他建立了神圣的竞赛会,让很多人来参

---

① 《柏拉图全集:法义》,林志猛译,北京:华夏出版社,2023年。关于柏拉图乐教理论,参布尔高,《柏拉图的城邦中的音乐与教育》,何源译,收于娄林主编,《经典与解释42:柏拉图与古典乐教》,北京:华夏出版社,2015年。

② 《普罗塔戈拉》326a;楷体字强调部分为笔者所加;参刘小枫译,《柏拉图全集:普罗塔戈拉》,北京:华夏出版社,2023年。

加，命名为皮托竞技会，纪念征服巨蟒。在这竞技会上，青年人凡是在角力、赛跑和赛车各项获得优胜者都可获得橡冠的荣誉。当时还没有月桂树，日神常随意摘一棵树的叶子编成环戴在头上，覆盖着他美丽的长发。（奥维德，《变形记》，1.438–451）①

奥维德接续了以皮托命名巨蟒或者蛇妖的另一种解释传统，但他的版本将巨蟒给人类带来的"不幸"改为"恐惧"（terror）。恐惧似乎更应该是人类不得不加以克服的境遇，不同于希腊世界中永久不能摆脱的不幸。所以，《献给阿波罗的荷马颂诗》里的"阿波罗射出劲箭"，在奥维德笔下更加细致："从来不用的武器""发出一千支箭，几乎把箭袋里的箭用光"。与《献给阿波罗的荷马颂诗》中"腐烂"所隐含的更长久的状态相比，奥维德的阿波罗似乎一劳永逸地解决了某种人类的恐惧。而竞技比赛与政治和秩序的关系就隐退在各种活跃的竞技比赛的背后了，奥维德依次列举的竞技类型就成为一种纪念克服恐惧的活动展现。②

这就是皮托竞技会的开端故事。

关于这本《品达〈皮托凯歌〉通释》，首先得感谢诸位译者和校者的劳苦，翻译品达并不容易，但最终我们还是"以辛劳做出了恰当的事"（第六首奥林匹亚凯歌，行11）。本书作者伯顿

---

① 《变形记》，杨周翰译，上海人民出版社，2016年。
② 加德纳在20世纪初的著作《希腊的竞技体育和节庆》，迄今仍是关于希腊竞技会最经典的著作，书中详细阐述了皮托竞技会的历史沿革，以及从最早简单的音乐比赛逐渐延伸到种类繁多甚至能够与奥林匹亚竞技会相媲美的竞技项目的过程。参 E. Norman Gardine, *Greek Athletic Sports and Festivals*, London: Macmillan, 1910年，页62–64，页208–213。

（R. W. B. Burton，1908—1997）虽无盛名，却值得我们介绍。他出身于军人世家，祖父、父亲和几位叔父都是大英帝国驻扎印度的军官。但他入读牛津大学之后却醉心于古典世界，1929年因擅长创作拉丁语和希腊语散文和诗歌而获克雷文奖学金（Craven Scholarship），所以，他的希腊文向来为同事和学生所佩服也就不足为怪了。大学毕业后，伯顿任教于牛津大学奥里尔学院（Oriel College），教授希腊和罗马文学四十余年，勤于教学而疏于写作，除了本书之外，只出版了一本《索福克勒斯肃剧中的合唱队》（*The Chorus in Sophocles' Tragedies*，Oxford，1980）。

在我们这个论文写作泛滥的年代，伯顿的学术生命似乎可以作为一味清醒剂。他同样不痴迷于如今学者痴迷的所谓原创和理论，他在本书序言中明确陈述了自己解释古典的观念："我尝试尽可能锤炼自己，以便抵抗主观的判断、怪异的解释和令人迷眩的理论……"知易而行难，何况不知。我们可以将这部著作视为散文体的传统注疏之作，风格古雅而不生僻。虽然需要有一定的希腊语和品达诗歌阅读基础，但总体上，我们仍旧可以通过这本著作瞥见品达诗中"高贵安宁的光明"（辑语，99b）。

娄　林
2024年初夏于京郊

序　言

[v] 这本书是我近些年在牛津大学为本科生讲疏《皮托凯歌》的成果。我的研究方法是将每部凯歌视作完备的作品，审视其结构和内容；而对每首凯歌进行连续性的分析在我看来是最为恰当的形式。读者如果不结合希腊原文，阅读本书会略有困难。不过，书中的主体部分所包含的许多内容，可能会被认为是原文注释或者论文集里那些通常放在脚注或附录里的内容，但我刻意选择这种方式写作，首先是因为阅读的便利，其次是因为我确信，在这类著作中种种值得探讨的内容都应尽可能放在正文中论述。但读者不会在阅读中觉得，这只是一种变换了形式的详细注疏：解释品达的意旨才是我的首要目的，只有出于这一首要目的的需要，我才会讨论文本、语言及语法方面的相关要点；实际上，我对所有格律问题都略而不论。

如上所言非为原创性的声明。恰恰相反，多数情况下，我的工作是思考我阅读到的其他学者关于品达发表的观点，在我能力范围内细致阅读品达的希腊原文，考察这些观点，然后做出认可、否决或存疑的判断。有时我会提出新的论点以进一步发展迄今已被探讨过的种种观点的含义，有时我乐于重新思考过去的论证（这是拙著的主要内容）。

写作本书的过程中，我致力于以下思想目标：认真学习品达的原作，借由他自身和他前代及同代人的作品来审视他的表达方式、创作技巧及思维方式,并以书面形式展现我的思考结果。我尝试尽可能锤炼自己,以便抵抗主观的判断、怪异的解释和令人迷眩的理论,并尽力避免许多人在面对品达式的天才诗人时难以抗拒的诱惑,"在神秘中失去自我,追逐我的理性直到那高处(o altitudo)"![vi] 与同行和学生间的对话使我相信,一本这样的英文著作是必要的,也许更是必须的。品达长期以来被视作最难读的希腊诗人之一,假如这本书能使他相对容易地得到理解和欣赏,便已达成了主要目标。

由于我主要关心作为诗歌的诗歌,就预设读者已掌握某些必要知识,我也会推荐许多参考书,以提供关于皮托竞技会的历史和竞技项目、品达的生平以及作为一种合唱抒情诗类型的凯歌等内容的相关信息。我们也应对成诗年代略作陈述。《皮托凯歌》几乎涵盖了品达作为诗人的全部生涯,他二十岁(公元前498年)创作了第十首皮托凯歌,在晚年即公元前446年创作了第八首皮托凯歌;而在我看来,从创作时间来审视诗歌很自然。第二首、第三首和第十一首皮托凯歌的成诗时间存疑,在有关章节中我会就创作时间的推论给出理由。《皮托凯歌》写作的顺序显示了品达的风格及其人格的发展,亦显示出他作为桂冠诗人在超过半个世纪的诗歌活动中自灵感所散发的蓬勃魅力,从希腊大陆到西西里岛和利比亚海岸,他的缪斯都应召而出。

还有一个关于创作时间的细节需要指出。品达在第183则辑语中说自己出生在一个节日,古代注本认为这个节日是皮托竞技会,① 所以准确计算每四年一次的皮托竞技会周期对了解品达的生平十分重要。古代的著作家们给出了估算皮托节庆起点的各种

---

① *Vita Ambrosiana*, Drachmann, p.218.

日期。马布尔（Parian Marble）及其对品达的注本估算的起点是公元前582年，博克（Boeckh）1811—1821年编订的泡赛尼阿斯（Pausanias）文集（X.7.3）中则认为，皮托竞技会始于公元前586年。一卷莎草纸的发现证实了皮托竞技会起始于公元前582年，① 这证明了后者的时间计算错误，而马布尔及评注本的权威性得到了肯定，莎草纸本这一发现还确证了苏达斯对品达出生的系年，即第65个奥林匹亚盛会周期的第3年，这正好是推到公元前582年第17次皮托竞技会。［vii］这些事实必须在一开始就指出，因为首次出版于1885年的吉尔德斯利夫（Gildersleeve）版《奥林匹亚凯歌》和《皮托凯歌》仍使用博克年表，该版本错误地将品达与皮托竞技会相关的生平提前了四年，而这一版本至今仍是青年古典学家最通用的参考书。

我对品达的了解大多来自其诗作和德国学者的著述。仅举数例，比如维拉莫维茨（Wilamowitz）、沙德瓦尔特（Schadewaldt）和伊里希（Illig），他们的书已提示我该如何完成我的工作，我的感恩无以言表，尽管有时会在注释中流露些许。我发现格雷（Wade-Gery）和鲍勒（Bowra）的典范本②《皮托凯歌》（*Pythians*）在历史背景上很有帮助，在对品达的总体理解和对单首凯歌的解释上极具启发性。在注疏方面，施罗德（Schroeder）的《品达的皮托凯歌》（*Pindar's Pythien*）及《主要作品集》（*Editio Maior*）最有益处，法内尔（Farnell）版在祭仪和宗教方面颇有价值，而桑迪思（Sandys）的洛布版为我在翻译所引用的章节上有所助益。这些翻译并不妄求文学上的卓越：它们仅有的目标是希腊语义的

---

① No.222 in *Ox. Pap. ii*, pp. 85–95.
② ［译注］指英国伦敦典范（Nonesuch）出版社出版的版本。

平实传达。除了施罗德的文本,我还参照了鲍勒的牛津经典本（Oxford Classical Texts, editions of 1935, 1955）,图灵（Turyn）本（Cracow, 1948）和施奈尔（Snell）本（Teubner, 1953, 1955）。相关片段的引用除特别标注外,都采用鲍勒版编码,且书中正文品达的引文均出自其最新的译本：在某些不一致之处我会同时给出理由。

此外必须提一本关于品达的英文著作,因为这本书近年来对品达研究影响可观。这就是诺伍德（Norwood）的《品达》(*Pindar*)。① 从他对品达饱含热情和洞察的书写中,我发现自己全然无法与他的理论产生共鸣,他认为在凯歌或起码在多数更为复杂的作品中,每部作品都包含了一种为自身意义提供线索的符号。或许除了一个明显的例子——在第一首皮托凯歌中观众始终可以看到里拉琴,他的理论 [viii] 完全无助于理解品达的诗作,反而使其看起来比实际更为费解。在其他颂歌作品中,诺伍德试图通过符号论来解开奥妙,但他发现的许多符号不仅本身就十分晦涩,而且关于它们的解释事实上也脱离了文本。我实际上并没有投入更多篇幅来探讨诺伍德,这一事实或许可以用我对该理论的不认同解释,但这并不是全部理由。他读品达的方法十分机巧：他以诗人的视角审视品达,虽然他的处理方式有所启发,却往往带有强烈的主观性。应当把他的符号论视作对品达带有文学好奇心的解释,除这一点外,这本书还是有很大价值,特别是对诗人风格和人生观之显著特性的总结。这本书不能也不应被忽略,但在使用时必须极为审慎。

---

① Norwood, *Pindar*, Sather Classical Lectures, Berkeley, California, 1945.

我还要感谢那些从各方提供帮助的诸位，特别感激耶稣学院（Jesus College）的格里菲斯（J.G.Griffith）先生，他通读了这本书的手稿和校样，给了我一针见血的批评和最慷慨的建议。对于格里菲斯先生的建议我充分采纳，至于其中一些我无法认同的地方，分歧总能激发我重新思考并修正已写的东西。对于仍存在的部分缺陷，文责当然自负。我也要向我过去的学生和现在的同事表示感谢，布伦特先生（P.A.Brunt）在希腊史的相关问题上给了我指点；也要感谢鲍勒先生（Maurice Bowra）和沃尔泽（Richard Walzer）博士借给我许多书籍，否则我将难以从容查阅；感谢我的同事罗宾森（Richard Robinson），他最先向我提议并促使我开始本书的写作；也感谢我的妻子，她常年的鼓励使我得以完成此书。

伯顿（R.W.B.Burton）

奥里尔学院，牛津

1961年6月

第一章　第十首皮托凯歌

[1] 第十首皮托凯歌为品达初出茅庐的第一首凯歌，诗人当时二十岁，为庆祝希珀克勒阿斯（Hippocleas）的胜利而作此诗，希珀克勒阿斯来自忒萨利（Thessaly）地区佩林那（Pelinna）城，于公元前498年的皮托竞技会中赢得男童组双程赛跑冠军。诗歌的委托者并非男童的父亲，而是忒萨利地区的统治阶层阿琉阿斯家族（Aleuadae）的一员——托拉克斯（Thorax）。作为该地区王权的继承者，他组建了一支由忒萨利贵族组成的合唱歌队演绎这首凯歌，以纪念最受领主宠爱的子民的成就。在希腊北部平原地区以贪欲而非文化著称的巨头之中，竟然也能看到文学的兴趣与音乐的技艺，此事或许令人啧啧称奇。然而不要忘了，他们不仅聘请过挽歌诗人阿那克瑞翁（Anacreon）[1]，还聘请过伟大的合唱诗人西蒙尼得斯（Simonides）——他的作品包括曾为统治阶层谱写的挽歌[2]与凯歌，[3]以及为斯科帕斯（Scopas）创作的著名诗篇，柏拉图的《普罗塔戈拉》记载并详细探讨了这首诗[4]。这些诗歌大约皆创作于公元前六世纪的最后十年及公元前五世纪初，这可以解

---

[1] 辑语107、108。
[2] 辑语32–34。
[3] Cf. Theocritus, XVI, 42–47.
[4] 《普罗塔戈拉》，339a–347a，关于西蒙尼德斯与忒萨利统治者之间的关系，参Bowra, *Greek Lyric Poetry*（2nd edition, Oxford, 1961）, pp.323 ff.

释，品达的缪斯为何在阿琉阿斯家族的宫廷中幸逢其时（行64–66），品达又如何能找到技艺足堪演唱其凯歌的合唱班底（行6与55以下）。

第十首皮托凯歌的创作机缘标志着品达初登王庭，对这些王族们的文化理想，诗人油然升起了一种认同感。深入剖析这首凯歌的意趣在于，它能够揭示出诗人在风格、措辞与文思方面的某些特征，这些特征将在诗人成熟期愈发宏大与精巧的诗作中，以日臻完善的形式反复出现。大体而言，一首凯歌的惯常结构可概括如下：胜利宣示和对胜利者及其家族的赞辞；转入神话部分的格言式衔接段落；神话之后，意料之中的胜利者主题再现；最后以一个结题告结，在结题中，诗人会表达自己对赞助人友情的信赖，并将开场白中的政治微言大白于众。除这些主要元素外，[2]还有一些离题（break-off）与转题（transition）的范式，这些范式不仅出现在品达的作品中，亦见于巴克基里德斯（Bacchylides）的作品，两者在隐喻手法的变换上旗鼓相当。这或许说明这些范式曾是此类合唱诗歌传统惯例中的一部分。本首凯歌纯为应机而作，且大体上保持了客观立场，其中并未穿插任何个人恩怨或纠葛，然而随着品达声名鹊起，以及与自己的主顾交涉日深，这种关乎个人的题外漫谈就变得越发常见了。然而在本诗中，品达的唯一使命无外乎恰如其分地完成委托给他的任务。

全诗的破题句仿佛预兆着一场华贵的赞歌序曲，然而这一主题却戛然止步于第四行。品达意在将忒萨利与此时全希腊最强大的城邦斯巴达相提并论，从而为前者增光，并同时暗指两个城邦共享一个起源于赫拉克勒斯（Heracles）的世袭王政系统。在有关斯巴达与忒萨利的两句表述中，它们的谓词逐级攀升——神佑、有福（μάκαιρα）①一词的涵义中或许包含了好运（ὀλβία）一词并不具备的神样的福祉："斯巴达是幸运的，忒萨利是有福的。"两者的福祉来由立刻得到了澄清：赫拉克勒斯乃两城共有的始祖。由此，在其诗人生涯的开端，品达声明了自己的信仰——对一种立足于世袭王政德性的生活方式的信仰，而且贯穿诗人漫长一生的始终，他一直都忠于这一信仰。在所有激发了品达诗意的英雄形象中，赫拉克勒斯的地位举足轻重：

何等的愚昧，那些不开口诵咏赫拉克勒斯的人。（第九首皮托凯歌，行87）

其他凯歌也以胜者母邦赞辞为序曲开端部分。与此类似，本首凯歌的开篇主题本可以作为一个神话的详细叙述而展开，或者是变化为赫拉克勒斯传奇，讲述斯巴达与忒萨利王族先祖有关的故事；然而在本诗中，这个主题却被一个在此处以最原始形态首次出现的动机（motif）打断，诗人在以后的诗作中会将这一动机展现得淋漓尽致，尤其在第一首皮托凯歌第81行以下与第九首皮托凯歌第76行以下。位于本诗第4行的这个诗句以疑问句开端，这种手法预设了一个听众群体，[3]诗人需要照顾到他们的感受与他们可能会提出的质疑。适度（καιρός）一词与品达颇有渊源，他时常在固定句式中使用此词，用来结束一段自己感到已然延宕过长的神话，或中止对美好品行的一一列举（catalogue）。他很清楚自己还有一整项任务亟待完成，同时，他也能敏锐地预感到有可能产生的批评质疑：过度的溢美之辞或无端的题外漫谈或许会

---

① 荷马最初将这一词用于诸神身上。

令听众厌倦，并招来恶毒的攻击。于是，品达即便在不使用"适度"原词的情况下，仍然将"适度"概念几乎作为一个创作原则贯彻到底，在这个原则下，他尽力将自己的诗歌限定在此类凯歌通常应当遵循的惯例（τεϑμός）之中。不使用"适度"原词的这类笔法可显见于一些离题性质的段落中，这些段落或用来表明时光的逝去，或出于诗歌的简明之需，或为避免列举光辉事迹造成的冗长叙事（μακραγορία）。例如，第八首皮托凯歌第29行本可以铺排成对埃吉纳岛（Aegina）的冗长赞辞（encomium），然而，诗人却通过一段自述实现了向诗歌首要任务的猛然切换：

> 可我却匆促无暇，
> ［不能］将整个漫长的故事
> 诉诸七弦琴和温和的音调，
> 以免肆漫无度，惹来纷扰。

同样，在第十首涅嵋凯歌第19行，也出现了从阿尔戈斯（Argos）的神话详述到宣布胜者的类似切换：

> 我的薄唇不能道尽一切……
> 何况众人或将生厌，令人压力倍增。

回到本诗第四行，品达通过一个问句迫使自己言归正传，这个问句含藏着听众也许会提出的质疑：诗歌的序曲部分究竟与庆祝希珀克勒阿斯在皮托竞赛夺冠一事有何干系？下一个诗句以但是（ἀλλά）的常用意起首，即为一个可能提出的质疑给出作者自己的回应，并借此［4］引出本诗的核心主旨。故而问句"我为什么不合时宜地喧嚣（κομπεῖν）？"是在试图消解诗人生怕听众会提出的批评——批评诗人正是由于起首主题的过度浮夸或无关题旨，才不得已将其斩断。① 在此，κομπεῖν一词的含义与其说是"夸耀"，不如说是"发出巨响"——它是作响、叫喊（κελαδεῖν）的近义词。在第五首伊斯特米凯歌第24行亦可以找到关于这个词语的类似用法。在本诗第51行，品达再度流露出了有关自己是否切题的相同顾虑，在该处，完成神话叙述的品达以一种惊人的笔法将话锋转回到冠军身上，他勒令自己静止船桨并抛下大锚，以防自己由于在诗歌航程中的无边漫游而触上暗礁。

在宣布胜者的诗句中出现了又一个令人熟识的诗歌动机，即诗歌创作的冲动，召唤（ἀπύει）在此以更鲜活的面貌替代了命令或敦促（κελεύει）。② 这种冲动源于三重因素：夺冠事件本身、夺冠男童的家乡以及凯歌委托者阿琉阿斯家族。所有竞技会中的胜利都需要一首赞歌作为债务的完结。这一概念在此仅仅蓄含地暗示出来，而非直白表述，在往后的很多诗歌中亦如此，在这些诗中，"赞歌作为美德的赎金"（第二首皮托凯歌，行14）的隐喻形式层出不穷。仅就最世俗的佣金层面而言，这类措辞或许是为了提示我们，所有凯歌都是为了获取某种金钱的酬劳而作，③ 但与此同时，我们还应牢记，品达认为勇敢的行为本身就赋予了他作诗的义务，仿佛这些行为本身便是诗歌灵感的强大来源。对这一诗歌动机更精细的雕琢可参考第三首奥林匹亚凯歌第6行以下的内容，在那里，夺冠事件本身以及夺冠的场景，皆被诗人视作

---

① Schroder, *Ed.Maior*, p.257; *Pythien*, p.92.
② 该词的用法，参第八首涅嵋凯歌，行49。
③ 参第十一首皮托凯歌，行41以下；第二首伊斯特米凯歌，行1–11。

自己诗债的来源。①

　　胜利的宣布十分简要，诗人随后对阿波罗神发出了呼唤，但紧随呼唤之后的并非祷辞，诗人先以一个插入语阐明了呼唤的原因，继而论述了希珀克勒阿斯之所以夺冠，部分要归功于神的旨意，部分也要归功于他的家族血脉。插入语本身［5］（行10）是一个格言式叙述，它为后文提供了一个普遍真理的大背景，在此背景下，个别事例就成为对普遍真理的印证。获胜的首要原因为此格言提供了证明，第二个原因则为引出冠军的父亲做了铺垫。从多首包含家族史元素的凯歌情节来看，对冠军父亲及其过往胜绩的追述或许亦是诗人的一项小任务。在这里，有两处关于语言风格的要点需要留意：第一，第10行诗歌文辞的布局，即目的（τέλος）与开端（ἀρχά）两词的并置，以及动词增长（αὔξεται）的选用，此动词对于前述两个主语而言搭配得并不十分恰切，然而对于此句的谓词味道甘甜（γλυκύ）而言则无疑恰如其分，至此便已然彰显了品达选词的匠心独运、点石为金；第二，第11行连接词的使用颇为随意，一者（ὁ μέν）并非由下一行作为其固定搭配的再者（τὸ δέ）所回应，而是为第15行诗句所回应，而且您的计划（τεοῖς τε μήδεσι）则与天生的（τὸ δὲ συγγενές）而非另一个带有 τε 的词组相呼应。②

　　祈愿冠军家族今后长盛不衰的祷辞结束了诗歌的第一部分，祷辞继而汇入了一段很长的格言式衔接段落，以便引入神话部分。对财富与运气的祷辞后紧随着一段祈求避免神的嫉恨（φθόνος τῶν θεῶν）的祷辞，这一原始观念在此以其最粗浅的形态助长了

---

① Schadewaldt, *Der Aufbau des Pindarischen Epinikion*, p.278.
② 语义分析详参Wilamowitz, *Pindaros*, pp.467以下。

这一信念：人类的幸福自然会引发诸神的嫉恨。这一观念同时解释了品达缘何频频向成绩斐然的竞技者们发出警告，而且，诗人后来的许多诗歌中，这个观念以一种更为精微与高明的面貌出现，诗人将其作为一种人生准则的基石，警告人们万莫试图超越自身可朽的特征，而是应当有自知之明且安守本分。当谈及唯有诸神可以彻底免于苦难时（行21），品达引用了一条流行的格言，这一格言出自埃斯库罗斯作品《阿伽门农》第553行的传令官之口；品达说，没有任何人能以任何方式找到通往极北乐土（Hyperborea）的幽径，同样，也没有任何人能够企及铜色的高天。此时品达亦在沿用诗词常识，尽管这句表述本身出自荷马之口。[1]即便如此，功成名就的竞技者们能够在有生之年看到儿子重演自己的辉煌，便已然达至了可朽凡夫所能企及的最高福佑。以上便是本诗到此为止的大致思路，但词句之间尚有许多可供寻摘赏析之处。

[6] 首先值得注意的是，如许多古风诗歌一样，此处的文思以弱连词的并列法（paratactic style）表达，这些并列对举的短句彼此之间相互呼应、相得益彰。[2]例如这两句对举的诗（行21–22）："神的心灵可免于苦痛"而这样的人却是幸运且被诗人歌颂的"，其中的意味又被此后再度对举的两个寓意很深的句子（行27–28）强化，即"铜色的天国他难以涉足"，以及"而就凡夫力所能及的荣耀而言，他已臻极致"，后两句诗框定了人类事业所能企及的上限。最终，诗人以惯用的神话譬喻法引出了通往极北乐土的幽径典故，从

---

[1] *Iliad* 17.425, Alcman, *Partheneion* 16, Sappho Fr.27.12（L–P）.

[2] H.Fränkel, *Dichtung und Philosophie des Frühen Griechentums*（New York，1951），p.628.

而为这一思想赋予了神性,并将之推至巅峰。然而,若以一个更为复杂的一贯到底的铺陈风格(periodic style)来表述隐含在这一整段中的譬喻,或许只能依靠一种从句嵌套句式。一旦提及极北乐土,很自然就引出了后续的神话,诗人以惯用的关系代词忆往昔岁月($παρ'\ οἷς\ ποτε$)(行31)开始神话的讲述。无独有偶,在五十多年后的第八首皮托凯歌中,品达以类似口吻对另一个年轻竞技者提出了有关人类幸福之界限的训诫。年暮的诗人在这首诗中对竞技者武勇的价值下达了最终的审判——"可是,有死凡人的欢愉在瞬息之间萌生,却也同样坠落大地……"(行92以下),继而警示道,人类的成败皆有赖于诸神的护佑。故而,与第十首皮托凯歌中类似的诗句,秉承了古希腊习传伦理,亦为贯穿自己生命始终的首要信念给出了最初的表达。

其次,这些诗句中个别词语的意涵,可以通过参考其他诗作中相同词语的使用来界定。几乎无疑的是,第19行的希腊的欢愉($τὰ\ ἐν\ Ἑλλάδι\ τερπνά$)以及第28行的光辉($ἀγλαΐαις$)在此处都意味着竞技者的荣耀。[1]尽管这些词语有时有更宽泛的涵义,但它们通常意味着庆典的欢愉、赛事中的得胜以及受诸神眷顾而具备良好身心素质者才可能拥有的荣耀。巧妙机智地唱诵($ὑμνητὸς\ σοφοῖς$)(行22)一词作为获胜与歌颂两件事间存在必然联系的又一暗示,在此处具备两种重要性。首先,以诗歌庆贺能够最稳妥地克服岁月的健忘,[7]况且品达终其一生都以坚固的信心坦露着自己的信念,即诗人所能给予凡夫们转瞬即逝之成就的终极恩

---

[1] "欢愉"一词的这一含义见第八首奥林匹亚凯歌,行53;第九首奥林匹亚凯歌,行28;第十首奥林匹亚凯歌,行93;第十三首奥林匹亚凯歌,行115。"光辉"见第九首奥林匹亚凯歌,行99;第十三首奥林匹亚凯歌,行14;第二首伊斯特米凯歌,行18。

赐正是使其不朽:"言辞比行动更久驻世间。"(第四首涅墨凯歌,行6)①自从忒奥格尼斯(Theognis)的"吾赋汝以雁翅"(行237)起,这一主题便在欧洲文学的历史中一脉相承。其次,σοφός一词在此取品达的常用义,即诗艺精湛者。在其他一些段落中——尤以第九首皮托凯歌第78行与第四首皮托凯歌第295行为著——其涵义引申为包含那些具有鉴赏力的行家观众,他们受过聆赏的训练而非表演的训练,而在第二首皮托凯歌第88行,此词则用于指代那些有文艺素养的贵族统治者,他们的统治有别于处在两极的僭主制和民主制。最后要提的一点关乎诗的风格,而非诗的意涵。向着航程最远端(πρὸς ἔσχατον πλόον)这一出乎意料的诗句描绘了成功的竞技者在迈向铜色高天的路上所能达至的极限,这一诗句使得向下一句的过渡顺理成章:航程(πλόον)暗含着船舶(ναυσί),而尽管"无论航行抑或步行"其实意味着"没有任何交通方式",但前行的"船舶"一词毕竟决定了后续用词的甄选。此类词间转换在品达处十分常见:②前置词决定了后起句的开首词或主题词;一个意象生出又一个意象,时而近似,时而反转。

神话与此诗的主旨切题与否在古代就曾被质疑。古典时代品达注本(scholia)中曾有一条注③曾批评品达陷入了无节制的题外话,并且在一个良好的开题后便偏离了正轨,这一笺注真实记录了一些古代学者的困惑,他们曾试图在这一神话与诗歌创作的机缘这两者之间寻找更紧密的联系,但以失败告终。若执意要在字里行间寻觅隐含的关联或是道德教益,那的确徒劳无益。对极北

---

① 亦见第一首皮托凯歌,行92;第三首皮托凯歌,行112。
② 见第七首涅墨凯歌,行18–19及Schadewaldt,前揭,页301以下。
③ Drachmann, *Scholia Vetera in Pindari Carmina II*, p.245.

乐土的描写事实上说明了之前十行要表达的意思，那里的极北乐土事实上是诸神的无忧无苦的尘世镜像，一种凡夫遍求无门的福祉。这一洞天福地正是阿波罗冬季的休养地，他在那里得以饱餐盛宴且聆听尊崇［8］赞歌，并且被献祭给他的驴子的丑行所吸引。珀修斯（Perseus）也能够到达那片乐土，但仅仅是由于雅典娜的指引（行45）；而珀修斯本人则是竞技者的英雄式翻版，"以神臂或健足争胜，凭果敢与坚韧夺魁"（行24），并凭此逼近凡夫与天国的距离极限。因此这一神话乃是纯然的譬喻阐发，既然诗人讲述神话是众望所归，他便放任无度地浸润于讲述故事的欢乐中，并为托拉克斯王庭的庆典活动渲染出一副歌舞升平、日日笙歌、欢宵达旦的背景。若想要在神话与主题间找出更密切的关联，有两点值得注意。首先，位于希腊北方的忒萨利与极北乐土确有关联，尽管这片神秘领土很难找到比第三首奥林匹亚凯歌第31行中更明确的定位——"极北之地的凛冽北风所不及处"。这片领土在该诗中似乎的确可以在尘世中找到，①然而在本诗中，如第29-30行所云，这片领土不过是乌托邦，与尘世无关。其次，在诗句"混入那有福的人群"（行46）中，或许可以找到"忒萨利是有福的"（行2）的影子，这暗示着忒萨利多少分有极北乐土的福祉。

　　神话故事本身以回环结构叙述：第31行有关珀修斯与极北人宴饮的讲述，第45行以略有出入的方式重述，并且附加了一些重要信息：前文珀修斯干巴巴的名字在此处被放大且丰富为达那奥斯人的儿子（Δανάας παῖς）；史诗名句透着武力的喘息（μένεα

---

① 关于阿波罗与北方乐土的关联，参 Alcaeus Fr.72（Lobel），Pindar *Paean* 8（b）1（Snell），Bacchylides 3.58 ff.，Sophocles Fr.956（Pearson）。

πνείοντες）在这里以一个更鲜活的面貌出现（行44），郑重地被用来润饰珀修斯的形象；此外，诗人还补足了从一开始便被隐藏的关键信息——雅典娜乃是他此行的向导；最后，还将"加入极北人的聚会"（行30）的意涵拓展为"混入那有福的人群"，而有福的证据正是其间对他们生活方式的描写。珀修斯扮演了神话的序曲与终曲，占据了第31-34行与第44-48行的篇幅，确保神话前后融贯为一体。居于前后之间的是珀修斯在极北之地的见闻，这些景致以现在时态书写，用来体现在这一福地美好时光的永恒不朽，而且叙述全部以简单句构成，由弱连词而（δέ）相互串联，而不同叙事单元则用且（τε）联结。这种写作笔法由短小精悍的并列句法所主导，与品达同样常用的铺陈句法形成鲜明反差，[9]后者是绵延不断地在一个或者更多个诗节的篇幅中迂回前进的冗长句子，诗句由精心搭配的一系列从句构成。①

因此，珀修斯成为极北乐土探险部分的叙事框架。尽管严格来讲，随着话题向神话开首句（行30）主题的回归，神话的正式部分已在第46行完结，品达却在此后附加了一个新的情节。在第46-48行，品达略带提及珀修斯斩杀蛇发女妖戈尔贡（Gorgon）并提其头颅将塞里佛斯岛（Seriphus）的居民石化的传说。在戈尔贡与极北人之间尚未找到任何关联，故而对神话的这一额外补充的最好解释，乃是诗人希望以珀修斯最为人称道的功勋为珀修斯的故事画上句号，而且，珀修斯这一壮举也为第十二首皮托凯歌中的神话提供了素材，除此以外或许还曾被应用于另一首诗（辑语269）。本诗神话中的这一情节，并非意味着品达认为珀

---

① 对比此处和第六首皮托凯歌，行30-42；第三首皮托凯歌，行47-53；第十一首皮托凯歌，行7-22。

修斯乃是在去往希珀克勒阿斯的旅途中找到并斩杀了戈尔贡。维拉莫维茨指出，① 以 τε 开始的句子是在追述主角此前的作为。这事实上是对主人公的拓展。例如，在第二首皮托凯歌的伊克西翁（Ixion）神话中同样存在一个类似的故事引申。在该诗中，随着向第21-22行开首主题的回归，神话的正式部分已然在行41处完结，然而故事接下来又讲述了伊克西翁的子嗣如何与云交媾。但两首诗的相似处仅止于此，因为在第二首皮托凯歌中，神话的引申事实上引出了该诗第三节的起题句，可是在本诗中却并未引出任何新题材，而此处则是以一个老生常谈的话题巧妙地为神话部分收尾，即对神而言没有不可能的事情。此话很可能是指雅典娜在极北之旅中对珀修斯的引导，倘若如此，则第46-48行故事的补充性质便愈发自明了。

神话之后，凯歌通过离题的范式回归了胜者主题，这一范式体现为一个生动的隐喻。品达以催逼自己的口吻传达出一种紧迫的危机感，他似乎深明早在第4行便已言及的危机，即以忽视凯歌其他部分为代价而过度耕耘其中一部分的危机。同样是航海的隐喻，另一个类似的命令句式出现于第四首涅嵋凯歌第69行，② 在那里品达由［10］神话部分切换回冠军的家族及其家族的武勇德性，转换的方式是警醒自己不要随波逐流越过卡迪斯（Cadiz）驶入黑暗的西方：

    莫再驶过卡迪斯陷入深渊：
    调转船头折回欧洲故土。

---

① Op.cit.p.469.
② 另见第三首涅嵋凯歌，行26以下。

同样的隐喻还出现在第十一首皮托凯歌第40行，诗人幻想自己如海中沉浮的一叶轻舟被风浪卷离航道。在这类过渡笔法中另一种常见的象征是诗人在大路上驾驶的战车，它随时有误入歧途或奔驰过度的风险。这类象征可见于第十一首皮托凯歌第38行以及巴克基里德斯（5.176），在从神话部分过渡到诗歌其他部分的过程中，也都出现了命令句式，与本首诗的过渡部分相映成趣。在品达所处的时期且以品达的性情，他能有这种诗歌写作的风险意识，倒是一件颇为有趣的事情。在第九首奥林匹亚凯歌结尾，品达又一次以一种更普遍的方式表达了这一担忧。他在该诗第107行写到"诗艺何其高深难测"时，使用了技艺一词的复数形式，这或许代表他同时也考虑到了其他的技艺。

在之后的句子（行53）中，我们几乎看到了一种诗歌创作的套话。凯歌正如庆典颂词（πανηγυρικὸς λόγος）一般，包含着听众预料之中的一些特定主题，每一个主题被处理得当后，都会让位于下一个主题。本诗第54行的 λόγος 一词意味着"主题"或"话题"，在第二首皮托凯歌第66行亦然。诗人说一会儿转向一个主题（ἐπ' ἄλλοτ' ἄλλον λόγον），这并不是说在一首凯歌中，不同主题及其出现的次序完全随机依诗人一时兴起而决定，而是说诗人在创作一首凯歌的过程中，会为每一个主题安排好固定的篇幅，之后便转入下一主题。然而同样重要的是，不应该在这类诗歌中去寻找一种精严的章法，或者先入为主地预期每一首诗的创作都遵循一些僵硬的教条。可以这样理解：在一个笼统的写作规范下，指导诗人意趣的不是严格的守则，而是诗歌创作的机缘，以及他本人根据听众感受对创作尺度的拿捏与控制。但无论如何，在其第一首凯歌中，品达有关创作方法的叙述为其后来的创作打下了基础：终其诗歌生涯，[11] 品达一直留意这一方法，在谨防自己被这些条条框框捆绑束缚住因而无法展翅高飞的同时，他也时时提防着完全置之于不顾的风险。一个类似的表述还出现在第十一首皮托凯歌第42行一段晦涩的诗句中，那段讲述了品达的缪斯如何将她的嗓音赐予诗人，品达在该处警示自己从神话部分立刻转入下一主题。毋庸置疑，该诗中的"一会儿转向一个主题"都是指每首作品中必须要处理的几个固定主题。①

在第55行，品达回到诗歌的主题，他剩下的任务是要将前文中对胜者的赞美再提升一个档次，并补充一段有关托拉克斯与自己关系的陈述。诗人在诗歌中表达了自己的期许，他希望自己的赞歌可以提高希珀克勒阿斯在城邦民心中的声望，并能帮助他捕获妙龄女子们的芳心，这样的期待体现出诗人对自己诗艺水准的自信。这个诗句中的最后一个短语，"获得妙龄少女的青睐"表明冠军正从少年步入成年。②情欲的意象孕育情欲的辞藻，在随后一句中，"各爱其所爱"这一老生常谈，以一种带有情欲意味的语汇被表达——爱欲的洗礼。但它在这里的涵义却绝不止于情欲，甚或与情欲完全无关，而是如其后的诗句所示，它被引申为人类的所有欲求与愿望。诗人对比了当下的享有与未来的无常之间的反差，这对于一个成功竞技者的命运而言十分切题：胜利是竞技者毕生热忱之所在，当胜利降临时，伴随而来的喜悦稍纵即逝。从第一首奥林匹亚凯歌第99行开始，品达品评了佩洛普斯（Pelops）赢得希波达美亚（Hippodameia）之战所取得的胜利：

---

① Schroeder, *Pythien*, pp.97, 106.
② Schroeder, op, cit., p.98，参贺拉斯"此地男士都为他疯狂，很快少女们也记挂"（颂歌第1部第6首行20）。［译注］中译参贺拉斯，《诗选》李永毅译，北京：中国青年出版社，2015，页13.

终其余生,
胜者日日好时节如蜜般滋润,
至少能尽享胜利果实;朝夕不辍之甜美,
实为凡人最大的福佑。

[12] 此段实为品达对竞技成就所持看法的缩影。这一看法同样激发了第八首皮托凯歌末尾那段华彩的诗句。

在本诗的这一段落中,还存在着一些字词涵义与文思关联方面的疑难。迫切的焦虑感如影随形(ἁρπαλέα φροντὶς ἁ πὰρ ποδός)(行62)这一说法令人困惑。弥涅墨斯(Mimnermus)在其辑语1.40中将初绽的花朵(ἥβης ἄνθεα)形容为迫切的(ἁρπαλέα):初放的花朵要趁着枯萎前尽早采撷,而品达自己则在第八首皮托凯歌第65行用迫切的馈赠(ἁρπαλέα δόσις)来形容竞技成功者的天资,这一天资也须抓紧把握,否则时不我待。在本段中的 φροντίς 一词不是其常用涵义,LSJ①的解释是"心中的渴望"。品达对关切(μέριμνα)一词的使用或许可以与之相提并论,这意味着竞技者为赛事准备工作所倾注的关怀与焦虑,故而也意味着他志在必得的决心。因此语词的组合看起来指的是希珀克勒阿斯对于赢得这类比赛的势在必得、手到擒来的壮志,只要牢牢抓住即可成就功名。古希腊人对对比反衬情有独钟,因此诗人不得不在第63行做些补充,以平衡之前的文思,但这一行的内容与希珀克勒阿斯或者品达日后的打算并无干系。最后,对于文思的前

---

① [译注]《里德尔-司各特-琼斯古希腊语辞典》(The Liddell, Scott, Jones Ancient Greek Lexicon),简称LSJ,是目前最权威的古希腊语英语辞典。

后关联问题，毫无疑问，有一条思想脉络串联着紧随脚踵（τὰν πὰρ ποδός）、迷暗不清（ἀτέκμαρτον）以及我坚信（πέποιθα）这三句诗：第二句反衬着第一句，而第三句则反衬着第二句且重复着第一句中的意涵。[1]竞技者怀有他的渴望，诗人则怀有对于自己和主顾友情的信心：两者都是一目了然，而未来之事则无人知晓。

在第64行，品达从胜者的主题转向了自己与雇主托拉克斯之间的情分。他用"殷切"一词来形容，表示主人与客人间的情感纽带，此处诗人对这一名词的使用或许暗示而非证实，他可能出席了凯歌的演唱现场。诗人曾亲自跟随西摩尼得斯到访忒萨利的另一证据，或许可以是诗歌的第66行——"以友爱回报友爱，愿将手臂伸向手臂"；这些辞藻暗含着某种基于私人接触的亲切感。其后直到第69行，这一段诗文的主要妙趣在于对亲善、和睦（χάρις）一词其中一个涵义的重大启示。[2]托拉克斯请求 [13] 品达创作凯歌，并且如愿以偿（行65），因此两者之间树立起一种积极的友爱与好感。这种感受便叫"亲善、和睦"。这个词义既包含施与者的善意，也包含领受者的感恩。这种情感的互动在第66行的辞藻中尤为明显。这足以使品达信任托拉克斯的"殷切"，而且这种情感早已远远超越了存在于付钱的主顾与提供服务的诗人之间的交易关系。很难将"因亲善为我奔忙"这一短语所蕴含的深意通过译文充分体现出来。奔波（ποιπνύων）这一荷马时期的动词出现在古典时期的作品中，此处是唯一一例，此词以往通常被用

---

[1] Schroeder, op, cit., p.301.
[2] 关于这一话题详见 Gundert, *Pindar und sein Dichterberuf*, pp.30.ff。

于指称臣仆为取悦主上而倾注的热心奉献与奔忙。①"为我倾注热情"的译法无法表达此处"亲善、和睦"一词的深意。品达在职业生涯的开端,便如此坚信自己与主顾托拉克斯之间近乎平等的情谊,这并不令人称奇。在当时,诗人向主顾标榜自己几乎已成为一种习俗,②而品达在此处自我标榜的方式,也预示着他在二十年后声名如日中天时,对西西里王族们采取的口吻。

品达给人一种他亲身体验到了托拉克斯的款待的印象,这种印象或许会由于诗歌最末节开端处的并列式(paratactic)譬喻而更加强烈,这些譬喻令人觉得诗人的确亲身感受过他主顾的为人,并且为赞颂主顾的两个兄弟做好了铺垫。这里的语序耐人寻味:无论"考验、验证"还是"正直的心灵"都通过句中位置而获得强调;而"在试金石上闪耀"暗示着通过亲身接触而获知的正直秉性,恰如纯金在试金石上留下的印痕。③托拉克斯的两个兄弟欧律皮洛斯(Eurypylus)与忒拉绪岱俄斯(Thrasydaeus)在十八年后曾援助波斯的马尔多尼乌斯(Mardonius)攻打希腊,④他们在本诗中所获得的赞美成了诗歌的尾声,并呼应了诗歌的开端。品达赞美他们是因为他们对忒萨利政制的拥护,这一政制以世袭王政故而也以高贵(good)作为其根本。"在好人手中"(行71)在这里大概并无伦理意味:在此时或更早的这类诗歌中单独使用时,"好"经常指"贵族出身"。在第二首皮托凯歌第81行、96行显然也是这个意思,[14]无非指"贵族"而已。在品达笔下用来形容人时,此词除"贵族出身""勇敢"或"技艺方面的精湛或丰功伟

---

① e.g. *Iliad* 18.421, *Odyss.* 3–430.
② Cf.O.1.115, Bacchylides 3.97.
③ 这一比喻在贵族诗文里频频出现,参 Theognis 119 f., 415 f., 449 f.
④ Herodotus 9.1, 58.

绩"之外是否还有别的意涵，的确存疑。①

对品达青年时期尚嫌稚嫩的这首作品的赏析，已然显露出诗人在辞藻、风格、运思以及结构把握等方面的一些特征，这些特征在他往后更成熟的作品中还将延续。我们还尝试着为一些关键词汇确立了涵义，这些词汇也将在其后的诗作中反复出现，并且在诗人的文思中扮演重要角色：适度（καιρός）、愉悦（τὰ τερπνά）、技艺精湛（σοφός）、典雅（χάρις）、高贵（ἀγαθός）、光辉（ἀγλαΐα）。作为诗人作品的恒定元素，我们也将会与并列表达法再次重逢，这种笔法以丧失整体的连贯性为代价，为每一个单独意象增添了力度；我们还会再次遇到诗人在连词使用上的随兴而为与任意减省，尤其如本诗第2行与45行的 δέ 的古风用法，我们本以为其后跟随的理应是一个从句；同样还会再次见到的是古风的词语固定配对，诗人对此拘泥刻板（终与始、目的与开端，行10；幸福与歌颂，行22；勇敢与坚韧，行24；航海或步行，行29；以友爱回报友爱，用手臂回馈手臂，行66）；最后反复出现的，还有写作的回环结构，在第十首诗中，这一结构无论就神话部分还是整首诗而言都十分鲜明。

自然，随着诗人技艺的成熟，这些表达形式都会有所变异且有所进化，传统的镣铐将逐渐减轻，传统题材的处理也将更为别出心裁。我们还将体会到诗人想象力的拓展，为实现目的，他将会发明更大胆的譬喻与更鲜活的辞藻；我们还会感受到诗人铺陈句法的渐趋圆满，以及通过巧妙的段落粘连将诗歌不同部分熔于一炉的功力渐纯；最后，我们还将见证，随着日积月累，诗人独特的性情亦将在其作品中打上越发不可磨灭的烙印。

---

① 这一话题见 Adkins, *Merit and Responsibility*（Oxford, 1960）, ch. Ⅷ.

第二章 第六首皮托凯歌

[15] 这首凯歌是为阿克拉伽斯的克塞诺克拉底（Xenocrates of Acragas）而作，他是未来的僭主忒戎（Theron）的弟弟，在公元前490年赢得了皮托竞技会战车比赛的冠军。据第二首伊斯特米凯歌的一个古代笺注所载，这次凯歌的正式受托人事实上是西蒙尼得斯。如果我们接受这种说法，则这首凯歌完全是一次无偿奉献，奉献的动机来自品达与克塞诺克拉底之子忒拉绪布洛斯（Thrasybulus）之间的情谊，忒拉绪布洛斯在第二首伊斯特米凯歌（创作时间不明，或许在前470年之前）中亦再次出现，而且也曾是一篇赞辞（Encomium）的主角（辑语109），这一赞词与本诗最末句提到的饮酒聚会关系密切。本诗主要涉及忒拉绪布洛斯，克塞诺克拉底仅在第6行与其他被赞美的事物共同出现过一次，故而这一凯歌乃是一位青年对另一位青年的友爱之情。本诗与同年写成的第十二首皮托凯歌展示了品达与璀璨的西西里地区的初次接触，而且第46行偶然提及了忒戎——忒拉绪布洛斯的叔叔，他将是诗人的第十二首与第三首奥林匹亚凯歌的赞美对象。正如第4行所示，本诗的深层要点在于其是为德尔斐神庙的演唱而创作，随着胜者徐徐穿过圣道，抵达阿波罗神庙以感恩他的得胜，歌声始终不绝于耳。

这首诗虽然不是一首正式凯歌，却是以常见的凯歌格式谱就：采取回环结构，以胜者主题为首尾，中间部分是一段神话故事。前两个诗节构成了对整部诗歌表演的舞台导引。开篇第一个命令式你们听

(Ἀκούσατε)未必是仪式性的禁语令,而极可能只是一个平常的止语请求,[1]这让我们联想到了前来观赏忒拉绪布洛斯的歌队的人群,他们的注意力被歌者们的一声喝令拉了回来。这种解读比宗教仪轨的解释更好,更贴近本诗所体现出的即席创作感。

接下来的耕作隐喻也出现在第九首奥林匹亚凯歌第27行,并以一种更含蓄的方式出现在第六首涅嵋凯歌第32行与第十首涅嵋凯歌第26行,但是,本诗中耕作隐喻的使用或许有特殊的意味。如果翻土(ἀναπολίζομεν,行3)一词在此处的全部涵义[16]就是翻起之前已经犁过的土壤,[2]那么我们或许可以猜测,品达要么有意重提一种日常俗语,要么说的是他以前自创的表述。虽然阿弗洛狄忒与美惠女神之间的亲缘在神话中便已确立,但品达本人除了在本诗中以及在为德尔斐居民创作的第六首太阳神颂歌(Paean)开篇处之外,从未将两者相提并论。维拉莫维茨[3]据此认为,品达在本诗的序曲有意回忆了第六首太阳神颂歌,故而应将该赞歌的创作时间定在本诗创作之前不久。他继而提出,本诗开篇之所以并举阿弗洛狄忒与美惠女神,是由于品达对忒拉绪布洛斯的爱慕。

然而这些无论如何都只是猜测。第六首太阳神颂歌倒的确与第七首涅嵋凯歌之间有紧密的关系,[4]而且若想理解第七首涅嵋凯歌,必须将第六首太阳神颂歌的创作时间追溯到它之前;但却没

---

[1] 见 Schroeder, *Pythien*, p.59,他参考了荷马《伊利亚特》17.220的例子。

[2] 参第七首涅嵋凯歌,行104;Soph.*Phil*.1238。

[3] *Pindaros*, p.137.

[4] 关于第六首太阳神颂歌与第七首涅嵋凯歌之间的联系,参 Schadewaldt, op.cit., pp.292 ff;Theiler, *Die zwei Zeitstufen in Pindars Stil und Vers*(Halle 1941), pp.270 ff. 及 284;Radt, *Pindars Zweiter und Sechster Paian*(Amsterdam 1958), pp.90 ff. 在我看来,这两首诗作于公元前470年之后的说法靠不住。

有任何确凿的证据可以确定这两首诗中任意一首的创作时间,虽说两者大概都创作于公元前480年以前。至于品达与忒拉绪布洛斯,我们的确无法排除其情欲关系的可能性。诚然,在第二首伊斯特米凯歌的开篇诗节里,品达在二十年后回顾曾经为忒拉绪布洛斯创作的早期作品时,很可能将它们定性为有情人为他最爱的情伴所作的少男情歌($παιδεῖοι\ ὕμνοι$)(第二首伊斯特米凯歌,第3行)。

无论对本诗开端的言辞作何解读,美惠女神对品达的意义都显而易见,就此我们可以看一下第十四首奥林匹亚凯歌为奥尔霍美诺斯(Orchomenus)城的美惠女神们所作的献祭赞歌,这首诗用来庆祝约公元前488年的一场胜利。在该诗的第5–7行,诗人写道:

> 正因着你们,一切喜悦与
> 甜美才被应许给有死的凡人,
> 无论是技艺、美貌,或是英勇荣光。

可见,是她们担保了一个诗人的技艺以及一个武者的健美身躯与功勋胜绩,因此她们对凯歌的作者来说至关重要。[17]在巴克基里德斯的诗作中美惠女神亦扮演了同等重要的角色,但对于品达这位波俄提亚(Boeotia)诗人而言,美惠女神与波俄提亚的奥尔霍美诺斯城的渊源自然使其意味更加深远。而她们与本诗相关事件的契合,显见于第四首奥林匹亚凯歌的第一诗节中,该诗向宙斯恳请:

> 而克洛诺斯之子啊!
> ……

请接纳

奥林匹亚的英雄与这支歌队吧,以美惠女神们之名。①

此时,忒拉绪布洛斯的歌队正行进于圣道,迈向神坛,圣道两侧排列着由许多不同希腊城邦兴建的藏宝阁,其中不少采用了小型神庙的形制;这一场景引发了诗人绵延到第二诗节末的漫长建筑隐喻。这种诗歌与建筑物或其建筑元件的比拟,在品达的诗中并不罕见,最常用的建筑元件是基座(κρηπῖδες)或门廊(πρόθυρα)。前者可见于诸如第七首皮托凯歌序曲部分的宏大叙事,亦作为"开始言说"的代名词,如第四首皮托凯歌第138行。②关于门廊,最动人的描述在第六首奥林匹亚凯歌的序曲部分,那里与此处也大有联系。"诗歌的藏宝阁"(行7)这一词组纯属诗人的独创,这是取象于圣道两侧林立着的藏宝阁的神来之笔(lumen ingenii)。贯穿诗歌序曲部分的始终,我们都必须注意被筑起(τετείχισται)(行9)这一词加强的隐喻。与真实的藏宝阁不同,诗歌的藏宝阁可以躲过风吹雨淋,这里暗含了诗人对诗歌永恒流传的信念,从而也肯定了诗歌所赞颂的美好德性的永驻。

前文预设了面庞、建筑物正立面(πρόσωπον)(行14)接续了藏宝阁的建筑物隐喻。这一解读存在很大争议,我们需要深入探讨。这种解读可以追溯到古代注疏,[18]说明古代学者们将

---

① 亦见第一首奥林匹亚凯歌,行30;第二首奥林匹亚凯歌,行50;第九首涅嵋凯歌,行54;第五首伊斯特米凯歌,行21;巴克基里德斯,第五首行9、第九首行1、第十首行39。

② 亦见第八首涅嵋凯歌,行47;辑语184。维吉尔在写牧歌时很可能想着品达的诗句,尤参11.13、16、26。辑语184中的修饰语"金色的"多少能够表明,"基座"不一定是建筑物藏起来的地基。

藏宝阁一词视作报信（ἀπαγγελεῖ）一词的主语，并用一个大家默认的有（ἔχων）将"面庞、建筑物正立面"一词与之连接。① 后来的学者也持相同见解，将"面庞、建筑物正立面"看作与光洁的（καθαρῷ）相关的宾语。② 在另一种解读中，"面庞"可被看作主语，这在语法上似乎更简洁，但更为重要的是此词在此处被赋予的涵义，主流观点认为它或是指一个建筑物的正立面或门面，③ 或是指通报胜利信息的信使的面庞。④ 然而，我们难以想象这个词在此处是"人脸"的字面意思。首先，若是品达确乎如此使用，令人质疑的是，他没有附加任何信息告知我们这是谁的脸庞。其次，任何一种认为建筑物隐喻截止于第14行的解读，都打断了永恒的诗歌藏宝阁与诗人赋予胜者的永恒口传名声之间的连贯思路，还忽视了一种古希腊式的行文模式，即创造一个隐喻，并让其不断延续，使得喻体与本体之间融贯合一。例如在此处，品达开始用建筑物来阐发诗歌，最终对建筑物元件进行实际刻画，而这一过渡借助了第9行"筑起"这一动词的黏合，以及第10-14行有关暴风雨洗劫真实的藏宝阁的叙述。因此，"建筑正面"这个词在此处的确在字面上意味着建筑物的正立面，但在寓意上意味着为纪念胜利所作赞歌的序曲部分。

第六首奥林匹亚凯歌第一句，也可以作为支持这一观点的证据。此处诗歌高度凝练的譬喻可以拓展如下：

　　正如构筑辉煌厅堂时我们将前厅廊柱涂金，同样，在任

---

① Drachmann, *Scholia*, p.176.
② E.g.Schroeder, op.cit., p.60.
③ Wilamowitz, op.cit., p.140.
④ Farnell, *The Works of Pindar II*, p.186.

何事业的开端,我们要让建筑正面熠熠生辉。(行1–4)

从建筑物的正立面向一首诗歌序曲部分的语义过渡,[19]通过借助中性词事业(ἔργον)而得到实现,而"建筑正面"一词本身在此也同样是中性,意指必然会映入眼帘的建筑正面,以及必然会引人关注的诗歌序曲部分:两者都务求引人注目。如此,第六首奥林匹亚凯歌中"闪闪发光的建筑正面门楣"的意蕴同样可以赋予第六首皮托凯歌中的"光洁的楼面门楣"。两者中的"建筑正面"一词都是一语双关,而且在两处各自的涵义也相同。维拉莫维茨①在此提示我们注意欧里庇得斯的《伊翁》(*Ion*)一剧的第188行,其中"双塔建筑正面的美眸之光"一语中出现了光的意象,这很可能意指德尔斐的阿波罗神庙的一些建筑特征。若这一假设成立,就更足以支撑我们此处有关第六首皮托凯歌本段的观点了。

最后,我们还须考察一下有死之人的话语(λόγοισι ϑνατῶν)与报信(ἀπαγγελεῖ)的意蕴。第一个短语的意味可以去品达的某些诗句中索解,在其中他谈及了史家与诗人的言辞何以能够从遗忘的倾颓中挽救有死之人的名声。例如,在第一首皮托凯歌第92行,诗人写道:

> 当斯人已去,其身世亦空,
> 有死之人身后的响亮名声,
> 仅仅向史家与歌者彰显。

---

① Op.cit, p.140.

而在第三首皮托凯歌末尾，诗人写道，"人人称道的"涅斯托尔（Nestor）与萨尔佩冬（Sarpedon）的名声全部仰赖诗人对他们的赞美之词。因此，最好的解读似乎是，将第16行"有死之人的赞誉"看作对之后"报信"所引发结果的预言：如光耀门楣的序曲宣告着胜利，于是美名从此脍炙人口，胜者的名字与事迹几乎像是被雕塑家之手刻入了磐石。"报信"这一动词的选用耐人寻味，因为诗人作为其主顾名声的信使或传令官这一思想，在品达的作品中根深蒂固。[①]故而，这一动词隐含的主语理应是诗人创作的言辞，因为诗人深深感觉到自己的创造力能够为友人父亲的功绩赢得美名。

［20］第三诗节开始了向神话部分的过渡，而神话阐发了子女的虔敬，喀戎（Chiron）两条训诫中的第二条规范了这一美德，忒拉绪布洛斯则对其父表现出了这一美德。对于很多学者而言，此处的疑难在于，除非孝子本人甘冒战车竞技的风险而为父亲做过驭夫，否则这一神话未免有过度夸大之嫌，[②]于是便有人举出第19行作为其的确做过驭夫的证据。诗句本身并不能证实或证伪这一事件。事实上，第二首伊斯特米凯歌第22行曾提到，一个叫尼各马可（Nicomachus）的人在克塞诺克拉底取胜的雅典赛事中做过驭夫，而且，该处提及此事，是作为公元前490年一次皮托竞技会胜利的引述，这仿佛意味着忒拉绪布洛斯不可能曾为其父御马。但即便如此，也没有理由否认品达或许只是在援引一个儿子为父亲牺牲生命的俗谚故事，[③]以便阐明一种诗人认为自己的友人

---

① 参第七首奥林匹亚凯歌，行21；第二首皮托凯歌，行4；第九首皮托凯歌，行1；第五首涅嵋凯歌，行3以下；第六首涅嵋凯歌，行55以下。
② Wilamowitz, op.cit., p.138.
③ 从色诺芬《居鲁士的教育》1.14的引用推测，这是一句谚语。

的确表现出的美德。至于除了从西西里地区一路护驾到达希腊并为此旅程奔波劳碌外，忒拉绪布洛斯究竟在何处展现了此种美德，我们只能猜测了。无论如何，第19行的行文语焉不详。他（νιν）一词最顺理成章的指称是最近的单数名词胜利（νίκαν），而自荷马以来，"在右手边""在左手边"的用法能找到很多出处，[①]基于此，此词看来无非意味着"在右手边"。若"他"指的确实是"胜利"，则此处的意象为拟人化的胜利之神，他就座于忒拉绪布洛斯的右侧。毫无疑问，若是忒拉绪布洛斯的确曾亲自御车，这一解读便更为真切，然而这仍无法证明此事的确发生过。因此，这句话或许是诸如第二首皮托凯歌开篇以及第五首皮托凯歌第115行那种通俗夸张的表现手法，在后例中阿刻希劳斯（Arcesilaus）被形容为："足见他是御车好手"，尽管驾车的实际上是卡洛图斯（Carrhotus）。

  "他"的指称还有另外两种说法，一种说这个词回指第15行的"你的父亲"，[②]另一种说是遥指后面第20行的"训诫"：后一说法可见于古代注疏。[③] [21] 但两种说法似乎都存在疑点。对于前一说法而言，很难说清"让其父留在右侧"这一短语的确切涵义，除非我们将其与第113则辑语类比。在这则辑语中，雅典娜被刻画为"极近地依其父之右侧"而坐，想来这是一种至尊的位次。然而这种类比终归失效，因为该处的短语全取字面含义，而在此处则几乎无疑是取其喻义。[④] 这个词向前回指的说法可以得到

---

① e.g.*Iliad* 7.238；*Odyss*.5.277；Theocr. X XV.18.
② Farnell, op.cit. II , p.186.
③ Drachmann, p.196.
④ Bury, *Isthmian Odes*（London, 1892, p.163）认为，要么是在赞歌节庆上，要么是在去神庙的途中，忒拉绪布洛斯让父亲坐在自己右侧。

第一首皮托凯歌第37行与第八首第16行的支持。如果我们采纳后一说法中古代注疏家的解读，则必然会有"尊奉训诫于高位"，然而如此句读，则诗句过于拖沓，令人费解。况且，正如施罗德（Schroeder）所言，① 这将意味着品达莽撞地重复施设了两种意象以指代同一件事物。认为他（νιν）指代其父亲的最有力论据是，如此一来，这句话便开门见山地指出忒拉绪布洛斯在与其父亲的相处模式中，有些东西使他成了以安提洛科斯（Antilochus）为史诗原型（行40-45）的孝子典范的现代翻版。

半人马神喀戎在此处首次以英雄导师的形象出现在凯歌之中。如古代注疏所提示，此处引述的两条喀戎训诫（行23-27）很可能节选自一个称作《喀戎之诫》的古代训诫集，② 这一训诫集被归入赫西俄德（Hesiod）或至少是赫西俄德学派的名下，它们是古希腊意义上的《摩西五经》中的部分内容。在各种情形下，品达都为干巴巴的律令戒条点缀了诗的语言，将第24行的润色赋予了克洛诺斯之子，而且用一种暗指的语辞讲出了第二个训诫。这第二条训诫正是忒拉绪布洛斯与安提洛科斯之间的关联所在：第26行的这等（ταύτας）一词回顾了诗人在友人身上发现的孝敬的美德，"忒拉绪布洛斯展现的这等敬意"；之后紧接着的就是史诗中的典故，由连词加时间副词的惯用手法引出。

[22] 至于神话部分本身，施罗德③ 精彩地将之比作一件技艺高超的古希腊花瓶绘饰作品。正如很多品达式神话叙述一样，这里也以粗线条的故事概述开始：安提洛科斯为拯救父亲性命而丧

---

① Op.cit, p.61.
② Drachmann, p.197; Hesiod Frs.170 ff.
③ Op.cit, p.62.

生,蔑视埃塞俄比亚的门农(Memnon)王的权威(行30-32)。随后他补足了神话的细节部分,每一个细节都由一系列短促的句子表现出断裂的画面,所有句子都用δέ联结,正如第十首皮托凯歌的神话部分一般。于是,首先我们看到涅斯托尔的战车由于战马被戮而"受困"(行32);第二幕是门农王挥舞长矛;第三幕是涅斯托尔并非徒劳地呼喊着自己的儿子(他或许喊的是"我亲爱的儿子!");在最后一幕中,我们回到了神话开首的叙述,"神样的儿子立地静候"(行38)让我们回忆起了第31行的"临敌待战",而"用自己生命赎回父亲的归还"(行39)则强化了第30行的"为父而死"。第40行的最后一个长句接续了第28行的思路,并在第42行再次强调神话乃是为了体现"荣耀你的父母"这一训令。在这样一个取材于原始史诗——大概是荷马之后的阿尔克提诺斯(Arctinus)的作品《埃塞俄比亚人》(*Aethiopis*)——的叙事中,我们或许会期待史诗的语汇与表现方式。第30行的"为某人赴死"在希腊文学史上仅此一例,"杀人成性"则是品达独有,但两者都透着史诗语言的味道;"战车被困"作为战车行动受阻的例子可见于《伊利亚特》(23.585);而"言语坠地"(行37)的隐喻最早见于荷马的"插翅的话语",两者都取法于将话语视作从讲者射向听者的武器的习惯。事实上,品达是唯一一个将"坠地"这一意象用于言辞的诗人,他想传达箭尚未射到靶上便已坠地的意思。①

诗歌的结题部分拓展了对忒拉绪布洛斯的赞辞,这在一首凯歌的神话部分之后重返胜者主题时十分常见,因为此前对胜者的

---

① 第九首奥林匹亚凯歌,行12;第四首涅嵋凯歌,行41。强弩之末的用法首见于Aen.Tact.32.9。

初次提及只能限于短暂的宣告形式。然而此处的赞辞却并非仅仅是一带而过，因为这里刻画出了品达尤为赞赏的一种人物品格。在诗人的亲朋好友中被归入这种品格行列的有此处的忒拉绪布洛斯，还有第四首皮托凯歌中年轻的达墨菲洛斯，他由于参与反对国王阿尔喀希拉斯的行动而被驱逐出昔勒尼（Cyrene）王廷；而在敬献给叙拉古（Syracuse）的希耶罗（Hieron）的前三首皮托凯歌中，[23] 诗人给出了达到这一公共生活以及私人生活理想状态的实现方案。这一理想无非是财富与智慧兼备的贵族阶层理想，其实际表现方式是：宴饮中的自由乐天精神，娴于交际，以及多于随机应变，以使自己的言行举止适应不同的年龄阶段以及多变的命运；①可以避免超出自己所处地位的高傲与自满；一位竞技者的英勇；在音乐与诗艺方面的技能，无论作为表演者还是评论家。于是，在这幅忒拉绪布洛斯的剪影中，"他用理智为财富引路"成为后来更为华丽的格言的雏形，例如第五首皮托凯歌开篇，以及引入希耶罗赞辞的第二首皮托凯歌第56行。这一简要概述的最完满表达出现在第二首奥林匹亚凯歌第53行：

> 有美德装点的财富
> 是最灿烂的明星，
> 能带给人最真切的光芒。

而本诗中的"不要不义或莽撞地摧折青春之花"（行48），则在第四首皮托凯歌末尾对达墨菲洛斯的刻画中得到了拓展与阐释。这一诗节的其余部分突出了胜者的诗艺水准，对战车竞技的热衷，

---

① 参第三首皮托凯歌，行107；第三首涅嵋凯歌，行72。

以及他在宴饮中表现出的活泼乐观,为这个强烈吸引着诗人的天才男子完成了一副完整的肖像。

第109则辑语也是献给忒拉绪布洛斯的,其中写道:

> 忒拉绪布洛斯啊,我送你这一车赞歌,
> 以备席间唱诵。

即使不是为了相同的事由而作,这一篇的创作也可以被合理地定位在与本诗相同的写作时期,而且很可能正是为正式庆典后的非正式晚宴间的"轮唱祝酒歌"唱词而作。① 凯歌的最后一句似乎与辑语的第3行在言辞上遥相呼应,凯歌中说忒拉绪布洛斯"与酒伴共饮时的甜美性情",而辑语中则说忒拉绪布洛斯"融入人群中成为甜美酒伴"。而且,在这则辑语与皮托竞技会的得胜之间似乎还能找到一层紧密的联系,[24] 即该辑语第5行,虽然该句的指涉很广泛,但"奋争的焦虑"一词的使用与盛大赛事竞技中的挣扎与焦虑十分贴切。

第六首皮托凯歌的一个突出特征是极简明的文思与结构,而且它是所有品达凯歌中的最鲜明例证,能够说明此类赛事凯歌的形式与内容的基本创作原则。同时值得注意的是本诗主题与诗节结构的对应。序曲部分占用了头两个诗节,第三诗节是向神话部分的格言式过渡,神话部分与胜者主题则出现在第四与第五诗节,而最后一个诗节则是对忒拉绪布洛斯的简短赞美。对这一结构规律的唯一偏离出现在第46行的分词从句中,这使得结尾主题被推

---

① 但这一词有可能暗示着品达和忒拉绪布洛斯那时没在一起,因为这只是一首赠诗。

后到了该诗节的第二行。与同时期的第十二首皮托凯歌一样，本诗也是独立诗节体，但主题的切割却比第十二首更为分明：或许，这首诗之所以如此简洁分明，正由于其即兴的本质来不及充分发挥的缘故。

第三章　第十二首皮托凯歌

[25] 本诗为阿克拉伽斯（Acragas）的米达斯（Midas）而作，他在公元前490年与前486年的皮托竞技会以及年份不明的一次泛雅典竞技会（Panathenae）中，摘得了笛子独奏赛事的桂冠。① 通常认为品达此处所贺的是第一次胜利，因为他对另外两次胜利只字未提。诗人在第十二首凯歌中首次采用长短短－三短一长复合音步（dactyl-epitrite metre），和同时期的第六首皮托凯歌一样，采取独立诗节体。但与第六首皮托凯歌每诗节有独立段落的结构不同，本诗在第二与第三诗节间有一个精彩的跨节连续句（enjambment），使得该句的主语滞后。② 除此以外，诗歌主题的区分也不像第六首皮托凯歌那样与诗节的区分整齐对应。但无论如何，本诗的结构大体上还是整齐鲜明的：诗歌开头呼吁胜者的城邦领受胜利桂冠，在第一诗节末开始转入神话部分，并在第三诗节末与第四诗节初回到获胜主题。诗中只有最后五行笼统的道德说教内容与整首诗的关系不甚明晰。

品达在第6行叙说米达斯用雅典娜发明的技艺征服了全希腊，女神因将戈尔贡的悼歌织入了一段旋律而发明了这一技艺。这一

---

① Drachmann, *Scholia*, pp.263–264.
② 类似的用法见第十首奥林匹亚凯歌，行34；第十一首皮托凯歌，行22；第四首伊斯特米凯歌，行61；第六首伊斯特米凯歌，行35。关于这一主题的整体论述见Nierhaus, op.cit., pp.58–59.

赛事竞争是无伴奏的笛子独奏——即纯笛乐，亚里士多德在《论诗术》开篇将其划入模仿技艺中。① 品达在本诗第24-27行中明言皮托凯歌中这一技艺的重要性，他将"多头的习传曲目"称作"久负盛名的求爱声一呼百应"，如果我们了解了在这一竞技庆典中，音乐竞技比体育竞技要更靠前，甚至在最初这一竞技会庆典只有音乐比赛，就会觉得品达这一描述甚为贴切。

[26] 我们无法从诗中得知，米达斯是否依靠演奏"多头的习传曲目"而夺冠，但如此假设却更有道理。普鲁塔克（Plutarch）认为这一知名的旋律是由著名的笛手奥林波斯（Olympus）为纪念阿波罗而作，② 而品达此处却给出了一个不同版本的缘起：在珀修斯斩杀两个幸存的戈尔贡女妖的姐妹美杜莎（Medusa）后，雅典娜女神模仿两个幸存女妖唱出的挽歌而作此旋律（行10-11，行18-21）。这两个版本其实并不冲突，我们可以认为，品达给出了一个纯神话版本的曲调来源说，而这一曲调是由奥林波斯根据预先已有的一些古老民俗调子加工糅合而定型，并被皮托竞技会采纳，用以纪念阿波罗神。这一定型过程与阿里翁（Arion）在即兴演唱中将酒神颂（Dithyramb）作为一种艺术形式创制定型并无二致。无论如何，品达将这一曲调视作模仿之作，而且为曲调的名称给出了明白的词语来源：之所以叫作"多头的曲子"（行23），是因为这支曲调模仿自满头蛇发的妖怪口中（行9-10）。如此一来，神话的用意就很明显：诗人想要为一个家喻户晓的笛曲名称给出一个"就是如此"（Just-So）的来源解读。他不在乎的是，从技艺角度来看，当"多头"一词用于音乐作曲时，指的或

---

① 《政治学》1447a，24-25。亦见柏拉图《法义》，669e。
② De Mus. VII.1133e.

许并非一段旋律或它传达的内容，而是这一旋律的结构——由数个小段歌曲组成，即我们今天所说的乐章。①

第十二首皮托凯歌的介绍性的古代注疏中记载了这样一个传说，②在比赛刚开始时米达斯不慎弄坏了笛嘴，于是只能在笛子的苇片上吹奏，仿佛吹排箫（syrinx）一般。这个传说或许有事实依据，但倘若如此，品达竟没有大张旗鼓地渲染个中的艰辛与高明，以及在开端的厄运后惊人的反败为胜，实在令人费解。古代注疏家们很轻易地在这一传说中为最末诗节的俗谚找到了根据，他们甚至可能是为了坐实这句俗谚而编织了这一传说。

［27］关于主人公、神话的用意以及诗歌的总体结构，我们就说这么多。接下来需要考察本诗的独特特征，并深度发掘解读的疑难。尽管在创作此诗与第六首皮托凯歌的公元前490年之前，品达并未游历过西西里，然而诗歌开端对阿克拉伽斯的呼唤，和第六首皮托凯歌第6行的"河畔的阿克拉伽斯"，以及105则辑语的"崇高的城邦"，都不仅仅是对胜者母邦例行公事的赞辞：诗人大概从他的朋友忒拉绪布洛斯那里了解了该城的风貌与特征。将此城称作人间最美城邦毫不为过。依山而建的城市随着逐层下降的山脊向南方延伸，在城中可以享有最宽广明媚的鸟瞰景致。最南端的山脊可以俯瞰与之并行的阿克拉伽斯河道，河道沿着山脊一路蜿蜒到海中，城中林立着大大小小的神庙遗迹，神庙大多建于公元前480年之后，当时希美拉（Himera）一役从迦太基人（Carthaginians）手中俘获的战犯与劫掠品为神庙的建设提供了人力和物资。旅者今日寻访这一景色时，或许能够忆起品达对它的描摹，并领悟到用这些语

---

① Cf.Drachmann, *Scholia*, p.268; Wilamowitz, op.cit., p.144.
② Drachmann, p.264.

词形容西西里地区的最美景致是多么恰切。

我请求你们接纳（Αἰτέω σε ... δέξαι），这类开端由呼格名词的吁请和关系从句构成，是一种辨识度很高的祈祷与请愿格式。[①]此处的含义直截了当：诗人请求米达斯的母邦迎接从德尔斐返乡的胜利者与他的桂冠，仿佛这首凯歌的演唱是一种宗教仪式。对阿克拉伽斯的讲辞中最引人注目的笔法，是忽然将城邦拟人化为与之同名的仙女，仙女安居在河上的山间，并被诗人唤作女王（行3）。这一转换通过第2行的关系代词实现。这种交替使用地点与人物来称呼一个以仙女名字命名的城邦的做法毫不奇怪，往后我们还会看到比这更突出的例证，在这些例子中，两个甚至更多的属性会被赋予同一个专属名词，一些属性与地点相关，另一些与人物相关。[②]

从眼下向过去神话世界的时光穿越，是通过两个指示代词实现的，第一个出现在第6行，将奏笛的技艺与雅典娜和戈尔贡们相连，[28]第二个出现在第9行，简要概述了奏笛技艺的创制背景。倘若果如上文所言，神话的主要意图是阐明"多头的习传曲目"的起源，那么，第13-18行的内容则与题旨无关。然而，它们却在结构上占据着神话叙事的中心部分，因为此处的神话讲述再一次采用回环叙事法，段首与段尾都在宣讲雅典娜通过模仿戈尔贡们的哀鸣而创制了这门技艺。向段首宣讲的回归开始于第18行的连词"然而"，它打断了珀修斯的复仇故事，[③]而且自此神话部

[①] 参第五首奥林匹亚凯歌开头，第八首奥林匹亚凯歌，第八首皮托凯歌，第十一首涅墨凯歌以及第六首赞歌。关于这一主题的论述见Schwaldt, op.cit., pp.269、274。

[②] 如第九首皮托凯歌行55、辑语185。

[③] 参第三首皮托凯歌，行38。连词"然而"有相似的用法。见Illig, *Zur Form der Pindarischen Erzählung*, pp.93 ff。

分逐渐消退（unwinding），直到第22—23行使用重复词汇重现了第7—8行的内容，消退完毕。然而，第13—18行的中心部分虽然与神话的用意无关，却是珀修斯传说中的核心部分，而这足以成为其被囊括于此的最佳理由。听众们都在期盼着听到这段故事，如果诗中遗漏了这段内容，整个故事将不复完整。第十首皮托凯歌中的情形也如出一辙，珀修斯游历极北乐土的故事被额外补缀了一句话，借此突出了其戈尔贡斩杀者以及塞里佛斯人毁灭者的身份。第十二首皮托凯歌中，神话在讲到半截时插进了珀修斯最著名的事迹，这一做法说明品达的叙事时常有典可依（allusiveness）。但大量细节被遗漏了，毫无逻辑线索或合理的解释可寻。其中至少有两处语焉不详，而且很短的篇幅里堆砌着大量的事件。很显然，诗人假设听众们多少熟知故事的剧情，[1]他们可以据此补充遗漏的信息，并拼合零散的情节。[2]

诗中有些部分的语言还有待详加考察。在博克（Boeckh）版的第11行，终结、毁灭（ἄνυσσεν）脱胎于古代注疏的用词 ἄνυσε，这一版本取代了抄本解作的吼叫（αὔειν）的不定过去时，得到了广泛的认同。然而，施耐尔（Snell）在其1953年的版本中将其还原为"吼叫"的不定过去时（ἄϋσεν），将"第三个戈尔贡女妖"看作带来（ἄγων，现在分词形式）的宾语，或许才是正确的。韦拉莫维茨保留了"吼叫"的不定过去时，[3]却欲将"带来"改为不定式以便避免"吼叫"的不定式孤立出现，然而此处若使用间接引述宾语从句（Oratio Obliqua）则似乎与 [29] 简易的

---

[1] Fehr, *Die Mythen bei Pindar*（Zurich, 1936）尤其强调这一点。
[2] Pherecydes, Fr.11 in *FGH* 1, p.61.
[3] op.cit., p.146. 格里菲斯（J.G.Griffith）认为"吼叫"应为完成时，但的确应保留不定过去时时态。

文风相悖，①何况我们也未曾见过这个动词引出一个不定式短语的先例。这个词在所有时期的诗歌中都完全一致地意味着"发出喊叫声"，那么若如此翻译——"珀修斯（乘胜）欢叫着提着第三个女妖的头颅消灭了塞里佛斯人"，②又或者还一语双关地使用了一份儿（μοῖρα）一词，取"入伙（ἔρανος）凑份子"的意思——这比干巴巴的"终结、毁灭"顺理成章得多，因为后者未免与下一行的 ἀμαύρωσεν 同义反复了。③

第13行的"将神样的福尔科斯一族搞瞎（ἀμαύρωσεν）"一向被看作是指珀修斯由于夺走她们唯一的一颗眼珠而暂时搞瞎了灰女巫格赖埃（Graiae）。④还可以有另外一种解读，即福尔科斯一族可能既指格赖埃女巫，又指戈尔贡女妖，因为在赫西俄德笔下两者都是福尔科斯（Phorcys）的子女。⑤如此一来这一动词就该被译为"搞晕、迷糊"，这与原文动词的通常用法并无出入，在这一时期的希腊语中，ἀμαύρος 和 ἀμαυροῦν 都不具备"弄瞎"的含义。至于这整句话的暧昧不明则无法得到解决，这或许与品达叙事的暗用典故有关。如果我们将这些叙事空缺填补上，在 ἀμαύρωσεν 这个动词背后可能隐藏着整个神话故事的玄机，其中包括珀修斯使用过的隐身帽，这顶帽子使他能够逃脱两个幸存下来的戈尔贡的耳目，搞得她们无从追迹、迷迷糊糊。

另外，对于第16行的解读也存在暧昧不明处。很直观的翻

---

① Illig, op.cit., p.94 也持此意见。
② Schwaldt, op.cit., p.308 的合理想象。
③ Dornseiff, *Pindar's Stil*, p.15 及 Wilamowitz, op.cit., p.146.
④ Gildersleeve, *Pindar's Olympian and Pythian Odes*, p.366; Scholia, Drachmann, p.266.
⑤ *Theogony*, 270 ff.

译是"当他砍下了美杜莎的首级",施罗德则以为不然,认为应当译为"当他从口袋中取出美杜莎的首级"并向珀吕戴克忒斯(Polydectes)及塞里佛斯人展示。① 有关"摘下、取下"($συλᾶν$)一词的这种用法,施罗德给出了《伊利亚特》第四卷行105中潘达罗斯(Pandarus)从囊中取出弓箭的例子。这一解读当然很精彩,它呈现出了珀修斯将头取出使岛民石化的千钧一发之际。与此同时,这个故事在艺术表现中最为人瞩目的部分也正是美杜莎被斩的情节,所以我们也可以认为品达明显指的是这件事。[30] 在笔法上也有一个理由支持这种传统看法:这句话更明确地澄清了第11行对斩杀美杜莎的含混指涉。

从第24行开始的有关"多头的曲子"的描写标志着诗歌回归到了眼下的时光,此次描写中包括一个精彩的"向人群求爱者"的隐喻。古代注疏将其简化为"呼吁、提请",则削弱了隐喻的效果。② "求爱者"一词通常被用于求爱的人身上,但品达也数次用其形容非人格名词,在这种情况下应当取其原意的引申义。因此在第二首伊斯特米凯歌第5行中,年轻男子两颊的绒毛成了阿弗洛狄忒的追求者,而在第247则辑语中,赛事则在向冠军的桂冠求爱示好,故而在本诗中,笛子流出的旋律吸引着人群,使他们涌入赛场。这类隐喻的雏形或许可见于第一首涅嵋凯歌第16行,"铜甲武装的人们是战争追求者"。可见,品达十分强调"多头的曲子"在皮托竞技会中的地位,而且此处的描述或许既指曲子作为整个竞技会的前奏,也指其作为笛手们的竞赛曲目。诗歌还提及了奥尔霍美诺城边(行26)科派斯湖(Lake Copais)的苇草,

---

① *Pythion*, p.112.
② Drachmann, p.268.

将诗的内容和诗人的故乡波俄提亚关联了起来。"舞蹈的忠实见证者"一语将笛乐视为一种伴奏,并意味着笛乐的衬托使得合唱歌者得以展现自己的技巧。

在诗歌的最后五行,品达意在阐发一个平常道理:虽然福祉不通过奋争根本无法得来,但其真正的来临也由于命定的干预而没有定数。然而,品达的箴言在此表达得很含糊。其中有两点可以讨论:第一,抄件中第29行应当读作或者($ἤτοι$),而不是的确($ἦτοι$),因为后者会令这个连词的位置毫无依凭。①品达本应说神灵会让福祉抑或在今日、抑或在未来的某一日降临,然而却在说到前一个可能性时打断了自己的思路,以便着重强调命运的干预无法抗拒,于是他才鼓起新的信心总结道,"但这一刻终会来临"。②[31]第二,在全诗最后一句,品达阐发了"命运的反转"实为人类事务中不可或缺的一环的道理。这种"猛然袭来"的力量出人意料地成全了或是延迟了我们的成功,并确保有死之人总可以对未来抱有些许希冀。古代注疏家们费尽心思,试图在据称曾降临在米达斯身上的事故中找到这些感触的渊源,然而事实上这最后一段诗文本身就足以作为一个成功故事的合宜品评而成立,无论故事的主人公是此处的胜者还是神话中的珀修斯。不过,若要解释品达缘何如此突兀而且虎头蛇尾地将这个道理附在诗尾,我们便无能为力了:此前的诗句中并无明确信息能够为此作出解释。

---

① Denniston, *Greek Particles* (2nd ed., Oxford, 1954), p.554.
② Wilamowitz, op.cit., p.147.

第四章　第七首皮托凯歌

[32] 本诗的创作年份或可定于公元前486年，伯利克勒斯（Pericles）的舅舅、阿尔克迈翁家族（Alcmaeonid）的希波克拉底（Hippocrates）有一子名叫麦伽克勒斯（Megacles），① 他于该年在皮托竞技会的战车比赛中夺冠。据亚里士多德记载，在同年春季他便遭到放逐；② 在雅典卫城（Acropolis）附近发现了数块写有他名字的放逐陶片（ostraca）。③ 我们由此得知，放逐身份无损于参与泛希腊体育赛事的资格。这首凯歌的演唱地点无从得知，但明显不可能是雅典，最可能的是德尔斐。倘若如此，本诗则相当可能是一部即兴作品，这也在一定程度上解释了它的短小精悍。正如第六首皮托凯歌，本诗诗文中没有提供任何有关演唱仪轨的舞台指引，也没有任何给某神灵献祭的祷辞或赞歌为诗歌的表演方式提供线索。但无论歌队是在向阿波罗神庙行进的过程中演唱，还是站立在阿波罗神庙前演唱，歌唱地点为德尔斐这一假设都为诗歌的核心表述提供了支持，即阿尔克迈翁家族为业已毁于公元前548年的神庙出资兴建新门面的善举。

诗歌虽然简短，结构却五脏俱全，而且诗歌完美地涵盖了赛

---

① Drachmann, *Scholia*, p.204。据研究，品达曾给希波克拉底写过诗，详见辑语121–122。
② 《雅典政制》，22.5。
③ Tod, *Greek Historical Inscriptions I*（2nd ed., Oxford 1946）, pp.17–18.

事题旨。除神话部分以外,本诗具有一首凯歌的全部元素:对胜者城邦以及胜者家族的赞美,其中包含往届获胜项目一览;诗人个人感受的简要表述;最后以一个俗谚告终。全诗没有任何涉及神话的内容,纯粹是与赛事相关的事实与感慨。这位忒拜(Theban)诗人在马拉松战役结束四年后,为一个被放逐的雅典贵族宣告胜利,但第一诗节中大量的雅典赞辞在这一创作时期还只是泛泛而言,仅仅是品达对上个世纪末在该处学习音乐的经历的怀念。直到诗人年届八旬,他才开始明确地提及雅典人打败[33]波斯人的战役,① 而且除本首诗外,诗人只有一首献给雅典人的凯歌,即例行公事的第二首涅嵋凯歌,该诗的创作时间大概与本诗接近。这两首诗都未曾提及马拉松战役,这令人不解。但我们或许应该想到,忒拜人都变节投靠了波斯人,而且阿尔克迈翁家族有同情波斯人的嫌疑,更何况,希腊人那时或许还不明白马拉松一役的历史意义。② 至于神话部分,在如此短小的诗歌中根本无处容纳;在另外四首同样是三段式的凯歌中,也有三首无神话痕迹,即第十一与第十二首奥林匹亚凯歌和第三首伊斯特米凯歌。③

品达再次使用了我们在第六首皮托凯歌中讨论过的建筑物譬喻,以说明雅典城是一曲最美的前奏,④ 它奠定了为阿尔克迈翁家族所属马队谱写的赞歌的基调。对雅典的这一赞颂取材于史诗的问答笔法,一直持续到诗节末尾。接下来七行诗句谈论阿尔克迈翁家族,其中最后一行构成了末尾诗节的第一行,这一叙述涵盖

---

① 《酒神颂》,行64–65;第一首皮托凯歌,行76。
② 亦见Schroeder, *Pythien*, p.65。
③ 第三首伊斯特米凯歌有可能是第四首后所写但附在前面的一部分。
④ 参第四首涅嵋凯歌行11的用法。

了之前约一百年的历史。第4行诗句有两处疑点，我们在此做一简短讨论以便阐明整句内容。首先，抄件中的"居住"一词基本上无误，因为"你居住的哪个母邦、哪个家庭"令我们想起了史诗名句"闲居家中"，并联想到羁旅的游人对母邦与家园的思念，他遍寻希腊，也找不到一个可与母邦雅典媲美的安居之所。如果我们用母亲、庆祝或赞美取代此处的"居住"，这种思乡情切将会荡然无存。用"家"指代放逐者母邦的用法，可见第四首皮托凯歌第294行，被放逐的达墨菲洛斯祈祷着"重见家园"。第二，更古老的抄件中的称作（ὀνυμάξαι）不合格律，而博克的不定式第二人称用法似乎比摩森（Mommsen）的第一人称用法更符合句子的语气，因为第二人称可以指麦伽克勒斯。①

在对称诗节（antistrophe）中，品达解释了他在主诗节中盛赞的雅典缘何如此光辉伟大。由于阿尔克迈翁家族为德尔斐的阿波罗神庙表面铺上了大理石而非波洛斯岛的普通石灰石（poros-stone），②［34］雅典人赢得了所有城邦的赞誉。他们此举的身份不是代表阿尔克迈翁家族，而是代表雅典公民，品达对此大书特书，将他们描写为雅典创建者厄瑞克透斯（Erectheus；行8）的子民。随后的获胜项目一览由动词"激励"带出，③表达了诗人为竞技者的成就所感召而奋笔疾书的状态。除了公元前486年的本次皮托竞技会夺魁外，这个家族唯一一次能被指明日期的夺冠赛事，是一次奥林匹亚竞技会，即麦伽克勒斯的祖父阿尔克迈翁在公元前592年的战车比赛中获胜。④

---

① 对此的讨论见Schroeder, *Ed.Maior*, p.237。
② Herod, 5.62.
③ ἄγειν的相似用法见第二首皮托凯歌，行17。
④ Herod, 6.125.

通常一致认为第 14-15 行指不久前刚发生的麦伽克勒斯被放逐一事。品达援引了一个有关嫉妒与成就如影随形的老生常谈来评价此事，这正是这个忒拜贵族为这种将卓越公民赶出城邦十年的政治诡计所下的断言。全诗最后一句话的确切涵义，以及其与之前内容的关联都不甚明了。品达深知阿尔克迈翁家族的财富、地位以及家族史，故而坚信他们享有幸福（εὐδαιμονία），一种恒久的被诸神永远宠爱的幸福状态。但与此同时，有死之人终究不可能完全避免苦难，此次的放逐只是转瞬即逝的不幸，它能够打断却不能摧毁幸福。第17行的幸福作为带来（φέρεσθαι）的主语意味着其会带来种种事物，这与一个希腊谚语相吻合，即认为时间与境遇会伴随人的一生，并决定什么会降临在他们身上。在第五首皮托凯歌第 54-55 行，我们也能找到与之相似的内容与笔法：

无人可以或将能免除他应得的烦恼；
然而古老的巴图斯（Battus）的福分也一代代传承着，一时轮到这个，一时轮到那个。

倘若此说成立，[35] 则的的确确（γε μάν）（行15）能加强由据说（φαντί）引出俗谚的力度。① 品达力图给嫉恨（φθόνος）安排一个合理的位置，作为恒久福分的短暂遮蔽。如此（οὕτω）的语气很强，而此处的意蕴或许可以由一个很平凡的改写体现出来，这为那句俗谚提供了例证，即福运总有起起落落。

---

① 见 Denniston, op.cit., p.348；品达对此词类似的用法参第八首涅嵋凯歌行50。第一首皮托凯歌行50及第三首伊斯特米凯歌行19为副词用法。

第五章　第九首皮托凯歌

[36] 在本诗开篇,品达将自己想象为公元前474年的皮托竞技会重步兵装甲比赛（hoplite-race）冠军忒勒西克拉底（Telesicrates）的获胜传令官。除单纯宣告胜利以外,诗人同时还呼吁美惠女神助他完成任务,并且用诗的辞藻附加了一个桂冠的意象用来比拟胜者,借此将胜者盛赞为昔勒尼的桂冠。获胜的项目唯有"铜盾"一词可以透露,这是全诗中唯一一次提示比赛项目乃重步兵装甲赛；这一标志在古希腊瓶画中很常见,画中每每刻画这类比赛都以铜盾作为最鲜明的标志。第一句话的鲜活意象及其语言的洗练,都证明了这首诗歌直指人心的爽快。品达诗歌开篇的胜者宣示通常要比此处更为复杂细致,向神话主题的转题部分也通常比此处出现得更晚。

然而在这首诗中,昔勒尼城在短短几行内便摇身一变,化为阿波罗神钟爱的名为昔勒尼的姑娘,我们也由此从当下的时空被瞬间转至神话世界里狂风怒号的佩利翁（Pelion）幽谷。篇首对忒勒西克拉底一笔带过,这使我们期待后文会出现一个更完整的英雄赞辞,以及他的获胜纪录清单——这将出现在第71行的第一个神话末尾,这一难读的段落一直延续至第103行。第四组三联句（triad）虽然在中间穿插了一个伊俄拉奥斯（Iolaus）的神话概述,以及对赫拉克勒斯与蒂尔克（Dirce）泉水的盛赞（行87-88）,但其实整段看来都与忒勒西克拉底本人及其光辉战绩有关。这一观点先呈于此,后文再详加探讨。

诗歌第5行的关系代词是一种惯用笔法，它开启了神话部分，神话的内容概述出现在第一诗节剩下的诗行和第一对照诗节的前半段：昔勒尼被驾着金色战车的阿波罗神从佩利翁幽谷掳走，她成为一片沃土的女主人，并从此安居在"大地的第三大陆之基"（行8）。阿弗洛狄忒在那里迎接了这对璧人，并主持了他们的婚礼。[37] 我们或许乐于揣测，隐藏在概述背后，必然有以史诗为根据的漫长故事情节。这一段简要概述的重要目的是引起听者的好奇。我们急于了解故事的详情，急于亲见我们的"女猎手"的形象，急于打听阿波罗神与她相遇的原委，以及第三大陆之基究竟所处何方。上述问题在诗歌后来的叙事里都会提到。

在很大程度上，品达的叙事技巧都被凯歌的演奏环境所左右。音乐、歌舞、诗节结构以及此类凯歌的严格时间限制等各种章法，同时还有诗人时而提及且十分清楚的观众对冗长叙述的不耐烦，这些无不要求神话被呈现为一幕幕片段分明的场景，而联结这些片段的次要部分则干脆被省略了。因此，既然神话的主旨一开始便已经阐明，诗人就可以随心所欲地选择他想要发挥的部分，并筛去很多或许对整体的连贯性十分必要的情节。在这一简略的框架中，诗人也大可以随意改换时间顺序，颠倒叙事的前后情节。因此，神话的这种呈现方式，就仿佛是若干并列展现的定格画面，而非一幅叙事完整的整体画面。我们必须承认，只有在一部载歌载舞、格律严谨的合唱作品中，品达的这种叙事技巧才能取得最佳效果。没有一个情节会驻足太久，前一帧画面刚给人留下深刻印象，诗人的镜头便迅速移入下一帧画面，而且每一帧画面都如浮雕般历历分明，绝不与其他画面混作一团、纠缠不清。品达的这种聚焦式分段叙事具备一种巴克基里德斯的作品所没有的直接与明快——巴克基里德斯是唯一一位存世作品数量能与品达相较的诗人。尽管两位诗人都为相似的演奏环境创作，且都使用相同的曲调、格律与语汇规范，但他们的作品效果大相径庭，这说明他们各自具有不同的秉性与思想品格。[38] 在巴克基里德斯的作品中，的确时而涌现出生动的画面，尤其在对体育竞技的详细刻画中，① 但这种效果一般更多地浓缩于一串词组或单个复合词中，而非成片的繁复词语群落；巴克基里德斯的风格总体而言没有那么汹涌磅礴、精彩纷呈，而是更趋平缓，相较一出清唱剧（cantata）而言，更像是一段宣叙调（recitation）。

诗中的昔勒尼神话叙事鲜活地展现了品达的讲故事天赋。第一个诗节末（行17）开始的神话概述就已经很丰富，勾起了我们对"少女猎手"（παρθένος ἀγροτέρα，行5）的好奇。随后诗人展开了阿波罗与喀戎观看昔勒尼与狮子搏斗时的对话，而直到第55行喀戎发言之前的后半段，才显露出第8行对非洲的隐秘指涉；在第三个末诗节中，故事的场景在三言两语间便转向了利比亚，继而描述了诺言的兑现，并为神话的遥远过去赋予了当时的现实意义。根据古代注疏家的说法，这个故事取材于赫西俄德的《女杰传》（Eoiae）中的一篇。② 这篇有关昔勒尼的传记仅留下了开头的两行诗文，这两行告诉我们，她的美貌来源于美惠女神，她居住在佩纽斯（Peneius）河畔的福提亚（Phthia）地区。③ 很不幸，《女杰传》只有部分残篇流传，但好在我们仍能从《赫拉克勒斯之盾》（ScutumHerculis）的前56行文字中寻得这些诗文大致形态的蛛丝马迹，《赫拉克勒斯之盾》在讲述阿尔克美娜（Alcmena）背井离

---

① 如在第九首第30–39行对五项全能运动的描述。
② Drachmann, p.221.
③ Hesiod, Fr.128（Rzach3）.

乡追随安斐特律翁（Amphitryon）后，描述了阿尔克美娜的美貌。设若有关昔勒尼的残篇保存得更加完整，它必能帮助我们看清品达如何将原始文献变为凯歌赞辞。就眼下情形而言，我们仍可做一些试探性的猜想。

在这个神话的凯歌版本中，有两处给人的感觉像是未经加工的史诗版本的原始内容，即第14-17行的神族谱系，以及第64-65行罗列的阿瑞斯泰俄斯（Aristaeus）的尊号。后者原样照录自赫西俄德的作品，这或许可以塞尔维乌斯（Servius）对维吉尔《农事诗》（*Georgic*，Ⅰ.14）的一个注释为证，那则注文中说，赫西俄德称阿瑞斯泰俄斯为"田间的阿波罗"，而在品达这里则可能变成了：

[39] 神圣的阿波罗
是身边的牧羊人（行64）

就前者而言，对这个谱系的描述用了熟悉的回环式手法，先从昔勒尼讲起，再逐级上溯到最早的远祖，并以一句以叙浦修斯（Hypseus）为主语的诗句告终：

他珍爱美臂的女儿昔勒尼。（行17）

这种追根溯源的方法与史诗的惯例一致，根据这种惯例，应当采取与此一致的格式提供与此一致的信息。然而奇怪的是，品达在此处没有任何删改，他完整记录了整个谱系，却省略了史诗原文中的很多其他内容。有人认为，诗人单单着迷于昔勒尼祖先名号的发音，并且希望在诗里用上这些发音的韵律感；这种观点大概只是猜测。我们或许更应该想到，对于品达那个时代的听众而言，神话人物的世界具有无比真实的感召力，而且品达认为，用古代为当代做背景，并借此为当代增添其本不具备的光辉，正是诗歌技艺的高级功能。据此或许可以说，品达在此处的工作，是为他雇主城邦的同名女英雄寻根溯源、认祖归宗，将之一直追溯到最为古远高渺的地母神与海神。由此，一个在本诗创作前150年才建立的希腊殖民地城邦的城邦民，才能够感受到自己也是希腊主流文明的有机组成部分，而且能够明白，虽然他们的城邦肇基未久，其根源却能上溯到神圣的英雄古史。

然而，比这更有意趣的问题，是这一族谱在品达叙事中所处的位置。阿波罗在第33行问喀戎，谁生育了昔勒尼？在第44行的回应中，喀戎重复了这个问题，却并未给出答案，而是为这位预言之神做出了一个预言。类比史诗的惯用笔法，我们发现，或许在原初的故事中喀戎会如实回答阿波罗的问题，① 而这一回答或许会出现在有关神灵无所不知的段落（行44–49）之后，因为早在荷马的作品中，就已有这种向一个知情者透露其已知信息的 [40] 著名笔法。例如，在《伊利亚特》（1.362）中，忒提斯（Thetis）询问阿喀琉斯（Achilles）缘何哭泣，阿喀琉斯回应：

你既然知晓，何苦要我全盘复述？

然后，他还是向母亲完整叙述了一遍自己苦闷的个中原委。据此或许可以认为，本属于阿波罗与喀戎原始对话内容的族谱部分，被品达转写到自己的叙述之中。

---

① Schroeder，*Pythien*，p.80 及 Illig, op.cit., p.35.

这个对话的确切涵义引发了不少争议，有很多种不同心理层面的细腻解读。博克认为喀戎在谴责阿波罗神的所作所为与无知，①然而又出于自己的友爱秉性谅解了阿波罗。韦尔克（Welcker）则在对话中发现阿波罗神装疯卖傻，以便试探喀戎；②这个观点无论如何都保留了神的无所不知。施罗德从纯粹人性的角度理解这场对话，③而伊里希则认为，④对话是在试图排除《女杰传》的内容中对阿波罗的神性与全知的质疑；这个观点与几乎同时期的第三首皮托凯歌对阿波罗的处理一致。我们很难在这些解读中做出抉择，所有这些都出于主观臆断，没有事实根据。然而，如若考察一下第39-43行的对话文本，或许对理解其涵义有所帮助。

阿波罗向喀戎提出了两个问题（行30-37），首先是女子的身世，而后是与她同房是否合法。喀戎以为阿波罗急于对她施以强暴，便警示阿波罗劝说的必要性，要注意私密性的礼法（行39-41）。下一句话由"于是"（行42）引出，解释了喀戎为何认为有必要提醒阿波罗他早已心知肚明的事情：阿波罗神绝无可能从事任何伪善的事情，⑤故而必然知晓这两个问题的答案，只是他被"温柔的冲动"误导并讲出了与事实相悖的话语。⑥与此处的谎称（παρφάμεν）完全同义的，是第七首奥林匹亚凯歌第65-66行的诸神说谎（θεῶν ὅρκον μέγαν...παρφάμεν），意思是发出与事实相悖的

---

① Commentary, *ad loc*.
② Kl.Schriften（1834）, pp.199 f.
③ Op.cit., p.80.
④ Op.cit., pp.40-41.
⑤ 参第三首皮托凯歌，行29-30。
⑥ Illig, op. cit., p.38同。

伪誓。[41] 更难确认的是，引阿波罗暂时误入歧途的"温柔的冲动"究竟是什么：因为若想解释清楚，我们就必须说明不定过去时"转向"的意蕴。在品达的作品中，"冲动"一词通常意味着刺激、情绪、感受，所以上下文的语境决定了这一中性名词的色彩。例如，在第一首皮托凯歌第89行与第二首伊斯特米凯歌第35行的语境中，此词意味着慷慨解囊的冲动以及参与社交与竞技活动的冲动。① 在本诗的段落中此词出现于具有情欲意味的语境中，故而很可能与情欲相关，② 而且它的限定词温情（μείλιχος）在其他人的作品中也曾具有相同的暗示。这种解读至少为喀戎的言辞提供了一些佐证：使阿波罗冲动地违背事实讲话的原因，是他对昔勒尼的情愫。

在下一句话中，喀戎回到了阿波罗的第一个问题（"女孩儿来自何方"，行43），但他提示，神灵无所不知，并以此替代了正面回答。如果还要继续深入剖析这段对话，未免有些掉书袋：对话中的轻松幽默显而易见，不仅见于事实叙述，也遍布于对话的措辞中。我们不妨用荷马的心态来理解品达，③ 即风趣地将德尔斐的预言神刻画为一见钟情并坠入情网的年轻小伙，他急于向智慧大师（savoir faire）请益讨教。这位智慧大师教导过很多英雄人物，如阿喀琉斯、阿斯克勒庇俄斯（Asclepius）和伊阿宋（Jason）等。

有关昔勒尼神话的叙事结构，我们可以注意几点。第一个诗节中对她生活方式的描写，包含在一个铺陈笔法的连绵长句中。类似这样的神话人物静像在品达作品中并不常见，他似乎更爱动

---

① 品达对于此词的其他用法，见第二首皮托凯歌，行77；第五首涅墨凯歌，行32；第五首伊斯特米凯歌，行34；第六首伊斯特米凯歌，行14。
② Schmid–Stählin I.1, p.602.
③ Illig, op.cit., p.37, 对比 *Iliad* 14。

态中的人物；而且将类似对昔勒尼及其生活习惯的此种描绘作为后面动态情节的前奏，在品达的诗作中也很鲜见。除此处外，品达作品中仅有两处对非动态人物形象的生动刻画，即第六首奥林匹亚凯歌第54-55行的婴儿伊阿摩斯（Iamos），以及第四首皮托凯歌第78-83行在伊俄尔科斯（Iolcus）市场的伊阿宋，这两处描绘了动态前的片刻宁静。在一个诗节的篇幅中浓缩一个人物整个生活方式的段落，可参第三首皮托凯歌第47-53行，其中关于阿斯克勒庇俄斯治疗方法的叙述，[42]可供我们比较这个创作时期类似的但更精心的行文。

在本诗的这一诗节中，品达成功赋予了昔勒尼更丰满的性情，其他叙事中的人物都远不及此——除了第四首皮托凯歌中的伊阿宋外。与昔勒尼相比，品达笔下的阿波罗钟情的另外两个少女，优阿德娜（Evadne）与柯萝尼丝（Coronis），仅仅给人留下了浅淡的印象。昔勒尼由于其独特的生活方式而独树一帜，为了塑造她的人物性格，诗人不惜使出浑身解数。她与忒奥格尼斯笔下的阿塔兰忒（Atalanta）如出一辙，①她放弃温馨的家居生活，离群索居地在山间过上了女猎手的生活；而她高洁的童贞则巧妙地隐含在第23行最后一个从句的开首词中：她唯一的床伴就是睡眠。她在睡眠上耗时极少，总是在漫漫长夜中照料她父亲的羊群，使之免受野兽侵扰，只在破晓前才稍作小憩。几乎无疑的是，昔勒尼是在黎明之时才偷空补觉，而非漏夜时分，因为野兽们只会在夜间四顾觅食，人类丝毫不得松懈，如荷马所云，"竟夜不眠"。希腊原文与这一解读并无相左："而她美好的床伴，睡眠，邻近破晓时，她才让它在眼皮上逗留一小阵儿。"

---

① H.Frankel, op.cit., p.561.

此处的静谧很快被骚动取代，动静两句间并无连词相属，这就极其精简地为对话设定了场景。四行交代场景的诗文里不夹杂半点废话：前三行说明阿波罗发现了正在与狮子酣斗的少女，但并未提及搏斗缘由或战况细节；第四行（行29）则凝练至极，"从厅中呼出喀戎"一语涵盖了阿波罗的叫喊与喀戎从洞中的现身。至此，我们可以再次回想品达所能读到的赫西俄德对这一段的松散描写，并借此品味到，品达通过何等技艺将这些原始材料凝练成这一瞬间的动态。能够领会到此中的画面感非常重要。前方是与狮子酣斗的昔勒尼，背后是洞穴，阿波罗从中召唤喀戎并与之赞叹昔勒尼的勇武。半人马神的出现，将画面完满地扩充为三人群像，[43]其中两人关系密切，作壁上观且窃窃私语，另一位则孤军奋战，吸引了那两人的目光。整体的构图如瓶艺绘画或剧幕场景般清晰。然而，品达此处的叙事几乎不可能基于某件艺术作品：尽管无比鲜活，但它仍然是诗人通过想象力对原始文学材料的锤炼加工，而且作为诗人作品中的众多例证之一，它也见证了诗人在第77行阐明的创作原则：

> 众多中仅取少量点缀，
> 智者才会乐于聆听。

现存的昔勒尼艺术作品中，包括一个石灰石制的浮雕残片，描绘了少女与狮子的搏斗场面。①这个残片发现于奥林匹亚地区的昔勒尼藏宝阁，制作于公元前6世纪。品达或许的确对此有所见闻，但我们仍然无法确定它是否对这首凯歌产生过什么影响。还

---

① 品达的再创造详见于 Farnell, op.cit., I, pp.137–139。

第五章 第九首皮托凯歌

有一处制作于公元二世纪的浮雕，也刻画了昔勒尼与狮子的场景，还有展臂欢迎她的利比亚女神，这或许有助于说明第56行的文辞。除此二者外，还发现了一枚希腊-罗马时期的珠宝，展现了阿波罗驾驶天鹅战车载着少女的场景。

上文阐明了阿波罗与喀戎间的对话，我们还可以再做些补充。对话中提供了一些细节，使得早先创造的有关人物与情节的印象更加鲜活：昔勒尼在搏斗中"无畏的头脑"（行31）、喀戎笑对阿波罗迫切的提议时带有纵容意味的眉毛（行38）、草木繁茂的山谷（行34），所有这些都紧紧抓住了我们的注意力。可惜的是，喀戎微笑的深意却未可知，因为我们无从得知轻快地笑（χλοαρὸν γελάσσαις，行38）一语对古希腊人的意蕴。① 两段言辞的措辞以及第46–48行关于不可数性（countlessness）的象征都十分中规中矩，无疑是品达取材于史诗诗人的语汇。然而诗中还有[44]三个隐喻很惹人注目，有待品评，即便它们都取自史诗题材中的同类意象，也仍然揭示出诗人的一些文风。

首先是对"何人孕育了她"这一平淡问句的强化。第33行的从哪一株上摘下是很多语种中常见的植物隐喻，然而这句话本身，尤其是其中的连词，奇怪到需要做出一些解释。无论是一株（φύτλη）还是摘下（ἀποσπᾶν），两个词都不曾出现在现存的史诗作品中，或许品达放入阿波罗问话中的措辞直接取材于搏斗发生时的自然场景，即荫翳的山洞中；而且我们还能找到另外一个取材于事件场景的隐喻，即第六首皮托凯歌开篇"诗歌的藏宝阁"的意象，正是取材于林立在通向阿波罗神庙之路两侧的建筑物。摘下（ἀποσπασϑεῖσα）一词暗示着昔勒尼的野蛮降生，这与她在山中

---

① Cf. Drachmann, *Scholia*, p.226 and Schroeder, op.cit., p.82.

离群索居的生活相合，就好比她从自己归属的林木中被生生拔了出去。下一个隐喻是：

从她床上摘走蜜甜的花草。（行37）

第110行再度回应了这一隐喻："趁着盛开摘取青春的果实。"虽说摘花的隐喻在情色语境中屡见不鲜，但品达在其他作品中从未这样使用同一人物的两个毫发毕现的意象，由此我们或许可以再度推测，场景的设定启迪了词语的使用。这一隐喻在后文再度出现，使两个神话的情色元素遥相呼应。最后一个隐喻出现在第39行，品达于此将劝说女神（Πειϑώ）想象成一个手持爱情圣殿钥匙的掌匙者（κλῃδοῦχος）。①

喀戎向阿波罗道出预言所使用的语辞，与传统预言中的暗指语言风格吻合。唯一确切的地理指涉是第55行的利比亚，而从两个修饰词"水草丰美"与"女王"来看，利比亚同时被视作国家和女神。昔勒尼城隐藏在"宙斯最美的花园"（行53）这个表达背后，稍确切一些的表达是在"平原环绕的山丘"之中，而忒拉岛（Thera）则隐含在［45］"岛民"（行54-55）这个表达背后。在逐步预示了阿波罗与昔勒尼未来的命运后，预言达到了最高潮，即诗人尽数了两人未来所生男婴的圣号，这为喀戎的闭幕词赋予一种颂辞般的庄严感（行64-66）。喀戎的讲辞到此结束，诗人在之后的五行中为这个神话故事收尾，并转而回到了胜者及其获胜的主题。既然有开头第5-13行的概述，诗人便毋庸赘言从忒萨利亚到北非旅程的细节；而昔勒尼城的定语"以竞技著称

---

① Cf. Eur Htpp.540.

的"(行70),则为诗歌向胜者主题的过渡提供了方便。

有关第76行以后的用意与意涵,仍然存在很多争议。①品达其他凯歌作品中在类似位置的类似内容,都表明这是一种过渡的手法。品达的写作习惯,是将诗中的一个主题与另一个主题用格式相对固定的数行诗文衔接,这提醒我们注意凯歌创作所要求的文辞适量的必要性。因此,昔勒尼的神话收尾后,诗人很快转向忒勒西克拉底的战绩一览。此处显示出类似的过渡段落共有的一些特征:"有关美德的故事何其多"一语表明各种故事之间的千差万别,而诗人从众多素材中仅选择少许细节予以润色;有关听众对诗歌看法的评论;对适度原则的反思,诗人据此方能为凯歌的不同部分划定界限。在前两个从句中,相互对立的概念集中体现在故事之多(πολύμυθοι)与少量(βαιά)两词之间,而"少量"一词是纯粹的量化概念。智者(σοφοί)在此不单单指诗人,还指具备诗歌品鉴能力的智识听众。品达很少如此使用此词,而多用它来指代诗人以及其他精通医术、占星等技艺的人,但这种用法仍然可见于第二首皮托凯歌第88行、第四首皮托凯歌第295行与第五首皮托凯歌第12行中,以及第二首奥林匹亚凯歌第85行作为其同义词的智人(συνετοί)。所听的(ἀκοά)是一个抽象名词具象化的实例,虽然维拉莫维茨否定了此词而[46]建议代之以打磨、砥砺(ἀκόνα),并由此为整段诗文提供了另外一种完全不同的解读,但其实有足够多的抽象名词具象化的实例可堪类比;况且在荷马史诗中,"打磨"一词显然有具象的

---

① Schroeder, op.cit pp.85 f,及 *Classical Quarterly*, Ⅸ(1915), pp.193 ff.及Farnell答H.J.Rose, *C.Q.* XXV(1931)pp.156 ff。我主要遵从Schroeder的观点。

涵义，与所闻（ἀκρόαμα）一词的意味相近，即被听到的事物。①但维拉莫维茨也否认了这一点。②构成本句话的三个从句中的最后一句仅在四行的篇幅内阐述了适度原则（καιρός），这个从句的内容正是赫西俄德与忒奥格尼斯曾引用的一个箴言的变体，即"适度是万事万物中最好的"。③

有关"适度原则"的用法在此处还须深入探讨。④在此处以及与此类似的语境中，此词意指过多与过少之间的适宜尺度，而非幸运的时机。这或许是此词在早期希腊文中的通常用法，甚至可能是品达作品中的唯一用法。就此，我们可以参照诗人用这个词作为过渡的其他作品，再参考另外一个例子，以便确定此词在本诗中的涵义。我们曾在第十首皮托凯歌第 4 行注意到此词最早的一次简单用法，诗人中断了自己气势恢弘的开场白，并借助问句"我为何不合时宜地喧嚣？"回归到诗歌的题旨。对这一段更有借鉴意义且更为复杂的用词，出现在第一首皮托凯歌第 81 行以下，希耶罗（Hieron）的军事成就叙事在随后五行结束，这五行与第九首皮托凯歌第 76 行的思路遥相呼应，只是使用的隐喻不尽相同，即"将众多头绪拧成几股"。在第十三首奥林匹亚凯歌第 47 行，这个箴言的另一种表达形式中断了一个获胜纪录的清单：

每件事皆遵从一尺度，

---

① Cf. Iliad 16.634；Odyss.2.308; 4.701.
② Op.cit., pp.263 f.
③ *Epra* 694; Theognis 401; cf.Bacchylides 14.17.
④ 在此感谢 L.R.Palmer 教授的论文 "The Indo-European Origins Justice", in *Transactions of the Philogical Society*, 1950。

唯此尺度最当知晓。

在第一首涅墨凯歌第18行，品达从对西西里地区之美的感慨所引发的主题转向他对胜者的个人关怀，此处使用的语辞是"我已经照亮诸多主题，击中鹄的、毫无闪失。"［47］除了第一个例子，所有这些段落都有一个有趣的特点，即"适度"一词或多或少总与量词关系紧密，这暗示着诗人有大量的素材可资选用，而他的工作正是在适当的场合做出取舍。最后要补充的例子出自一个完全不同的语境。从第八首奥林匹亚凯歌第23行以下，品达解释了为何忒弥斯（Themis）在埃吉纳岛比在别处要更受尊崇：

那些又重又大在秤上摇摇摆摆的，
很难在称量时
不错失准星。

这句话的大致涵义很明白。诗人说，在进行大宗财物的买卖交易时，很难做到分毫不差的彻底公平，因为在称量货物时，很难达到过多或过少之间的那个精准刻度。这段话再次呈现了适度原则与量词之间的紧密关联；而辨认（διακρίνειν）一词的使用则暗示了，适度原则的选取就像学会识别天秤左右之间的定星。

有了这些说明，我们或许可以用平实的语言将本诗的这段诗句改写如下：

有关英勇壮举的故事说不尽道不完，但当故事情节太长时，不妨充分聚焦于几件事上——这才是品鉴家们爱听的；在所有一切事物中，找到这个精准尺度都同等关键。

可见，这一段话自成一体。它引出了后面的获奖列表，而在列表中品达仅筛选了部分项目予以润色，以遵从适度的法则。在第六首伊斯特米凯歌第56行，诗人表达了完全相同的意图，他用下列言辞从神话部分转入胜利者的主题：

[48] 将他们的光辉事迹和盘托出，对我而言未免太过冗长。
缪斯啊，我来此
是为给斐拉基德（Phylacides）、皮忒亚（Pytheas）和欧蒂提墨涅斯（Euthymenes）敬献酒歌，
用阿尔戈斯的传统，
我想这故事该讲得越短越好。①

如果对本诗第76–79行的解读成立，我们自然就可以认为，往后直至103行的诗句主要与忒勒西克拉底相关。品达讲了伊俄拉奥斯的神话，还提到了赫拉克勒斯与伊斐克勒斯（Iphicles），这都是用来渲染获胜清单的纹饰（ποικίλματα）。我们现在开始讨论这个专题。

通常的理解认为，从第9行开始的诗句中的它（νιν），指距其最近的适配名词"适度原则"，句中的从前引出了佐证前一句箴言的神话：

从前，七门的忒拜城也曾见证，即便是伊俄拉奥斯，亦未曾对适度原则不敬。

---

① 亦见第十首涅嵋凯歌，行19–20。

随后是伊俄拉奥斯神话的简要概述,讲了他如何在奇迹般复活后斩杀了欧律透斯(Eurytheus),如何从雅典人手中救出了赫拉克勒斯家族,如何再度被葬在了他的祖父安斐特律翁的墓边。据泡赛尼阿斯(Pausanias)记载,此墓位于忒拜的普若泰德门(Proteid),[①]墓地附近建有伊俄拉奥斯竞技场,在此常举办被称作伊俄莱亚(Iolaea)的竞会会。根据传说,神话的要点是伊俄拉奥斯在千钧一发之际拯救了赫拉克勒斯一族。乍看之下,这一观点似可得到第四首皮托凯歌第286行以后的诗歌内容的支持,文中的达墨菲洛斯(Damophilus)被描述为深谙适度之道,而且他侍奉适度时犹如一个殷勤的侍者,而非一个劳工。然而,这一解读的疑点在于,适度的涵义被过度引申从而超出了其历史框架,拥有了一种品达所处年代并未产生的时间意味。同样,在这个简要的神话故事叙述中,也无法找到任何元素能够使之与作为时机意义的适度原则相关,然而上述解读却要求它具备这个涵义。于是,我们不得不自己动手赋予它这一涵义,将神话解读为伊俄拉奥斯恰逢其时地复活,砍下了欧律透斯的脑袋,并及时拯救了赫拉克勒斯一族。事实或许的确如此,但我们仍然无权如此套用品达的言辞。因此,还需要另寻"它"之所指。

上文已论证,第76–79行的诗文意在引出获胜纪录清单,这一观点可以得到第六首伊斯特米凯歌第59行的支持,在该诗中紧接着"故事讲得越短越好"一句,[49]品达记载了斐拉基德及其家族的获胜纪录。类似的是,本诗中,在"众多中仅取少量点缀"以及有关适度原则的箴言之后,我们理应期待获胜清单主题立刻

[①] IX.23.1.

呈现。据此，我们可以提出，"它"应当指忒勒西克拉底，[①] 而这句话是在迂回地指明他曾经在忒拜的伊俄莱亚竞技会上取胜："七门的忒拜城曾经见证，连伊俄拉奥斯（不仅是皮托竞技会上的阿波罗神）也不得不赐予他胜绩。"与此十分类似的表达还可见于第二首伊斯特米凯歌第18行：

> 阿波罗在柯丽萨（Crisa）见到了他（胜利者）并赐予他荣耀。

阿波罗是皮托竞技会的主神，而伊俄拉奥斯则是伊俄莱亚竞技会的主神。比较相似的还有第七首奥林匹亚凯歌第83行，狄亚戈拉斯（Diagoras）在全希腊各个地区斩获的胜绩被浓缩在一个诗句中，句中的主语是诸获胜地点与奖项，谓语是"知道"一词的动词变位，而宾语是"它"（指狄亚戈拉斯）。[②] 有关本诗这一观点的唯一困难，在于"它"往回指代第73行的内容。然而有两点我们应当注意：首先，第80行的"它"事实上承接了第73行的"它"；其次，第76–79行自成一体，可以视为一个插入语，这个插入语暂时打断了思绪，以便前后相接。类似这样的插入语段落在品达的作品中并不罕见：例如，在第四首皮托凯歌第247–248行，有一段插入语提及时光紧迫以及由此而来的间断的必要性，这段插入语打断了金羊毛故事的最后部分，而在插入语之后，这个故事省略了主语又继续下去。[③] 我们还可以打消一个小的质

---

① Schroeder, op cit., p.86.
② 亦参 Bacchylides 13.194 – 195。
③ 其他细节参第一首皮托凯歌，行37；第八首皮托凯歌，行13–16。

疑。在所有类似语境中，使用曾经（ποτέ或 ποτὲ καί）一词，是引出神话的最常见的做法，故而本句看起来更应是在现在时句子里指代一个远古的神话寓言。然而，在品达的所有凯歌中，此词的用法有约四十八例，其中四例毋庸置疑指代的是胜者或其家族之前的胜绩，因此，我们没有理由认为第九首皮托凯歌第79行不属此列。[1]

关于伊俄拉奥斯的神话以及随后对赫拉克勒斯、伊斐克勒斯和蒂尔克泉水的描写，[50] 如果我们将其视为关于获胜纪录名单中的第一项的点缀（ποικίλματα），或许就不必费力为它们在诗中这个位置的插入寻找更深层意味了。除了对自己母邦的光辉历史油然而生的自豪感外，诗人实在无需任何其他方式激励竞技者赞颂自己的母邦，这种爱国情感还由衷地表现在一首早期的宙斯颂中（辑语9），以及第十一首皮托凯歌和第七首伊斯特米凯歌的开篇，还有和本诗一样与忒拜不甚相干的第六首奥林匹亚凯歌第82—87行。第89行"当我的希望实现，我将唱诵从中感受到的巨大美好"的意涵必须存疑。我们无法确知，这里是指某种确切的好，比如品达所祈求且被应许的忒勒西克拉底的胜利——诗人因此还感激赫拉克勒斯与伊斐克勒斯，还是说，只是笼统而言："一旦我得到好运，我就要给这些英雄们谱写赞歌。"将来时的"赞美"并不妨碍其指代诗人于本诗中正在做的事情。之后的诗句是对诗歌灵感不断涌现的祈求：这与第八首皮托凯歌第67行对阿波罗的祷辞旨趣相近。

第90—96行的诗句给我们带来的诸多困惑里，最先要解决的是第91行的这个城邦（πόλιν τάνδε）的意涵。有一点毫无疑问：它

---

[1] 第三首皮托凯歌，行74；第九首涅嵋凯歌，行52；第八首伊斯特米凯歌，行71。

必然指凯歌首次演奏的地点，而这只能是忒拜或者昔勒尼。传统的解读认为是指忒拜，而这种观点的主要理据是：第一，第73行的将来时动词迎接（δέξεται）表明忒勒西克拉底尚未荣归故里回到昔勒尼，而是仍然滞留在希腊地区的忒拜；第二，在所有抄本中，第91行都写作不定过去时不定式曾赞颂（εὐκλεΐξαι），依附于动词我敢说（φαμί）。如果抄本无误，"这个城邦"仅可能指忒拜，品达说他曾经在埃吉纳岛与麦加拉赞颂过它。

在考察能够证明其指代忒拜城的这些语辞与文本要点前，我们不妨先考虑一下，如果接受这种结论会带来哪些难点。首先，一首凯歌的首演习惯上不是在获胜现场就是在冠军的家乡，后者更为常见。在现存的四十五首凯歌中，大概只有三首（第十一首奥林匹亚凯歌、第六及第七首皮托凯歌）在比赛现场首演，其余都是冠军的母邦。[51] 目前在忒拜首演的凯歌中庆祝非忒拜胜者的尚无一例。据此，倘若第九首皮托凯歌真是在忒拜首演，那必然是传统习俗的唯一例外。

其次，若"这个城邦"的确指忒拜，那就必须提出一些无法验证的假设，以便解释品达缘何在一首写给昔勒尼人的凯歌中如此自我表白，坚称自己业已三次颂扬自己的城邦。例如，维拉莫维茨指出，在品达刚刚从西西里返乡不久，即此诗创作前不久（公元前474年），忒拜城指控品达忽视母邦而偏袒西西里僭主，品达对比做了自我辩白。① 诗人无疑在第十一首皮托凯歌中这样做了，然而那是一首以忒拜为主题的凯歌。法内尔（Farnell）则从中窥见了一个著名的轶事，② 即忒拜人十分憎恨品达几年前为赞颂

---

① *Pindaros* p.269.
② Op.cit.II p.209.

雅典城而作的酒神颂（辑语第64），甚至向诗人处以罚款，[①] 法内尔认为诗人在此处回击："我何尝对忒拜保持缄默？我已然赞颂了它三次。"法内尔继而认为，出于雅典为全希腊地区的福祉所做的贡献，第93-96行将雅典比作理应受到赞誉的敌邦。很难想到比这更雾里看花的观点了；况且也没有很好的理由解释，品达为何在一首写给昔勒尼人的诗中如此自辩，即便我们暂时假设本诗的首演地在忒拜，它之后也必会在昔勒尼城上演。

品达很明确地为自己操行辩护的诗歌有三首，即第七首涅姆凯歌、第二首与第十一首皮托凯歌，而这几首针对的都是直接参与攻讦诗人的群体。除此以外，我们还可以诘问，公元前474年以前在埃吉纳和麦加拉表演时，诗人究竟可能在哪些诗歌中三次赞美了忒拜城？现存的诗歌中一首也找不到，虽然或许有亡佚的此类作品。维拉莫维茨认为品达在阿淮安（εἰς Ἀφαίαν）（辑语80）写给埃吉纳人的献祭歌或许是其中一例，[②] 但此诗只有四行幸存，其中并未提及忒拜。大体而言，诗人这样做的可能性微乎其微。我们很难想象，在第三个末诗节回归胜者主题并且通过常规手法进入获胜叙述后，[52] 诗人居然在第97行用这样一个自我申辩中断了思路，又不使用任何有助于理解的连词，便重新延续此前中断的部分。的确，这类竞技胜利名单时常会被打断，但通常是被神话的例证或格言式警告打断。

除上述考虑外，还有很强的语言学论据可以证明，忒勒西克拉底是第90-92行动词的主语，并因此推断所指的城市实为昔勒

[①] Ps.Aeschin.*Ep.*4.2; Isocr.15.166; *Vita Pindari apud Eustathium* 28; Pausanias 1.8.4.

[②] Op cit., p.269.

尼。如果第91行指的是诗人在诗歌中对忒拜的赞颂，则92行的作品（ἔργῳ）必然意味着诗作，然而品达作品中从未出现过此词的这种用法。初看之下第六首奥林匹亚凯歌第3行似乎如此，但参考语境便知其主要指代的是建筑作品。事实上，直至哈利卡纳尔索斯的狄奥尼索斯（Dionysus of Halicarnassus）的作品以及公元初的《古希腊诗集》（Anthology），这个词作为"作者作品"的涵义才出现。我们不必将此词弱化，认为它是反衬固定搭配"说一套、做一套"（λόγῳ...ἔργῳ）的一部分，而是应该赋予它全部的意涵。品达作品中"作品"的另一个常见特殊涵义是竞技成就，即赢得奖项的那些努力。古代注疏家似乎对本句作此解读，将之看作指代忒勒西克拉底在埃吉纳与麦加拉的胜绩，然而令人费解的是，这一解读却为很多现代学者所拒斥。

另一点对这一解读的支持可以通过分析"逃脱沉默的无助状态"一语得来，这显然相比诗人更适用于竞技者。一位古代注疏家对本段诗歌的转述以及凯歌解释中的一两处引证也厘清了这一点。我们可以引述一下这段概述的原文：

> 靠行动逃脱沉默的无助状态、不知所措的无言与羞愧，故而战胜这些不知所措与沉默地来回踱步的羞耻，并逃脱一切事物并不值得大谈特谈。

还有一种不那么陈词滥调但更乏味的尝试：

> 靠行动逃脱沉默的无助状态，并赢得荣耀。谈及那些无言的不知所措，我们就知道这些沉默者被击败了。

这后一个转述可以得到一句诗的佐证："失败者被致命的

沉默所囚禁。"（辑语216）[53]此句在第八首奥林匹亚凯歌第68行的古代注疏中也曾被引用。这句话以及第八首皮托凯歌第83-87行描绘了失败者卑微忧郁的返乡行为，并证实了古代注疏家晦涩的解读。竞技胜利者载誉而归，失败者则无声无息，不但父老乡亲们静悄悄，唱诵胜利的诗人也静悄悄。这一点正是品达心中所想。在第89-90行，品达祈求诗歌的灵感，在由一个连词"因为"（γάρ）引出的下一句中给出祈求的原因：忒勒西克拉底的胜利为诗人提供了一个创作主题。

正如弗兰克教授（Hermann Fränkel）所言，①对第92行的这一解读得到了第四首伊斯特米凯歌开篇的支持：

> 仰赖诸神，四面八方有我无数通途。
> 哦！梅里索斯（Melissus）！皆因你在伊斯特米竞技会上向我揭示诗歌的良好技艺，
> 我便可以用赞歌追忆你的丰功伟绩。

此处的"揭示良好的技艺"是"靠行动逃脱沉默的无助状态"的正面说法，两者在涵义上几无出入。另一例与诗歌灵感相关的"良好的技艺"一词出现在第42则辑语的篇首，品达祈求墨涅摩绪涅（Mnemosyne）与诸缪斯赐予他"良好技艺"，即诗歌的丰富素材或灵感。因此，忒勒西克拉底通过自己的战绩所逃脱的"无助状态"看来有两重涵义：对他的同邦人而言，无助状态指没精打采、悲惨无助的返乡过程，正如第八首皮托凯歌第86行的生动形容，参赛者只能灰溜溜地从后街溜走；而对诗人而言，无助则

---

① Op.cit., p.569.

是他的缪斯的默然无助，①因为失败者无法激起缪斯的歌唱。

在最终断定所指城市是昔勒尼，且忒勒西克拉底及其得胜是本句的主旨之前，我们还须解决一开始那两个反对此观点的问题。第一个是第73行的"迎接"（δέξεται）的时态问题。这个将来时态［54］虽然并不严谨，但也顺理成章，因为品达在此区分了凯歌的演奏时间与创作时间。理论上，他应将自己置身于演奏的时间与地点，并改用现在时（δέχεται）；但这种不甚严谨的将来时也有其他例子，尤其当诗人或合唱歌队以第一人称讲述自己在诗中的行为时。例如，第九首涅墨凯歌以将来时动词歌颂（κωμάσομεν）起始，尽管这个行为是在凯歌演奏时进行。在第七首奥林匹亚凯歌第20行，品达用将要立刻讲出故事（ἐθελήσω ... διορθῶσαι λόγον）引出了忒勒泼莱墨斯（Tlepolemus）的故事，而非现在时的想要（ἐθέλω）。②固然，将来时的"迎接"理应更严格，因为它记述了一件有关胜者的实情，而非第一人称的自白，然而将来时的这种解释在其他例子中也同样适用：在诗人构思诗歌的时候，将来时态的"迎接"合情合理。我们可以判定，第73行的诗句并不能证明忒勒西克拉底在凯歌上演时尚未还乡。

就第二个问题而言，本文支持的解读的确要求细微地改动抄件。第91行的不定式赞颂（εὐκλεῖξαι）必须置换为限定动词，要么改为第三人称他赞颂（εὐκλέιξε），③要么改为第二人称你赞颂（εὐκλέιξας），④以使忒勒西克拉底成为句子的主语；而我说（φαμί）则

---

① "无助"一词的类似用法，参第六首皮托凯歌，行10。
② 进一步的例子见 Schroeder, op.cit p.86，可对比英语里那种不严谨的将来时口语用法："我得乐于接受……"
③ 参 Pauw 版。
④ 参 Hermann 版。

必须被视为插入语。①第二人称看起来更合适，因为第97行有"你"一词。如果看不出"我说"是插入语，那么，限定动词就很容易被误写为不定式动词了。②尚需注意的是，无独有偶，巴克基里德斯在第六首第16行曾用"赞颂"描述为城邦带来荣耀的竞技者。

品达在第91—92行使用加重语气的玄机，③或许可以在下一段诗中找到。诗句劝诫人们要赞美一个做出高尚行为的人，即便此人是自己所憎恶的。诗人在其他凯歌中也曾呼吁，要心无嫌隙地赞美那些成功的竞技者。第一首伊斯特米凯歌第43行说，赢得奖项的人应当获得"不夹杂怨恨的光辉赞歌"。④[55]而且，品达诗中有一个反复出现的主题，即忒勒西克拉底获得的这种最高成就往往会招来嫉恨。⑤诗人在此执掌着诗歌的馈赠，并认为自己有义务将之赠予英勇的行为，于是便用加强的语气表彰了自己主顾的品行，并奉劝昔勒尼邦民记住，他们也有相似的义务，"当他做出高贵的行为时，全心全意且合乎正义地赞美他，即便他是我们的敌人"（行95以下）。这里唯一必要的预设是，忒勒西克拉底曾在昔勒尼树敌，这些人不愿赞美他的成就。⑥这种敌意究竟是出自人类天性中的嫉恨还是政治党派斗争，亦或是一些私人恩怨，便无从得知了。党派是希腊城邦独有的地域性特色，至于它在昔勒尼城的证据，可参看第四首皮托凯歌与希罗多德的

---

① 参第三首皮托凯歌，行75。
② 参第六首奥林匹亚凯歌，行31，由于行29"讲述"一词的影响，某些抄件把"掩藏"误认成不定式形式。
③ 即上文所指的插入语"我说"（φαμί）以及"刚刚好"（δή）。
④ 亦见第六首奥林匹亚凯歌，行74—76。
⑤ 参第六首奥林匹亚凯歌，行74—76；第十一首奥林匹亚凯歌，行7；第三首涅嵋凯歌，行9；第八首涅嵋凯歌，行22；辑语83，行4以下。
⑥ 亦见H.J.Rose, *C.Q*, .xxv（1931）, pp.156 ff。

《原史》。①

在我们放下这段备受争议的诗文前,还有最后一点要注意。曾有人提出反对意见,②认为用为公众付出的卓越努力(行93)来描述竞技会中的胜利并不妥当。然而,品达频频使用劳作或行为(πόνος)一词形容竞技者必备的精进努力,③如第六首伊斯特米凯歌第69行称,竞技者为他的城邦带来公共荣誉;根据这些诗句,这一反驳便站不住脚了。④除此以外,对第96行的错误划分也招致了类似的反对意见,认为该行所指并非竞技成就。若将全心投入、符合正义的以及高贵的行为(παντὶ θυμῷ σύν τε δίκᾳ καλὰ ῥέζοντα)划分为一个意群,其表意未免太过浮夸,而且几乎无疑的是,两个与格名词跟的是动词赞美(αἰνεῖν),于是只剩下高贵的行为两词形容胜利。全段的语气与主旨决定了词语的这种划分,且第六首奥林匹亚凯歌第12行以及巴克基里德斯第十三首第199行以下的诗文等也能佐证这种划分。我们有必要在这里引用巴克基里德斯的全句,不仅因为它说明了什么是合乎正义地赞美(ξὺν δίκᾳ αἰνεῖν),也因为它对本诗这几行诗句的启示:

> [56] 除非谁被信口雌黄的嫉妒心束缚,
> 否则就请合乎正义地赞美
> 那些技艺超群者。
> 所有有死之人的壮举都难逃非议。

---

① 希罗多德,《原史》,4.160以下。
② Farnell, C.Q.loc.cit.and op.cit., II, p.209.
③ 如第五首奥林匹亚凯歌行16,第十一首行4;第六首涅幂凯歌行24;第一首伊斯特米凯歌行42,第五首行25,第六首行11。
④ 亦见第一首伊斯特米凯歌,行46。

第97行继续罗列狄胜的纪录，我们注意到，品达所用的表达方式与第90–91行相同——都是介词接与格名词；在用了四行诗句劝导人们履行赞美胜者的义务后，清单在一个省略连词（asyndeton）的句子中继续展开。这种介词格式从第90行一直延续到103行，这也进一步佐证了这一段诗文主题的连续统一，而第97行连词的省略也表明其和前文的关联颇为紧密。这种连词省略是强化与解释的常用笔法：更多的过往胜绩为赞美忒勒西克拉底提供了更充分的理由。设若这组三联诗句的前半部分并未提及胜者，而是从第90–96行开始一直关心诗人的私人事务，那么，在一个省略连词的句中突然插入胜利主题就毫无依凭。在从一个主题转入另一个主题时，品达的确会使用省略连词句式，但情况不外乎容易辨识的离题程式，[①]或表达个人情感与意图的诗句。[②]

关于胜利名单后半段中所指的具体是哪些竞技会，以及对第98行"看到你的得胜，他们全部沉默"的解释，一直存在争议。鉴于第十首涅嵋凯歌第34行的"雅典人的献祭礼"，或许可以顺理成章地听从古代注疏家的建议，将"当季的雅典娜献祭礼"（行97）看作雅典的泛雅典娜竞技会。[③]如果此处文本的证据不充分，我们还可参看品达的其他文本，来证明第101行的奥林匹亚（Ὀλύμπια）并不是指奥林匹亚竞技会，因为他只用不同的词尾（Ὀλυμπιάς）或地名（Ὀλυμπία）指代奥林匹亚竞技会，而此处的复数中性变格［57］或许是特地以示区分。古代注疏家称竞技会的举办地是雅典城，还引用迪丢墨斯（Didymus）的话证明地母神竞技会也在雅典举办。另

[①] 第三首涅嵋凯歌行64和第六首行45可能是例外，但都以三联句开头。
[②] 如第一首皮托凯歌行81和第十首行51；第九首涅嵋凯歌行28和第十首行19。
[③] Dracktnann, p.236.

一种说法是，据说所有这些竞技会都是在昔勒尼城举办的地区性竞技会，①故而"在你母邦所有地方"（行102）包含了前文提到的所有竞技会。这些地域性竞技会的名称没有流传下来，但从第五首皮托凯歌第116行可以看出，这类竞技会大量存在。虽然这个问题无法得出确切结论，但第97-103行指地域性竞技会的观点还是值得一谈。因为如此一来，品达首先记录了在希腊地区的胜绩——在皮托竞技会、伊俄莱亚竞技会以及埃吉纳与麦加拉竞技会上的胜利，最后才在第93-96行以下记录了本土竞技会的胜绩。很多学者也提出，胜者故乡的妇女比希腊地区的妇女更有可能对胜者津津乐道，这个观点也不无道理。

至于第98行以下的句法问题，可以断定看到（εἶδον）的主语不可能是品达本人，因为诗人不可能为了观看忒勒西克拉底对当地女性的吸引力而一路追随到昔勒尼。因此，这个动词必然是第三人称复数形式，与第三人称复数形式的祈求（εὔχοντο）拥有相同的主语，即女子们（παρϑενικαί）。确定了这些，我们便能够明确句中的词组（ὡς ἕκασται）的确切含义了。这两个词无法拆开，合在一起意味着"根据她们各自的心愿与处境"，这里的动词被省略了，需要借助上下文推断。这个俗语在希罗多德与修昔底德的作品中也有相应的版本。②重点在于，每个女性的祈愿不尽相同，有的希望嫁给忒勒西克拉底，有的希望成为他的母亲：少女们会用瑙西卡（Nausicaa）式的祷辞祈愿，而年长些的则会用一个母亲的口吻。末诗节最后数行的语序排布堪称神来之笔，最显著的要

---

① Wilamowitz, op.cit., p.266 and Schroeder, op.cit., p.87.
② 希罗多德卷6第97节；修昔底德卷1第15节、67节、89节。亦见 Des Places, *Le Pronom chez Pindare*（Paris, 1947），p.87。

数"女孩们最亲爱的夫君"这句,以及在动词"祈愿"后放置的呼格名词。

随着第103行的加强语气(啊,我的那),①品达结束了竞技胜利的列举,并提醒自己尚未[58]还清诗债:诗人还欠着一个有关胜者家族档案的故事要讲。不幸的是,第105行诗句残损,或许更方便的选择是采纳莫斯科普洛斯(Moschopoulos)的建议,将你们的(τεῶν)改成他们的(ἑῶν),而非将名声(δόξαν)改成主格形式,以便使之与遥远的不定代词(τις,行103)衔接;然而这种推测的不现实之处在于,改变后语序混乱以及连词(καί)的涵义不明。除此之外,将"名声"作为唤醒(ἐγεῖραι)的宾语保留下来,还可以第四首伊斯特米凯歌第24行唤醒古老的名声(ἀνάγει φάμαν παλαιάν)为旁证。τις一词的所指无法断定:或是忒勒西克拉底本人,或是他的父亲卡尔奈德斯(Carneades;行71)——品达通过本诗满足了此人对诗歌的渴求。到此为止,诗人的诗歌冲动也暂时平息,如果还想添加内容,则需要一个新的灵感,以便开启一个新的主题——胜者祖先的古老名声。这便是对包含加强语气一词的诗句的解读。毋庸置疑,属格名词"诗歌"居宾语位、而非主语位,诗歌无法渴求什么,而是胜者或他的壮举渴求诗歌,正如第三首涅嵋凯歌第6行所示:

> 行为不同,则渴求的奖赏也不同,
> 竞技会中的胜绩最渴慕的是诗歌。

并无确指的代词(τις)所指的人物,或许当时的听众一听便

---

① 关于品达对第一人称的使用,参Schadewaldt, op.cit., p.300。

知，我们却由于时空的隔阂不甚明了，但或许可以在第一首皮托凯歌第52行找到它的对应版本。

若欲采纳施密特（Erasmus Schimid）的办法，保留"你们的"古老美名（παλαιὰ δόξα）作动词的主语，[①]可参考第三首奥林匹亚凯歌第6-9行，其中向诗人追讨诗债的是胜者的桂冠；或许还可引第三首涅嵋凯歌第7行为证，其中渴求诗歌的是胜利本身。据此或许可以认为，仍然继续渴求诗歌的是胜者家族的古老名声，诗人为满足这一渴求，就要继续努力。倘若如此，诗歌（ἀοιδάς）与渴求（δίψαν）则应当视作唤醒（ἐγεῖραι）的宾语，而"名声"之所以被误写（δόξαν），是为了补足并不存在的宾语。为避免将没有明确指代的代词（τις）与"名声"等同所造成的语序混乱，最好将前者视作阳性不定代词，将καί视作联结"古老的美名"与τις的连词，[59]使τις成为第二个主语。我们无法确认选择哪一种。无论采取哪种读法，这个诗句的意义都在于，它使我们窥见了品达的创作过程，我们清楚地注意到了创作过程中的一个关键时刻，在这一时刻，诗歌的动机即将消耗殆尽，但随着新主题的诞生，动机被再度点燃。

在结束对竞技胜利的列举后，诗歌在结构上已经完整。最后的神话则是两幕附加情节，一幕嵌套着另一幕，一幕是原版内容，一幕是对原版的效仿。原版内容描写了达那奥斯（Danaus）在晌午来临前为自己四十八个女儿成功招婿的佳话，这部分内容占据了神话的核心部分；前后包裹着核心部分的，是安泰俄斯（Antaeus）仿照达那奥斯的妙计为自己的女儿竞技招亲的情节。

[①] Boeckh, Commentary *ad loc.*, H.Frankel, op.cit., p.564, Schadewaldt, op.cit., p.278.

品达对两个情节的刻画毋庸赘言：细节的翔实程度与语言的洗练程度，都不亚于早先在昔勒尼故事中的笔触。诗歌结尾处的"漫天落叶"出现在奥尔托斯（Oltus）的一个瓶绘作品中，[①]画中栩栩如生地展现了对竞技胜利者的迎接礼节。诗歌最后一行的"胜利的羽毛"所形容的，或许是掷向胜者的树叶像鸟羽一样环绕飘舞，或许是桂冠上的绿叶仿佛鸟的羽翼。[②]

  本诗一个引人入胜的特点是贯穿其中的求爱与婚嫁主题。这个主题无论是在两个神话中（第二个神话中出现了两次，行106-110与行113-116），还是在第98-100行向忒勒西克拉底的致意中，都十分显著，它赋予全诗一种愉快浪漫的色彩，令本诗与同时期的其他皮托凯歌完全有别。这种炫目的情欲色调让早期的解读者杜撰了一些耸人听闻的胜者轶事，这些轶闻当然毫无根据，更何况，领会品达诗歌的妙趣根本无需此类轶事。爱恋与婚嫁的主题内在于本诗的素材中——内在于昔勒尼的神话中，内在于诗人奉命撰写的胜者家族神话中（行103），内在于昔勒尼城的"阿弗洛狄忒的甜美果园"（第五首皮托凯歌，行24）和这座城邦的美丽女人（第九首皮托凯歌，行74）中；通过在诗歌的辞藻与结构上巧妙地突出这一主题，诗人在语气与情感上赋予了全诗一种完美的统一性。

---

① Richter, *Attic Red-Figured Vases*（Yale, 1936）, Fig.35.
② 亦见第十四首奥林匹亚凯歌，行24。

第六章　第十一首皮托凯歌

［60］本诗的创作年份有两种可能，公元前474或454年，两者之间如何抉择还带来了一个重大的问题。古代注本中有一则笺注说，本诗是为忒拉续岱俄斯（Thrasydaeus）而作，他儿时曾在第二十八届皮托竞技会（公元前474年）夺冠，成人后又在第三十三届皮托竞技会（公元前454年）赢得单程赛跑（στάδιον）或双程赛跑（δίαυλος）冠军；另一种笺注则认为，他赢了第三十三届皮托竞技会的双程赛跑比赛，而品达在诗中庆祝了单程赛跑而非双程赛跑的胜利。① 如果我们采纳公元前474年的时间，而且认定公元前454年在成人比赛里夺冠的忒拉续岱俄斯是同一人，则我们必须相信一个起码有三十五岁的人能参加如此激烈的比赛，这大概等同于我们今天的220码或四分之一英里快跑。如果我们认为这不足取信，却基于别的理由仍然认为公元前474年的可能性更大，那么，我们可以假定注疏家们所指的是两个同名的人。②

从诗句本身（行14）我们了解到，忒拉续岱俄斯的胜利是其家族成员获得的第三次竞技胜利；此外，我们还可以注意第

---

① *Inscriptiones* a and b, Drachmann, p.254.
② Farnell, op.cit. II , pp.221 f.

43-50行，品达提及了胜者的父亲皮托尼科斯（Pythonicus），①这暗示着或许三次胜利中有他父亲的一次。我们可以猜测，胜者的父亲之所以得名，是由于胜者的祖父、皮托尼科斯的父亲在儿子降生前赢得了一次皮托竞技会的冠军，并给儿子起名以纪念自己的得胜。最后，如果我们沿用抄本中第47行的"且在奥林匹亚……"，我们会在这段诗句中找到至少三次胜利，第一次是很久以前（行46）的战车比赛，第二次是奥林匹亚竞技会的战车比赛，第三次则是皮托竞技会的单程赛跑（行49），这第三次大概就是本诗庆祝的胜利。

这仅是尝试厘清品达无比含混的胜利名单列举的一种方式。例如，我们还可以认为父亲并没有取得过胜利，早先两次胜利均为祖父所斩获。这一观点可以第13行为证，品达在该处说，忒拉绪岱俄斯通过第三次折桂使他父亲的家业铭记史册，②[61] 倘若在场的胜者父亲本身就是一个胜者，用这种话来形容他的孩子未免有些莽撞。但是，以上种种都不足以确定创作年份，深度挖掘古代注家们的纷纭说辞更是徒劳无益。对公元前474年与454年这两个年份的抉择必须基于对全诗的通盘解读，尤其是对第52-54行的解读。这段文字为采纳公元前474年的说法提供了充分的依据。③

第一组三联诗句由一整个单句构成，以向卡德墨斯

---

① ［译注］意为皮托的胜利。

② 这一类表述，参第六首涅嵋凯歌，行20；巴克基里德斯第二首，行6。

③ 我对全诗的解读总体上遵循维拉莫维茨的看法，但个别细节上则看法不同，参 *Pindaros*, pp.259 ff. 主张公元前474年的论证基于对文本与阐释的细致考证，参P.Von der Mühll, *Mus.Helv.*, 15 (1958), pp.141 ff.

(Cadmus)一众女儿的吁求为始,以俄瑞斯忒斯(Orestes)的神话告终。这段诗典型地代表了对敬神的呼吁,而且生动地展开了诗歌的场景。塞墨勒(Semele)、琉科忒亚(InoLeucothea)与阿尔柯美娜(Alcmena)被召唤到了伊斯墨纽斯的阿波罗神庙(Ismenium),这个神庙是预言神的主庙,在最秘密的金鼎藏宝阁,三人被带到了梅莉雅(Melia)面前。根据第九首太阳神颂第35行以下的内容,梅莉雅是海神波塞冬的女儿,也是阿波罗的一个妻室,她与阿波罗生下了忒奈洛斯(Teneros),而忒奈洛斯则是神坛所传神谕的代言人。第九首太阳神颂还告诉我们,诗人之所以创作这首颂歌,是为了在梅莉雅神圣的婚床边演唱,此床是她与阿波罗神结合的象征;而据泡赛尼阿斯所述,第十一首皮托凯歌第4行所说的金鼎,是参加波俄提亚的月桂节(Daphnephoria)的男童们献给伊斯墨纽斯神庙的贡品。① 这个古老神庙有着悠久的祭神传统,阿波罗将这些女英雄们请来神庙,在"黉夜之时"纪念神圣的神谕、地龙皮托(Pytho)以及德尔斐神庙的地心石,作为对忒拜城以及忒拉续岱俄斯的夺冠地柯丽萨城的恩典(行9—13)。

这一段有些细节值得留意。第7行的那么现在……(καί νυν)说明,无论究竟举办哪种宗教仪式,它都是常规性的,而这场胜利庆典则是在常规仪式之后举行:"常规庆典礼毕,那么现在让我们……"本次胜利是在皮托竞技会所获,这一点便足以解释为何地龙皮托与德尔斐地心石是本诗的敬拜对象了。[62] 然而仍然存疑的是忒弥斯(Θέμιν,行9)一词的解读,它不太可能指女神

---

① 对于这一仪式参Pausanias IX, 10.4 and Proclus *apud* Photium, bibl. cod., 239, p.321。

忒弥斯（Themis），因为修饰词长蛇（ἱεράν）并不适用于古典时期的希腊语中的神；① 而如果我们将之读作女神忒弥斯（Θέμιν），则"长蛇"修饰的当为地龙皮托（Πυϑῶνα），② 这又将造成连词（τε）的不规则用法，虽然这种异常用法并非孤例。③ 况且女神忒弥斯作为德尔斐神谕的二号人物似乎与这一场合并不相干，因为无论就其与伊斯墨纽斯神庙的渊源还是作为皮托竞技会的主神而言，阿波罗神才是这里的主宰。品达这里很可能是将 ϑέμις 作拟人化处理，作为德尔菲神谕的神圣权威。

历史没有留下足够的证据告诉我们，与忒拉绪岱俄斯的胜利庆典相关的宏大仪式究竟是什么。法内尔认为，这是庆祝阿波罗与梅莉雅之间的神圣联姻，④ 这能够解释为何受到召唤的只有女性英雄。这个观点可以第九首太阳神颂第34—35行为佐证，诗文很直白地提到，梅莉雅的不朽婚床是伊斯墨纽斯神庙中的一件器什。鲍勒爵士（Sir Maurice Bowra）则根据柯琳娜（Corinna）的一首五行辑语，认为这个仪式与本诗开头的节庆有关，因为这五行诗文看起来像是一首与忒拜春节相关的诗的开端部分；而且，他还在柯琳娜诗歌的题目中，找到了品达为何要向一群忒拜人讲述俄瑞斯忒斯神话的原因。⑤

将胜利庆典与某个庄重的宗教仪式结合起来的例子，或许还可见于第五首皮托凯歌，诗中阿刻希劳斯（Arcesilaus）的欢庆被融入多里斯地区著名的阿波罗与卡尔涅尤斯庆典（Apollo

---

① 见 Wilamowitz, op.cit., p.260。
② 亦见 Farnell, op.cit.II, p.226。
③ 见 Aesch. *Supp*.282; and see Denniston, *Greek Particles*, p.517。
④ Op.cit. II, pp.225。
⑤ 辑语题为 Opestas，见 Diehl 版 5 B；*C.Q.*xxx（1936）, pp.129 ff。

Carneius)中（参考本书后文有关第五首皮托凯歌的部分）；类似的或许还有第三首奥林匹亚凯歌，诗中忒戎（Theron）的庆典看起来似被混入了汀达琉斯双生子（Tyndaridae）的迎客庆典之中。然而，身为男童的忒拉绪岱俄斯毕竟不能与希耶罗（Hieron）、忒戎或阿刻希劳斯相提并论，故而品达召唤忒拜一众大人物为其道贺的做法，不禁令人啧啧称奇。或许，忒拉绪岱俄斯曾经做过月桂节男童使，领头执掌月桂枝①并将金鼎敬献给伊斯墨纽斯神庙，这种殊荣或许使得他有了把自己的欢庆加进大型宗教庆典的资格。倘若本诗的创作年份是品达刚从西西里归来的公元前474年，[63]那么，或许品达是为自己的归乡而感动，从而向自己母邦的女英雄们发出了呼唤。然而无论是出于何种动机，这首诗歌的序曲部分证明，即便胜者并非自己母邦的领袖人物，他在泛希腊竞技会中的胜利也会在自己母邦的宗教仪式中极受重视。此外，它还向我们展示了忒拜宏富的神话传统如何点燃品达的文思。②最后，诗人之所以撰写这样一段诗，或许有他的个人考虑：在我看来，这是品达回乡后创作的第一首忒拜主题凯歌，诗人对忒拜神明表示的敬奉或许可以博得父老乡亲们的好感，品达在诗歌第50–54行还将在他们面前为自己正名。

第一组三联诗结尾向神话部分的转题十分干脆。与第九首皮托凯歌一样，此处没有任何格言式过渡。品达在这里选取描写得胜地点的景致——皮拉德斯（Pylades）的肥沃农田（行15），以便建立文思之间的关联。皮拉德斯会让人想起俄瑞斯忒斯，于是神话部

---

① 参Pindar, *Partheneion*, Fr.84。
② 参第一首奥林匹亚凯歌，行14；第九首皮托凯歌，行87以下；第七首伊斯特米凯歌，行1–15；辑语9–16。

分用指示性关系代词起首（行17），指代前文的俄瑞斯忒斯。如果我们采纳鲍勒的建议，将柯琳娜辑语的题目视作俄瑞斯忒斯神话与忒拜春节有渊源的证据，那么，这个神话的选用就相对容易解释了。但话说回来，品达并未在神话中突出表现俄瑞斯忒斯的地位。正如第十首皮托凯歌中的珀修斯，他仅仅出现于神话的开端和结尾，构成了一个更具重要性的主题的叙事框架，即克吕泰涅斯特拉（Clytaemnestra）对阿伽门农（Agamemnon）与卡珊德拉（Cassandra）的谋杀，以及诗人对其动机的评判。然而诗人却没有评判俄瑞斯忒斯，也从未提及阿波罗在怂恿他为报父仇而弑母一事中扮演的角色；因为如果像维拉莫维茨那样，[1]在"长蛇的神谕"中读出阿波罗对此事的支持，未免太过牵强。神话部分的最后一句与第十首皮托凯歌有关珀修斯的最后一句如出一辙：都是为了给故事画上句号。

　　虽然鲍勒的提议能够解释清楚此神话与忒拜节庆的外在关联，但仍然很难找到它与本诗主旨之间的关系；[64]于是我们或许会急于认同一些古代注疏家对品达提出的反驳，这些反驳记录在第一个三联句末的古代笺注："品达的赞辞写得极好，但很快他便陷入了离题万里的漫谈。"[2]在第38行以下的诗文阐释中这种批评再度出现，这种批评认为诗人其实很清楚自己选用的神话早已离题万里。然而我们仍然必须追诘，诗人究竟为何选用这一神话，而且必须尝试为此问题作出解答。正如他在第九首皮托凯歌第105行奉命补缀家族神话一般，仅仅认为诗人此举是奉忒拉绪岱俄斯及其家人之命而为，[3]显然远远不够。此处的神话绝非家族神话，而是源自古代

---

[1] Op.cit., p.261，亦见 Illig, op.cit., p.96。

[2] Drachmann, pp.257 and 259。类似说法见第十首皮托凯歌笺注，Drachmann, pp.245 and 249。

[3] 执此说法的是 Fehr, *Die Mythen bei Pindar*, p.140。

的一个著名恐怖故事。我们或许可以顺着以下的思路尝试解答。故事讲述到一半,突然被一段高调的道德说教打断,或许说明品达神话的用意是让一种范例为道德规训提供例证。诗人想要例证的道德箴言被囊括在了第29–30行间,诗末第52行以下的自白会让人产生同样的感触。神话中的人物与诗歌或明或暗提到的现实人物或群体间,并不存在一一对应的关系,无论品达本人、他的忒拜听众还是他在叙拉古时的王公贵族(行53)。我们曾经在第六首皮托凯歌中看到,诗人选取了一个著名的孝道故事,然而如果要将之与诗歌的现实场景一一对应,则会造成一种几近荒诞的夸张效果。

　　神话本身由两幕构成,第一幕在一个长句中展开,讲述了故事的要点。故事的内容包含在主诗节(strophe)中,词组"无情的妇人"出现在对衬诗节之首,紧随其后的就是新的内容(行22),这样,这个情感色彩浓烈的短语就得到了语气上的强调。主诗节两次描写克吕泰涅斯特拉的罪行,分别是第17–18行与第20–21行,后两行在提到谋杀阿伽门农的罪名后,还加上了谋杀卡珊德拉的罪名。对第31行重新开始的第二幕而言,[65]其叙事风格则大为不同。第21行紧密交织的铺陈句法以引人共鸣的隐喻为标志,[1]在第31行被取代为文风极其简朴而短促的并列句法。品达重新拾起他在第22行刚刚搁下的叙事,当时他暂停于阿伽门农与卡珊德拉之死;从海伦被掳的起源直到最后的大火,整个特洛伊之战的鸿篇叙事都隐含在短短几词之间(行33–34)。神话故事以俄瑞斯忒斯为始终,结尾部分"老迈客人"与"年轻面庞"的鲜明反差显然透露出一股悲戚感,[2]整段的最后一句则浓缩了这

---

[1] 很可能是对荷马的一种阐释。
[2] Illig, op.cit., p.97 尤其强调这一点。

个血腥故事的最后情节。品达的技艺在这段神话的叙事中已臻化境：在所有古希腊诗歌中，都很难找到一段与本段诗文长度相当却又同时具备如此强烈的震撼力与感染力的诗文。

品达还为这段神话渲染上了一层浓厚的斯巴达色彩，就这一点而言，他显然是在效仿斯忒西柯罗斯（Stesichorus），后者将他的《俄瑞斯忒斯》的场景设定在斯巴达，①而非荷马与肃剧作家笔下的迈锡尼（Mycenae）与阿尔戈斯。②在本首凯歌第16行，俄瑞斯忒斯被称作拉科尼亚人（Laconian）；③这个称号在故事甫一开始便亮明了品达对神话场景的抉择。阿伽门农的葬身地在第32行被设定在了阿米克雷城（Amyclae），而且诗人对斯巴达的强调还超出了神话部分——诗歌以著名的斯巴达双胞胎汀达琉斯收尾，他们的祭坛位于忒拉普涅城（Therapne），靠近阿米克雷城。④令人疑惑的是，这首忒拜主题诗歌在开篇描写了忒拜独有的宗教仪式后，竟会逐渐沾染上如此确切的斯巴达色彩。答案多少可以在品达对多里斯事物的天然嗜好、他与忒拜的埃吉达家族（Aegeidae）的亲缘关系中找到。⑤第七首伊斯特米凯歌同样以忒拜为主题，在该诗第14行以下的诗句中，诗人提醒我们，埃吉达家族在多里斯人向斯巴达的移民事业中做出了重大贡献。这种情感促使诗人在最后一个末诗节中（行59-64），将忒拜的伊俄拉奥斯与斯巴达的汀达琉斯双子紧密地联系了起来，一同作为名垂千古的代表人物。

---

① Cf.scholia to Eur.Orestes 46.
② 荷马笔下这一故事主要见于 *Odyss*.3.194f.、254f.、303f.，4 492 f.，11.405 f.
③ 参第十一首涅嵋凯歌，行33-34。
④ 参第一首皮托凯歌，行66及第十首涅嵋凯歌。
⑤ 参第五首皮托凯歌，行75以下，第七首伊斯特米凯歌，行15以下。

在波斯战争后，还能如此将两个城邦的英雄结合起来，[66] 可见品达对忒拜与斯巴达之间的城邦关系表现得十分超然事外。

现在我们需要详细探讨一下将神话分割为两部分的第22–30行。品达沿用了史诗中惯用的双问句程式，首先探究了克吕泰涅斯特拉的弑夫动机：究竟是为伊菲革涅亚（Iphigeneia）的牺牲复仇雪恨，还是由于她与埃癸斯托斯（Aegisthus）的苟且通奸？诗人没有给出明确答案，但第25行只提出通奸并予以评论，这个事实大概说明诗人心中默认了后者。青春少妇（νέαις ἀλόχοις）一语存在疑点，① 因为克吕泰涅斯特拉在通奸之时已非妙龄少女或新婚少妇。或许重音应该放在年轻（νέαις）上，于是这句话就应该理解为强论证（a fortiori）句式：

> 这等罪孽发生在青春少妇身上已够令人深恶痛疾；更何况是像克吕泰涅斯特拉这种身份的女人？

诺伍德（Norwood）认为，此处的与格意味着"在青春少妇的眼中"，并从第22–25行的问句中联想到青年女子们对克吕泰涅斯特拉的背后议论，但这种解读会过于严格地限制"外人的闲话"所指范围：为了得出第28行涵盖所有邦民的普适道理，这里的指涉应当越广越好。看起来，我们似乎没有修改文本的必要。②

"公民们惯于恶语中伤"一语点明，通奸行径不可能逃脱他人的评说（行28）。与此类似，有关普通公民对统治阶层举止的闲

---

① 相关讨论，见 Norwood, *Pindar*, p.248。
② 相关修改，见 Van Groningen, *La Composition Litteraire Archaïque Grecque*（Amsterdam，1958），p.360。

言碎语,亦见于埃斯库罗斯(Aeschylus)《阿伽门农王》第445行以下的内容。该处的语境固然有所差异,而且品达与埃斯库罗斯共有的这种感受很可能大部分皆源自习传伦理,但《阿伽门农王》唱词中的一些文句却可以启发本诗,①因为它们都警告我们,要留心闲话的影响力,对其置之不理并不现实,但事业上的飞黄腾达自然而然会招来嫉恨,谦虚谨慎方能明哲保身。②

这一段的两行结语(行31-32)构成了[67]一个高潮,它涵盖了品达意欲强调的核心要点,即身处高位必然招来极度的嫉恨($οὐ μείονα φθόνον$),而底层人发出的声响却如过眼云烟。这固然是古希腊思想中的老生常谈,却也是品达最爱着墨的老生常谈。这不仅仅是作为对神话故事的冷眼品评或对成功竞技者发出的警告,还出现在一些个人语境下,用来招架诗人自叹时常遭受的恶语攻击。第二首皮托凯歌最后部分正好代表了这种感触。同样的还有第四首涅嵋凯歌第36行以下的诗句,诗人似乎在充满自信地对一个确切的批评予以还击;在第八首涅嵋凯歌第22行,诗人兴叹,"它总缠着高贵者,却从不去烦扰那些卑微者";在出自一首少女合唱歌(Maiden-song)的第83则辑语第4-5行,我们找到了与本诗第30行别无二致的表述:

> 所有人身上都潜伏着对卓越者的妒恨,
> 而那些不名一文者,
> 他们的面庞总埋在静默的黑暗中。

---

① Cf.446 f.; 457 f.; 468 f.
② Cf.Aesch *Septem* 766 f.; Soph. *Ajax* 154–157.

这首少女合唱歌的几行诗中隐含着第30行的玄机。那些无人理会的底层人，与这个世界中的克吕泰涅斯特拉、阿伽门农与埃癸斯托斯们构成了人间的两极，后者的斑斑劣迹都被"公民们的恶语"暴露无遗。本句文辞的确有些怪异，但诸如大呼吸者（πνέοντες μέγαλα, Eur. *Andr.* 189）这样的词组也许可以帮助我们从反方向理解吸入泥土者（χαμηλὰ πνέων）的涵义，而嘟囔（βρέμει）大约意味着一些恶行所伴随着的莫名其妙的响动。① 我们或许没有必要过分强调这个词的声响意味，而是将之归入多恩塞夫（Dornseiff）命名的无色的时间动词（Farbloser Zeitwörter）之列，② 即系词（to be）的夸张版同义词。倘若如此，销声匿迹（ἄφαντον βρέμει）与遁形匿迹（ἄφαντον ἐστι）便等同了。③ 在另外一种解读中，"嘟囔"指底层人针对当权者发出的嘟嘟囔囔声，[68] 埃斯库罗斯的《阿伽门农王》第446–474行与《和善女神》（*Eumenides*）第978行对此提供了有力支持，不过，这种说法不能凸显出这两种相互对立的生活方式之间的关键性反差。

品达由此抽丝剥茧般地从神话中一步步提取出他的道德言教。诗歌到目前为止，并没有在两种截然不同的生活方式间建立中间的次第。一条言辞极端的格言，阐明了高等生活中的极端恶行的故事。然而到了第51行以下的诗句再度提起这一观念时，两极之间树立起了一种居间的中道生活方式。这个观念的重启对全诗的阐释提供了重要线索。可以说，整个神话由一条居于诗歌中央的格言所指引；诗人在第25–30行给出了一条有力的线索，因此我

---

① Cf. Aesch. *P.V.* 424; *Septem* 378; *Agam.* 1030; *Eum.* 978; Eur. H.F. 962.
② *Pindars Stil*, p.94.
③ 恕难苟同Norwood所言（op.cit, p.249）。这一蜜蜂的象征很难解释本诗的全部谜团。

们必须咬紧这个线索。与此相同,在第二首皮托凯歌中,伊克西翁(Ixion)的神话被第34行的言辞所打断:

> 人总应当根据自己的身量辨识万物。

这进而指向了由其引出的、在诗歌末尾出现的言教。类似的是,第三首皮托凯歌第20行的道德言教打断了柯萝尼丝的神话,这些言教在该诗后文中再度出现,为全诗提供了一种内在的连贯性。

第38行出现了一个离题(break-off)段落,同时也有从神话部分向诗歌受委托部分的过渡作用,诗人转入了对忒拉绪岱俄斯和父亲的进一步颂扬,而在第13–14行,这一颂扬只是蜻蜓点水。这段诗与第十首皮托凯歌第51行以下的诗文极其相似,都将诗歌比作船舶,并认为凯歌必须不断地从一个主题驶入下一个主题:

> 我的诗歌的光彩一会儿射向一个主题,
> 一会儿射向另一个。
> 一会儿向一个方向扬嗓,
> 一会儿向另一个。

古代注疏家们在这里评论说,品达提醒自己不要离题实乃自欺欺人。考虑到品达为了表达相同的要点竟用了两个不同的隐喻,以及这里异常鲜活的动词天旋地转($ἐδινήθην$,行38),这或许没有错怪品达。这个词或许表明,三岔路口的路人随时可能误入歧途,而诗人果真走错了路。在第一个三联诗句中他还亦步亦趋走在正途,[69]之后却在神话的魔力下天旋地转而误入迷途。然而，这两个隐喻在凯歌诗句中都是常例。在前者中，凯歌被比作一架战车，诗人御车飞驰于大道，驶向自己实现委托的终点。这个隐喻在第六首奥林匹亚凯歌第22行以下的诗句中有精彩的表达，品达在诗中呼唤战车真正的驭夫，并使自己成为战车团队的指挥：①

> 哦！芬提斯（Phintis）啊！勒紧你的
> 骡子，让它们全速前进，
> 这样才能让车子在坦途上飞奔，
> 我也才能驶向英雄们的远祖。

而后一个令人熟悉的意象则是被风吹离航线的小舟，它有很多种不同的表达方式，②但或许没有一处能像本诗表达得如此生动甚至幽默了。这一对隐喻性的设问句，以及呼格（"哦！我的朋友们！"）都让我们想起现场聆听的观众，从而让我们觉得诗人是在恳请听众们纵容他无度的题外游弋。

在第41行对缪斯女神的吁求中，品达感到自己必须履行他对胜者及其父亲的职责：是时候偿清诗债了。第43–50行进行了偿还，这部分包涵了一个由第13–14行拓展而来的胜利名单。对第41–44行大意的最好总结，可以通过改写一则古代注疏而观其大概，这则注疏给出了本段的要旨：

---

① 亦见第四首皮托凯歌，行247；第九首皮托凯歌，行103–104；巴克基里德斯第五首，行176以下。

② 见第十首皮托凯歌，行51；第四首涅嵋凯歌，行69以下。

缪斯啊！如果你为了银子献出歌喉并画了押，你就有义务因时而变换主题，而现在轮到忒拉绪岱俄斯或他的父亲了。①

这或许是品达所有作品中对凯歌主题最清晰的表达，即一首凯歌的创作以诗人与其主顾间的契约为基础。第二首伊斯特米凯歌开篇也提到了这一点，在这首诗里，品达对比了古老的习俗中诗人无偿提供服务与晚近的习俗中缪斯为薪水卖命的差异。第41行的动词"订约"与属格的"费用"的联用，②[70]确证了对这句话的字面理解，也几乎确定了用银元领取酬金（$ὑπάργυρον$）这个词的字面含义。③然而这并非此词在希腊语中的通常含义：它通常意指"镶银的"或"以银为底的"，指镀银。这使得维拉莫维茨认为它在这里意味着"虚伪、假冒"，④但他的解法实在太过牵强、复杂了。他对此词字面理解的另外一个挑战，是说此形容词是从银（$ἄργυρος$）而非钱（$αργύριον$）衍生而来，对这一挑战的回应，可以引证索福克勒斯的《安提戈涅》第322行与《俄狄浦斯王》第124行，这个词在这两处都相当清楚地指"钱"。法内尔则类比了《安提戈涅》第1077行中用银行贿（$κατηργυρωμένος$）一词的特殊用法。⑤

对频频作响（$ἄλλοτ' ἄλλα ταρασσέμεν$）的解读也有疑难之处。不定式动词（$ταρασσέμεν$）大概是及物动词，从条件从句来看，它的

---

① Drachmann, p.260.
② 参第四首涅墨凯歌，行75；辑语194。
③ Schroeder, op.cit p.105.
④ Op.cit., p.261.
⑤ Op.cit.II, p.229.

宾语应当是声音（φωνάν），故而此词应当意味着"发出声音"。① 埃斯库罗斯《奠酒人》（Choephoroe）第331行，十足的……哭声被搅起（γόος...ἀμφιλαφὴς ταραχθείς）虽然使用了被动式，却提供了不定式跟随"声音"做宾语的对照实例。至于一会儿一种（ἄλλοτ' ἄλλα），其线索则隐藏在对第十首皮托凯歌第54行（ἐπ' ἄλλοτ' ἄλλον）的正确解读中。② 诗人既已完成了神话主题，便是时候回归到胜者及其父亲身上了：那么现在便轮到……（τό γε νυν）是一种错位笔法，因为它本应被放置在最末句的句首父亲（ἢ πατρί）之前。若是用散文来写，这一对比应该如此表达：ἄλλοτε μὲν ἄλλα...νῦν δέ。

完成了对胜者及其家族的赞辞，第50行突然出现了一段祷辞，中断了之前的内容：

> 凭诸神的帮助，
> 我热盼高贵的事物，追求我这一生（或"我同代人中的"）的极致。

从这句话起，品达开始了对自己立场的独白，一直持续到第58行。凭诸神（θεόθεν）一词在位置上获得的强调需要留意：这凸显出诗人为了获得有死之人尽其一生之力、在每个人生阶段所尽可能获得的荣耀，从而对诸神旨意的仰赖。[71] 这是古希腊思想中的一个主旋律。在这一生（ἐν ἁλικίᾳ）一词所传达的要点，可以通过第三首涅鄙凯歌第72行得到解释：

---

① Schroeder, op.cit., p.105.
② 见上文第十首皮托凯歌。

> 男童中的男童，成人中的成人，
> 而第三，老人中的老人。

每一个生命阶段的潜能都有各自适宜的实现标准。① "年纪"（ἁλικία）是中性词，故而无法根据它在此处的用法判断诗人的年纪，更无法据此推断诗歌的创作年份。这个短语甚至可能具有所指——"在我的同代人中"。②

有了这段引言性质的简短祷辞及其所表达的态度，品达便亮明了他的观点，正如在第二首皮托凯歌第86行，诗人开始以邦民而非诗人的口吻言说。③ 诗人说：

> 自从发现在城邦的所有生活状态中，只有合乎中道的生活方式能维持最持久的繁荣，我便开始发现僭主制的不足；但我关注的是所有人都能企及的卓越。

虽然可能的情形是，"我谴责僭主制的生活"（行53）与阿基洛库斯（Archilochus）的"我不会说僭主制的好话"（辑语22，Diehl版）遥相呼应，但这句话还是要紧密结合本诗语境以及诗人这一阶段的人生遭遇来考虑。我们有必要了解诗人在说"我谴责僭主制的生活"时所用的语气。第二首皮托凯歌确证了诗人与希耶罗之间的决裂，这应该不可能早于本诗创作的公元前474年，

---

① 亦见第三首皮托凯歌，行61以下、行108；第四首皮托凯歌，行281以下；辑语108，行1、行112。

② 第一首皮托凯歌，行74；第八首伊斯特米凯歌，行1。其中年纪一词的含义较为具体。

③ Gundert, *Pindar und sein Dichterberuf*, p.84.

故而这话不应当被视为对僭主们的挞伐；它仅仅是想表达对作为一种政治生活（aἶσα）的僭主制的担忧，①与之对立的是，品达认为中道政体拥有更持久的幸福。尽管诗人于公元前476—前475年间曾在西西里僭主们的王廷中被盛情款待，但这并未改变他的看法，而且诗人在此处表明态度也是意在抚平忒拜同胞们对他的疑虑——认为他被僭主们的友好亲善给腐化了。②其实，如果我们想起他在神话部分中对"邦民们的恶语"的暗示，[72]以及对嫉妒这一主题的执着，还有第54-55行的"恐怖的嫉妒肆心"，便知道他在返乡路上或许就已遭到恶语中伤，并明白需要在同乡的唇枪舌剑前为自己辩白。

我们也许没有必要追问波斯战争后的忒拜拥有什么样的政制，或预设品达在这里正在暗示这一政制恰是一种中道。修昔底德引述了忒拜人在公元前480年对自己政体的描述，那一年马铎尼斯（Mardonius）大举进犯希腊：

> 我们的政制既非平权原则的寡头制，亦非民主制，而是一个与法律和最精明的统治完全对立却与僭主制最接近的政制：极其能干的一小群人执掌大权。（3.62）

据修昔底德笔下的忒拜人所说，这个"能干的统治核心"在公元前480年曾迫使城邦民投靠波斯阵营。而在公元前474年以前，作为对忒拜城的惩罚，这种政制类型大概已被获胜的希腊阵营废除了，不过，取而代之的政体却不为人知。从忒拜的政制传统来看，

---

① 关于 aἶσα 一词的政治含义，参第一首皮托凯歌，行68。
② Wilamowitz, op.cit., p.263.

很可能是平权寡头制,①倘若如此,品达显然会对之表示拥护,将其视作一种中道。然而继续深入追索这些臆测无济于事,不如回归到本诗的文本。

品达在此处(行52以下)将中道与极端的僭主制生活做了比照,同时也暗自与另一个极端的"骚动的民众"(第二首皮托凯歌,行87)做了比较。事实上,第二首皮托凯歌的此行诗句向我们揭示了,对品达来说何谓政治上的中道:"唯有当有智者掌管城邦时"的政体。对品达而言,希耶罗的统治是僭主的统治,②而我们在第一首皮托凯歌最后二十行诗文,找到了将这种僭主制引向一条更自由道路的尝试,即多里斯的"神赋自由"的贵族制(第一首皮托凯歌,行61)。"僭主制生活"一词对品达及其听众而言只能意味着一件事情,即纯粹的僭主制,[73]一种在本诗创作之时业已存在的政体,而这类政体无非是西西里诸王的那一套。

在对"僭主制生活"的这种解读中,我们拥有最有力的证据,将诗歌创作年份定于公元前474年,而非二十年之后。因为到了公元前454年,僭主制在整个希腊世界都已经消失殆尽。将本诗定于公元前454年的鲍勒爵士在这个词组中找到了雅典的影子,③在俄诺斐他(Oenophyta)之役(公元前457)后的数年间,雅典的武力像僭主般步步紧逼忒拜城,鲍勒还比较了《伯罗奔半岛战争志》(3.37)中关于克勒翁(Cleon)对此词的象征性用法,他在密提列涅(Mitylene)论辩中对雅典人说:"你们有个僭主制的

---

① Cf. *Hellenica Oxyrhynchia*, XI.2–4.
② 品达在第三首皮托凯歌第85行称希耶罗为僭主。
③ Loc.cit., pp.138 ff.

开端。"根据这一观点,品达是在回应对忒拜传统政制(即中道)不忠的罪名,他的做法是支持当时的独裁力量——雅典政制。然而,令人起疑的是,无论品达是否会用"僭主制生活"来形容任何一个并非是真正僭主制的政体,正如第九首皮托凯歌第93-96行,都很难看出对雅典的指涉。

到目前为止,我们试着从品达的视角为中道给出了政治定义,即开明的贵族统治;然而若不能从政治领域中跳出来,为此词赋予一个更广阔的涵义,我们的解读无疑会失败。在更宽广的意义上,它代表着一种生活方式。在贵族文明最鼎盛的公元前六世纪,对中道及〔政治〕安宁的追求是贵族阶层的伦理准则,这是有效防范党派纷争的坚固堡垒。品达在本诗中的言辞,与贵族诗人忒奥格尼斯对他的朋友居尔诺斯的劝诫如出一辙:

> 莫要为邦众的骚乱太过烦恼,居尔诺斯!
> 而是要像我一样,走在中道上。(行219-220)

> 像我一样,默默地步行在中道上。(行331)

> [74] 莫要追求过多;中道才是一切之中最好的;
> 如此行之,居尔诺斯啊!你定能企及卓越。(行335-336)

品达的准则正是脱胎于这一传统;[①]而安宁对品达的意味可以在第八首皮托凯歌的序曲中找到。在本段中,我们可以借鉴忒奥

---

① 亦见 Phocylides Fr.12,Aesch.*Eum*.526 ff.。

格尼斯笔下中道与安宁的关联,理顺品达从中道(行52)到"安宁地生活"(行55)的思路。

"我所孜孜以求的是公众的美德"(行54),这句话作为逻辑结论紧随其后:"中道路上的奖赏"是默默追随中道者心中的目标,也是对"我热盼高贵的事物,追求我这一生的极致"(行50)的拓展。第二首皮托凯歌最后一组三联诗句指出,僭主制政体中的嘉奖全部取决于僭主的兴致,而且需要凭靠阴谋诡计与谄媚才能争得。有趣的是,当品达以一个城邦民的身份发表这种政治见解时,他使用的语言与作为诗人使用的语言有所区别。品达在这里想着"普通邦民",作为他们之中的一员,他表达了自己对"公众德性"的热切追求,自知将自己的努力限定在可欲求范围内的必要性。作为一名诗人,他厕身于庸众之中,却是其中的特例,他很清楚自己的独特性、天赋,以及要靠释义才能令大众听懂的隐秘(esoteric)信息,他是一只高翔于寒鸦群上的雄鹰。①

往后的几行诗文无疑有残缺(locus conclamatus)。或许最稳妥的办法是小心翼翼地顺应一种趋势,遵循施罗德与图灵(Turyn)的读法,

> 心怀嫉妒者迷惘地回击着自己;
> 谁能高贵而安宁,
> [75] 躲过危险的
> 肆心?

---

① 参第二首奥林匹亚凯歌,行85–88;第九首,行100;第三首伊斯特米凯歌,行49;第三首涅嵋凯歌,行40、行80–82。

施罗德的解读有两点好处。[1]首先，他看出自我回击（ἀμύνονται）取通常用法中的中动态而非被动态；[2]其次，所有抄本中的迷惘地（ἄτα）都是无误的，不仅无误，甚至还构成了思考链条中的重要一环。在人生的赛场上，所有人都有相同的机遇争得奖品，而那些心怀嫉妒者总是把注意力放在抵御进攻、还击自己的假想敌上，误以为自己的同胞意欲剥夺他们的那一份；而这种心态正源于一种迷惑（ἄτη），一种扭曲了他们的视线、障蔽了他们的判断力的灵魂盲目。我们不妨参考一下第二首皮托凯歌末尾，[3]品达在诗中说到，心怀嫉妒者对神的分配不满，总是不断贪求比他们应得的那份更多的东西，最终使自己伤痕累累。第二首奥林匹亚凯歌结尾也与此相应：诗人中断了对忒戎的赞辞，转而提到心怀嫉妒者的肆心：

> 肆心不是正义的友伴，
> 却被无明的人搅起，
> 他们企图用闲言碎语的乌云，
> 遮蔽高贵者的言行。（行95-98）

这是品达对嫉妒的偏执以及判定其来源于某种疯狂的又一实例。倘若将第54行的"还击"看作被动语态，并删除"迷惘地"一词，则必须接受"心怀嫉妒者被击退"的译法。这样不仅忽视了该动词在同时期的普遍用法，还有悖于全诗主旨——除了最不名一文的底层人外，所有人都难逃他人的嫉妒。

---

[1] Op.cit., pp.107–108 and *Ed.Maior*, pp.266–267.
[2] *LSJ* 仅收录一例该词的被动用法，即柏拉图《法义》845c。
[3] 见后文。

大多数编者都保留了抄本中第55行的如果（εἰ），删除了"迷惘地"，并在前面加词（将τᾶν或ἀλλ'加在它前面）。这或许会导致语法上的不规范。在所有抄本中除了一个有脱漏外，无论第57行的动词取哪一时态或语气，该句都是泛指，因此其条件从句也必然是泛指。这可能需要虚拟语气或祈愿语气与"如果"相应，[76]而非不定过去时直陈式。若将"如果"省去，代之以疑问代词（τίς），躲过（ἀπέφυγεν）便是泛指不定过去时，这与原意完美相称，而且意味着第57行的动词也应该取泛指不定过去时（如ἔσχεν），而非亦有可能性的祈愿式。至于为何会有一个画蛇添足的"如果"，一种理由充分的解释是抄工没能看出前文是一个问句。

如果施罗德的解读正确，则没有人（问句相当于一个否定陈述）能够躲过心怀嫉恨者的危险肆心，只要他在任何领域中获得了卓越成就。这个结论修正了第28–30行的极端言论。这里的大前提是，一个人的同乡总爱讲他的坏话。社会地位至尊者必然会遭受最大的嫉恨；而位卑者的动静则无人关注。而到了第55行，两极之间出现了一个居间次第，这正是品达这种人所处的位置——"高贵而安宁地生活"。这种人既由于对中道的沉静求索而不会拥有巨额的财富，也由于在安宁生活中获得的卓越不会与位卑者为伍；然而，由于大前提依旧成立，他注定无法躲过心怀嫉妒者的攻击。这便是品达针对同乡们怪罪自己与西西里僭主过从甚密的辩辞。他讲了一个高处不胜寒的故事，声明了自己的信念，并勇于面对遭受嫉妒的逆境，坚信这并不足以阻挠一个人对荣誉的追求。在第一首皮托凯歌第85行，他对年轻的戴诺墨涅斯王（King Deinomenes）的忠告凸显出他对这一信念的坚守：

> 无论如何，遭嫉恨总要强过被怜悯，
> 因此，莫要与高贵失之交臂。

默默行走在中道上的人追求自己力所能及的荣誉，并能享有身后的美名。在行将殒命之际，他会更安详地步入幽冥的死亡，因为他为子孙留下了最好的遗产——美名，正是这种美名成就了忒拜的伊俄拉奥斯与斯巴达的汀达琉斯在诗歌中的不朽。品达还在第八首涅嵋凯歌第35行以一种全然自白的方式表达这一想法。[77] 诗人首先讲述了埃阿斯（Ajax）被奥德修斯抢走阿喀琉斯的铠甲的故事，以此激烈地阐明了流言的可怖，随后他如此祈愿：

> 天父宙斯啊，愿我永不会分有这种天性，
> 而是在人生路上正直前行，
> 以便在身后不为子孙留下污名。（行35–37）

第七章　第三首皮托凯歌

［78］就目前所知，我们可以确定，本诗不是为任何一次竞技会胜利而作，因此严格意义上来说，这并非一首竞技凯歌。第73-74行提到了希耶罗著名的赛马费瑞尼科斯（Pherenicus）在公元前482与前478年皮托竞技会的两次胜利。①当品达回顾这些比赛时，他称它们发生在某时（ποτέ，行74）。而且，诗中并没有任何内容可以表明，本诗为某种特殊目的而应制，或是为公开演奏而创作。

有关本诗缘起的最好解释，就是品达闻悉希耶罗患病，便急于为近来殷切款待过自己的国王寄去一封慰问函。②为了安慰和劝解国王，品达讲了两个故事，每一个都是一堂模板式的德育课。第一个故事讲述了阿斯克勒庇俄斯（Asclepius）的生老病死，故事外套着一个框架，即希望半人马神喀戎今日仍然在世，以便为国王施治；第二个显然是对抱怨命运（μεμψιμοιρία）的警示，③阐明了诸神对有死之人给予一种福气便降下两种灾祸的安排（行81）。一个出现了三次的主题贯穿全诗并将各部分串联起来，它分别出现在第20、59和107行之后。这个主题是对神谕"认识你自己"的延展，强调了有死之人将自己的雄心限制在可朽一生之内的责

---

① 详参第一首奥林匹亚凯歌，行18-22；巴克基里德斯第五首，行37-49；第三首皮托凯歌的阐释，参Drachmann，pp.62 f.

② Wilamowitz，op.cit.，p.280.

③ Wilamowitz，op.cit.，p.283. 亦见Schadcwaldt，op cit.，pp.332 f.

任。品达在诗中并不经常展现如此始终如一的诗歌主题。凯歌最后肯定了诗歌能够赋予壮举不朽的名声,以此作结。

在深入分析本诗之前,我们还是试图追溯诗歌的创作年份,并将它置于品达与希耶罗的关系背景之下。从紧随第68行第一个神话之后的段落入手比较方便,希耶罗在该处被称作"来自埃特纳(Etna)的主人"。这个称号若非指新 [79] 埃特纳城的落成,就毫无意义了;所以本诗显然不可能作于这一建设项目动工之前。如此使用这一称号的最早时间有迹可循,在第一首奥林匹亚凯歌(公元前476年)中,希耶罗被称作"叙拉古的王室车手"(行23);解释这一段的古代注家引用了迪丢墨斯(Didymus)的话,称希耶罗此时还是叙拉古人而非埃特纳人:迪丢墨斯反对称他为埃特纳人,并援引阿波罗多洛斯(Apollodorus)为根据。至于"王"的头衔,几乎可以肯定这不是官方称号,也没有任何证据表明希耶罗自己使用过这一称号或被叙拉古人这么称呼。有证据表明,实情恰恰相反,① 我们在对第三首皮托凯歌的古代注疏的第二个标题(inscriptio)中读到,② 希耶罗在公元前476年加冕为王。第一首奥林匹亚凯歌该段及其阐释暗示了,他不可能在公元前476年之前被称作埃特纳人。

第一、第九首涅嵋凯歌还提供了更多的启示,两者都为柯若弥俄斯(Chromius)得胜而作,此人曾为埃特纳的摄政者(regent)。第一首涅嵋凯歌第6行出现了"承蒙埃特纳王宙斯的恩惠"一语。这一称号举足轻重,因为我们自然会预期涅嵋竞技的得胜庆典是

---

① 参前474年库米战役(Cumae)后,在奥林匹亚为希耶罗量身定制的头盔内附铭文,见Tod, *Greek Historical Inscriptions* 1.p.27。

② Drachmann, p.63.

为涅嵋主神宙斯而办,由此我们在这句话中读出了埃特纳城的落成。第一首涅嵋凯歌在叙拉古公演,而且品达显然当时也在场,因为从第19行以下的内容里,他说自己站在主人家大堂的门口欢庆,且受邀参加晚宴。可见这首诗作于公元前476年至前475年,此时诗人仍在西西里;而且这可能是对公元前477年夏涅嵋竞技会胜利的一次迟来的庆典。第九首涅嵋凯歌可能更迟一些,它第2行提到了新近落成的埃特纳城,而柯若弥俄斯此时已入主新城(行2—3)。诗中没有透露品达当时是否在场。这两首凯歌提供的证据表明,新城"埃特纳"的说法在公元前476年至前475年间就已经时兴起来。如果接受这一观点,第三首皮托凯歌的成诗时间就不太可能早于公元前476年,而很可能是在此之后。

[80]此外,本诗在希腊境内写就(行68),第69行的宾客(ξένος),第71行将希耶罗称作"宾客们的伟大父亲",这些表达有力地证实了,本诗写于品达的西西里之旅之后而非之前。这些语词显然都暗示了他亲自参与了叙拉古王廷的宴饮,而"宾客"在三行内两次出现,先指主后指客,这让人几乎可以认定,他认为自己与希耶罗间已然建立了友好的宾主关系。

我们无法确定品达从西西里返乡多久后写了第三首皮托凯歌。维拉莫维茨认为是在公元前473年,[①]他认为,希耶罗在公元前474年的皮托竞技会无功而返,因而品达出于安慰提起了费瑞尼科斯之前在皮托竞技会上的胜利;这样,本诗既安抚了国王的病情,也宽慰了他在赛事中的失败。施罗德则认为此诗写于公元前474年费瑞尼科斯此前胜绩的纪念日,[②]以隆重纪念这匹了不起的赛马,

---

① Op.cit., p.283.
② *Pythien*, pp.24 f.

并向国王的病情送去慰问。这些虽只是猜测，倒也合情合理。我们或许会偶然留意到，本诗对费瑞尼科斯在公元前476年奥林匹亚竞技会的胜绩只字未提，此处的缺失曾被用来论证本诗创作于第一首奥林匹亚凯歌之后，而第一首乃为该次胜利而作。然而这是一种默证法（argument from silence），故而可以忽略不计。

若将该诗追溯到品达从西西里返乡后的一年以内，大体就说得通了。诗人在公元前476年至前475年间给希耶罗及其他西西里权贵留下了深刻印象，并与叙拉古的统治者缔结了友好关系，这令他自然而然在获悉国王的病情后写了这样一封信函。他称希耶罗为宾客，并表露了要亲自前往西西里为他送去康复与诗歌的礼物的愿望，而且还警示了"抱怨命运"（行72-83）的危险。倘若他与国王尚未熟识，很难相信他会采用这种口吻。我们不妨把创作时间定在公元前474年至前473年。这样，从时间顺序来看，第三首皮托凯歌便是四首为希耶罗而作的凯歌中的第二首。在创作之际，[81]诗人与国王间的友情尚未被几年后的紧张态势干扰。

诗歌第一部分的神话是一部回环格式叙事诗的巨作。①它与第九首皮托凯歌的昔勒尼神话有共通之处。两个神话都是关于阿波罗与某个少女间的风流韵事，且两者都是从赫西俄德的《女杰传》嫁接而来。与品达大多数神话叙事相同，两者都有类似的结构：在开头先给出故事的梗概，以便勾起人们对故事详情的好奇，详情出现在之后。而在本诗中，不同的场景出现在不同的铺陈式诗节中，除了第一个对衬诗节的叙事延续到了末节，其余

---

① Illig, op.cit., pp.48 ff.给出了这一神话结构的有益分析，对此我十分感激。

每一场景都自成一体。然而两个神话在感情色彩上却相当不同。第九首皮托凯歌呈现了一个神性匮乏的活泼的阿波罗，而在第三首皮托凯歌中他成了愤怒者，他命令自己的妹妹阿尔忒弥斯（Artemis）火速处死他的情人及其众多亲眷，速度犹如燎原之星火（行35-37）。只有在严苛地报复了儿子的母亲之后，他才想起要可怜并挽救自己的孩子。两个神话在用意上也有区别：第九首皮托凯歌中的故事是为愉悦大众，第三首则为了劝解与施教。

神话记录了阿斯克勒庇俄斯的生老病死，然而故事梗概（行5-11）仅仅略述了其生平。阿斯克勒庇俄斯在第6-7行首次出现，而从第47行开始被拓展为整个诗节的内容，以详述他的治愈术——一种魔法、药物与手术的混合物。这个诗节的整句围绕着一个主句展开——"他把他们每一个人带离了各自不同的痛苦"（行50），因此具有一种严整的结构对称性。然而诗人同时也免于死板的条条框框，他在第52行使用了畅饮（πίνοντας）一词，而非与主句主语相一致的动词分词，这完美地平衡了遍及（ἀμφέπων）与拴紧（περάπτων），随后在下一行诗文中，诗人又将限定性动词替换回了惯例的分词。

故事梗概随之继续，品达在第8-11行讲道，在分娩之前，福雷居亚（Phlegya）的女儿[82]就被阿尔忒弥斯用阿波罗的计策杀害了。接下来，诗文详细描写了她的罪名与受到的惩戒；我们还能够留意到，她所嫁的那个凡人的身份逐渐显露出来，但她已身怀阿波罗之子。首先的提示是"另一段婚姻"（行13），而后是第20行有所暗指的复数名词"远方的所爱"，第26行显示出了他的居住地，第31行给出了他的声名世家。第38行的然而（ἀλλ' ἐπεί）的功能，是打断中间插入的拓展故事，并回到第8行的故事情节;①而这个末诗节的大半内容都是关于阿波罗大步迈入葬礼柴堆上的火焰之中并将婴孩从其母亲身中取出的故事。末诗节的结尾（行45–46）呼应了第5行的内容。

第三个对衬诗节讲述了阿斯克勒庇俄斯的罪行与受到的惩罚，两者在诗歌开篇都毫无征兆。然而它们构成了故事的结局，并为之后的道德言教提供了有效例证。阿斯克勒庇俄斯收受贿赂，令死人复生，这僭越了人的宿命与神的不朽之间的界限；不惩罚这种僭越，就会摧毁世界的平衡。②第59–62行是品达惯常持有的看法，即什么对有死之人的欲求是恰当的，以及人类知识与能力界限何在；这强化了第22–23行表述的概念。整个神话在第63行以下结束，并重提开篇的愿望。

赫西俄德《女杰传》中的两段辑语有助于看到品达如何加工原始史诗材料。③有关柯萝尼丝的诗的前三行曾被斯特拉波（Strabo）引用：④

> 或者再说说她吧，
> 她住在葡萄丰盛的阿缪若斯（Amyrus）河边多提亚（Dotian）平原上的神圣的双子山中，
> 她在波厄比亚（Boebias）湖中洗足，这个待字闺中的姑娘。

---

① lllig op.cit p.49认为此处是在呼应行8的连词（μέν）。
② 阿斯克勒庇俄斯之罪的道德教诲参 Aesch.*Agam*.1022 f.。
③ Frs.122–123（Rzach）。史诗修复见 Wilamowitz, 'Isyllus von Epidaurus' in *Phil.Untersuchungen* IX, pp.57 ff.。
④ IX, p.442=Fr.122.

此诗开篇便给出了精确的地域场景，而品达却将其略去了一大部分，[83]将剩下的地域场景放在柯萝尼丝故事末尾的一个分句中（行34）。他同样略去了女孩在湖中洗脚的场景，我们可以猜想，阿波罗看到这个画面的话，反应大概与第九首皮托凯歌中看到昔勒尼斗狮时相同。

另外一段辑语见于第三首皮托凯歌的古代注疏，①它揭示了品达在两处偏离了赫西俄德的叙述。这四行史诗如下：

> 接着从神圣的宴席飞来了一只乌鸦信使，
> 它向长发的福波斯（Phoebus）报告了黑暗的勾当：
> 埃拉托斯（Eilatus）之子伊斯库斯（Ischys）迎娶了
> 柯萝尼丝，福雷居亚神的女儿。

神圣的宴席（ἱερή δαίς）只可能是伊斯库斯与柯萝尼丝的婚宴，因此在史诗叙事中是公开事件。另外，品达在第13和16行说她还"瞒着父亲"同意了另一门婚事，而且她既未等到婚宴，亦未等到传统的婚礼曲目，这或许说明她由于对那个异乡人（行20）的激情而无意为婚宴与婚曲所耽搁。柯萝尼丝的罪过在于，她在怀着神子之时竟和一个有死凡人共枕。品达还在另一点上偏离了传统叙述。他将埃拉托斯之子伊斯库斯写成远方来的客人（行26），而非如柯萝尼丝一般是忒萨利人，这样，诗人就加重了她的罪名。这后一点被品达叙事中一些语词的位置所挑明："远方的所爱"（行20）刚好被放在道德言教之前；"因为她和远客共枕"（行25）解释了她的"极度迷狂"；描写她所受的惩处之前有一个

---

① Drachmann, p.65及pp.70–71（=Fr.123）.

词组"与人同床的非法勾当"。柯萝尼丝对异乡人的激情体现了那种崇洋媚外、蔑视本国事物的放荡与愚蠢（ματαιότατον，行21，此词兼具此两义）。这种感触是十分通俗的普适箴言，它适用于柯萝尼丝的情形，而且构成了一个在诗中反复出现的主题。[①]通过如此反复地咀嚼她与外乡人的结合，[84]并不断追加辞藻描摹她的罪行，品达将故事引向了他想要传达的道德言教，并试图将阿波罗的报复再现为正义的刑罚。[②]这种意愿与他在第二个诗节中（行28-30）对这个德尔斐神的颂扬一致。

相比这些对史诗传统的偏离而言，更重要的是，品达似乎完全抹除了乌鸦的存在，在赫西俄德的残篇中，它直接从婚宴中将柯萝尼丝成婚的消息带给远在皮托的阿波罗，阿波罗在震怒之下将这只鸟由白色变成黑色。这个"就是如此"（Just-So）的轻松小故事记载于第三首皮托凯歌的古代注疏中，[③]笺注中的表达方式暗示着它属于史诗叙事的一部分：在笺注中，品达抛弃原典的做法得到了阿尔忒蒙（Artemon）的赞赏。虽然他没有明确提到乌鸦，但在巡视者（σκοπός，行27）一词中似乎仍可窥见这只驯顺的鸟的影子——该词指外出巡视的守卫者。无论在品达的用词背后是否隐藏着这只乌鸦，"巡视者"一词在此处指的都是阿波罗本人全知的精灵；而第28-30行格外加重的语气与繁冗的措辞，都说明诗人不满于乌鸦的传说，故而大肆宣扬这个德尔斐神的全知与灵验。第27行以下的希腊语或许包含了一些法律术语。阿波罗身处皮

---

① Cf.Hesiod Fr.219（quoted in the scholia on this passage of P.3）；第四首皮托凯歌，行92；第三首涅嵋凯歌，行30；第十一首涅嵋凯歌，行48；辑语38，行31。

② Illig, op.cit., p.51 f.

③ Drachmann. p.70.

托，故而无法亲历忒萨利发生的事情，而是从"巡视者"的口中获悉柯萝尼丝的罪迹。然而事件的目击者并非一只乌鸦，而是最为可靠的线人，即神自己的全知的精灵，他对它的所见所闻深信不疑。一个声名卓著的德尔斐先知神居然还需要从其他渠道获取证据，这可说不通。在大约同时写就的第九首皮托凯歌第42–49行里，品达也宣扬了阿波罗神的全知全能。

至此，不妨探讨一下第59–62行的希腊语。我们已经提到过这一段文辞与第21–23行思路的总体联系，以及在诗末对这同一思路的接续。眼下的任务是细察文中语言的流变，并尽可能精确界定这些语词的涵义。在评论[85]柯萝尼丝对异乡人的激情时，品达在第20–23行提及了那些蔑视本国事物（τὰ ἐπιχώρια）的人，他们巴望着远方的美好，怀揣着虚妄的幻想而驰逐迷梦。在评论阿斯克勒庇俄斯的罪行时，他虽然使用了不同的语词，但中心思想却完全一致。本国事物（τὰ ἐπιχώρια）变成了脚边的事情（τὸ πὰρ ποδός，行60），而追逐的目标是本分之事（τὰ ἐοικότα）而非随风易逝的徒劳（μεταμώνια，行23）事物。这里加上了第一个评论中尚未涉及的重要思想：有死之人应当明白自己的位分、所处的品级（οἵας εἰμὲν αἴσας，行60）。品达借此延伸了"认识你自己"的箴言，它可以有效防范迷执与肆心，而柯萝尼丝与阿斯克勒庇俄斯恰恰深陷于此两者。位分（αἶσα）在此与份额（μοῖρα）同义，即被配给的份额，无论是泛指一个人的运数与品秩——如埃斯库罗斯《阿伽门农王》第1025行的衔位（τεταγμένα μοῖρα），还是具体指一个人的个体能力。[1]

接着，品达在末诗节（行61）的开首处，向自己的灵魂下达

---

[1] Fraenkel's commentary *ad loc.*

了一道命令，禁止它僭越自己位分的局限而企望不朽的生命，因为那是诸神的特权。①这道命令来源于对阿斯克勒庇俄斯罪行的反思，他在为人起死回生时模糊了人神的界限。本段如此收尾："将你力所能及范围内的技艺用到极致"（行62）；在第108-109行，这一思想随着"技艺"一词的重复再度出现："我会在心中践行分配予我的精灵，依照我的技艺珍惜它。"这里的践行（ἀσκήσω）是对力所能及的极致（ἔμπρακτον ἄντλει）的拓展，而"精灵"则与"位分"等同，虽然它更个人化。"我的位分或运数"内在于语境中，且被修饰语始终（αἰεί）所点明，"依据我当时的处境"："运数渺小则我渺小，运数深宏则我深宏。"（行107）此处的主旨很明确：品达将自己限定在可能之事中，正如他在第十一首皮托凯歌第51行所言，"追求我这一生的极致"，而且他会应机而变。

有鉴于此，第62行最后一个分句译为"将你力所能及范围内的技艺用到极致"，大概是令人满意的，虽然我们禁不住想给"力所能及"更具体的解读。[86] 品达两次使用"技艺"一词的复数形式，分别意味着"获取卓越的方式"（第一首皮托凯歌，行41）与"计略"（第八首皮托凯歌，行75），此词还在另外两处特指诗人的技艺，并且意味着他借以取得诗歌效果的手段。荷马的"插翅的技艺"（第七首涅嵋凯歌，行22）能够在人们的心中制造幻象，而品达自己的技艺则为一个年轻竞技者插上了翅膀，"乘着我诗艺的翅膀"（第八首皮托凯歌，行34）。就本诗第61-62与第107-109行是诗人自述而言，我们可以认为两处的技艺都指他

---

① 这一感触亦见第五首奥林匹亚凯歌行27、第十一首涅嵋凯歌行15、第五首伊斯特米凯歌行14。

的诗艺。践行这种技艺，毋庸置疑是诗人力所能及之事，是他独特的能力。① 然而，第 62 行的命令与第 107-109 行的论述还有一层更宽泛的涵义：诗人用个人的方式阐述了他的观点，却意图将其作为一种普遍的行为准则推而广之。② 第三首奥林匹亚凯歌结尾提供了一例语境颇为相似、用第一人称给出的有关人类能力局限性的建议。在讲述了忒戎凭靠自己的能力抵达了赫拉克勒斯之柱（Pillars of Hercules）后，品达总结道：

再远些，无论技艺好坏，都无法企及。
我亦不会再有求索。否则我便是愚人。

现在我们可以从第四诗节开始，继续分析本诗。第 72 行的倘若（μέν）很可能和第 77 行的然而（ἀλλά）相应。品达对比了两种他准备给出却无力为之的偏爱。他无法带来金子般的健康，也无法带来一首可以为费瑞尼科斯赢得的桂冠增辉的凯歌，但他可以向母亲神（the Great Mother）祈愿，并为国王奉上一条劝谏。古代注家阿里斯托得墨斯（Aristodemus）提到了母亲神，还提到夜晚降临前在诗人房前唱给她与潘神（Pan）的少女合唱歌，他认为，这是由于品达曾在暴雨的山中忽逢异象。③ 他见到一个母亲神的雕像坠落在 [87] 脚边，并在自己的房子附近为她与潘神贡献了一座神庙。第 85 则辑语是一首敬献给潘神和母神的少女合唱歌的开篇数行：

---

① 参第四首伊斯特米凯歌行 2 里"技艺"一词的音乐和诗艺语境。
② 品达的第一人称代词用法见 Des Places, *Le Pronom chez Pindare*, p.9。
③ Drachmann. p.80.

> 潘神，他统领着
> 阿卡迪亚，是诸神庙的守护者……
> 母亲神的伙伴。

品达在第 80 行直接向希耶罗言说，敦促他要牢记一个俗谚，古代注疏家们点明这个俗谚为《伊利亚特》（24.527）中的双瓶譬喻。① 只有高贵者才能忍受人事中不义压倒正义的命数，因为他们与俗人不同，会将自己最好的一面展现给大家。对对衬诗节末尾数词的这一延展得到了第 234 则辑语的印证：

> 一个人美好与愉悦的那一面
> 应当在众人中展现出来，
> 然而若诸神送来难以隐忍的伤痛，
> 倒应该将之掩藏在黑暗中。

第 82–83 行不仅提示了古希腊人面对厄运的独特态度，其主要意趣还在于俗人——感官迟钝的莽汉——与高贵者间的对比。一个类似的对比或许还隐含在第二首皮托凯歌最后一个三联诗组中，那里对比了被宠物猴子的把戏哄骗的孩童们与可以免遭狡猾市民的诡计祸害的高贵者。② 高贵者都是成年人，他们有足够的智慧去理解"真正的道理"（行 80），也足够自律地隐藏起自己的伤疤，将最好的一面公之于众。本段的重要性在于，它有助于我们理解品达心中的高贵者，即那些他所结交的出身高贵、身居高位

---

① Drachmann. p.81.
② Schroeder, op.cit., pp.122 ff.

的人。他希望他们能够具备古希腊思想称之为"明智"的智慧与节制的交集。[88]在第103行以下的神话部分的结尾处，我们也能发现相同的对智慧的坚守，该处的"若有死的凡人心中知晓真理的道路"，呼应了第80行对希耶罗的智慧的呼吁。

于是，品达鼓励国王要勇敢面对自己的痛苦，并提醒说，他是万里挑一的具备好福气的人民统治者。绝无痛苦的完美福祉是不可得的。① 佩琉斯（Peleus）与卡德摩斯的故事阐明了这一真理：他们二人皆因各自的婚姻获得了至福，然而这至福却由于他们子孙的命运而有所衰减。这一神话的叙事采取了交错结构：佩琉斯在第87行之后先于卡德摩斯出现，然而在末诗节末尾，卡德摩斯的妻子之名则先于佩琉斯的妻子出现。中间部分（行88–89）讲述了他们如何听到缪斯们在忒拜的佩利翁山（Pelion）上歌唱。在随后的主诗节中，品达讲述了诸神如何在他们的婚宴上飨宴，并为他们赠送礼物。这个漫长的铺陈句（行93–96）拓展了前一个末诗节的中间部分。整个场面一片金碧辉煌、歌舞升平，他们由于摆脱了以前的困苦而心花怒放。然而不多时痛苦便回归了。首先，卡德摩斯的三个女儿给他带来了苦难，然而为了均衡苦乐，忒欧娜（Thyone）嫁给了宙斯；随后，在略述了阿喀琉斯的命运后，叙述开始以佩琉斯收尾。神话最终以早在梭伦时代就已熟知的古希腊思想的箴言点题：虽然人的命途摇摆不定，美满的幸福总是转瞬即逝，但如果人们能够正确把握真理的道路，便会满足于诸神赐予的好福气。②

---

① 参第五首皮托凯歌，行54；第七首皮托凯歌，行16；第十首皮托凯歌，行22。

② Cf. Solon Fr.5.9 f.

最后一个末诗节的开首语包含了一个传统信念，即行为需适应环境。① 它采取了第一人称表述，但正如上文所说，这很可能具有普遍劝世的效力，正如下一句对第61-62行的要点的重复。若对这个末诗节前三行诗文的这一解读可取的话，我们就会很自然地同样解读第110-111行，那么，非重读语气的代词（μοι）则等同于非限定性代词"某"（one），如第二首皮托凯歌第96行。这两行诗句［89］常被视作诗人的毛遂自荐：长期受雇于富有的主顾，可以确保诗人未来的声望。对一些人而言，这段话看起来无关题旨，甚至毫无品味；的确，这两行很难与全诗的色调协调；而且，介绍涅斯托尔与萨尔佩冬的事例时，也没有连词将两者联结，这种连词省略在神话例证中很常见。倘若第110-111行有泛指之意，这里的思路或许可表述如下：正如希耶罗享有的财富意味着名声，未来的盛名正是第一首皮托凯歌第92行的人身后在诗歌中流传的荣耀。为了说明这一点，品达宣布了诗人们为涅斯托尔与萨尔佩冬的身后美名所作的贡献："凭借着辉煌的诗歌，卓越可以穿越时空。"使人们的言行永垂不朽，正是诗歌的终极胜利。

全诗收尾语词的语义含混问题很难解决。在"很少诗人能够轻易馈赠不朽"和"很少有人能轻易赢得不朽"两种读法中的选择大致取决于读者的主观立场，这有赖于读者如何领会诗人在最后一个末诗节中的意图。上文论证了品达意欲给出普遍有效的劝诫，这延续了上一个对衬诗节的语气，还论证了盛名并非诗人所欲，而是他希望为那些享有很大福气并懂得善用福气的好命者树碑立传。如果这一观点成立，我们便可以采用第二种解读，这暗示着希耶罗是能够在诗人的诗歌中赢得不朽的、万里挑一的人。

---

① cf.Theognis, 215 ff.and Pindar, Fr.235.

这看起来与中间语态动词自己争得（πράξασθαι）而非他人赠与相吻合，而且这还为诗歌的结尾提供了一个合宜的高潮，并将我们的注意力集中在希耶罗身上以及对其持久声名的承诺上。

  作为整体而言，本诗以纯一的表达方式呈现唯一的目的。品达意在安慰与鼓励病中的希耶罗。所有神话，对神话的道德阐发，以及尤其是第65-79行的诗人自白，还有他使用的严肃语气，都为这个目的服务。因此，全诗有一种内在的思想统一性，它的不同部分被"认识你自己"这一主题的各种变体黏合。[90]把单一的格言思想运用得如此出神入化，或许是本诗最令人称道的特点，诗人以朋友的身份与国王倾谈，他充满了同情心，也对自己的诗艺有十足的把握，认为它足以为病痛带来慰藉，并确保众口传唱国王的不朽。

第八章　第一首皮托凯歌

[91] 本首凯歌的创作年份与缘起并无争议。希耶罗在公元前470年的皮托竞技会中赢得了战车比赛，并以"埃特纳的希耶罗"（Hieron of Etna，行31以下）的封号标榜自己的胜利。本诗主要作为加冕颂歌而创，以庆祝希耶罗之子戴诺墨涅斯（Deinomenes）在新城加冕（行58—60）。本次的皮托竞技会胜利是新城日后的繁荣发展的好兆头，如此，品达正式宣告得胜（行32），但这绝非激发诗人灵感的主要事件：它只是框定了本诗的凯歌诗体。诗人的主要意图是为西西里的戴诺墨涅斯王朝的丰功伟绩赢得永世的英名。公元前480年在希美拉（Himera）大败迦太基人、公元前474年在居迈（Cumae）大败埃特鲁里亚人（Etruscans），以及当时在希腊本土战胜波斯，品达将三场战役并举（行71—80）；他将埃特纳城的落成视作多里斯生活方式的新前哨；而在整首诗中，他对这些西西里君主们不仅有赞颂，也有警示，他仿佛身负教导他们生活与政制技艺的任务且要履行之。本诗的结构十分严整。用品达在第六首奥林匹亚凯歌开篇的话说，不仅本诗的门面（façade）"光耀流远"，而且本诗炫目的整个主体建筑（edifice）也在不同的部分展现出一种创作的融贯性，而品达现存诗歌中只有一小部分具有这种融贯性。单是阅读这首诗，我们就能明显感受到这种融贯感，那些现场听诗歌的人必然有更加生动的感受，因为诗歌开篇的里拉琴作为音乐的象征以及本诗中音乐的实体表

征，在全诗表演始末作为统贯的乐器一向可见可闻。的确，本诗之所以是品达唯一一篇可借助象征主义合理解读的诗篇，是因为开篇唤起的意象本身的音相遍布诗歌始末。①

诗歌以一段对里拉琴的赞辞开题，这同时展现出这类作品的很多传统特征：②［92］同位语格式的吁请；一连串对所述乐器功能的描写，并且随兴将其与各种存在者相关联的陈辞；在对衬诗节末尾对开篇主题的回归。在相关的意象中还有一种强烈的反差效果：雷电的狂暴（行5）与前文中隐含的音乐秩序与和谐感互为反题。这类序歌亦可见于品达的另外八首凯歌以及巴克基里德斯的八首凯歌，然而后者与品达不同，仿佛仅仅将其用作一种惯例笔法，与主题无甚关联。品达的赞辞式开篇则凸显出一种所描述的力量与凯歌内容间颇为紧密的联系。例如第八首皮托凯歌中，"安宁"既对品达本人有核心意味，也与该诗的历史处境有特殊关联；第七首涅墉凯歌开篇将"生育女神"吁请为孕育青春之美的"诸子之母"，这对一首献给男童竞技者的凯歌而言十分切题；而第五首伊斯特米凯歌对忒亚的吁请意在传达品达心目中的一种神秘力量，这种力量阐明了诗人内心的价值观。

然而，除了第十二首与第十四首奥林匹亚凯歌这两篇自成一体的短诗外，品达所吁请的力量仅在第一首皮托凯歌里弥漫全诗，为诗歌赋予一种内在的思想与情感连贯性。此处的里拉琴绝非巴克基里德斯的"赐誉之音"或"胜利女神的甜美馈赠"式的俗套，而是全诗的"原则与唯一的灵魂"，它所象征的音乐作为和谐的

---

① Norwood, *Pindar*, pp 102 ff.
② 颂歌风格的传统，参 E.Norden, *Agnostos Theos*（Leipzig，1912），pp.143 ff.

来源与赞辞的传达方式，自始至终不绝于耳。故而，对里拉琴的赞辞不能与后文割裂开来看待：事实上，诗人本人也点明了它与诗歌渐次展开的主题间的紧密关联，他重复使用了三次音乐式的表述，即第38行的"美名扬传于悦耳赞歌"，第70行的"和谐与安宁"，以及第97行以下对开篇呼格的"金色的里拉琴"的言辞呼应。

那些见弃于宙斯的造物（行13）以及拒绝音乐影响的人，与和谐和赞辞主题形成了鲜明反差，蛰伏于全诗始终。诗中有四种混乱与喧嚣之力的代表，一种来自神话，三种来自史实。埃特纳山底堤丰（Typho）的肆行［93］引出了前两个诗节中的魔幻场景；腓尼基蛮族与战场上嚎叫声刺耳的埃特鲁里亚人，与品达祈愿宙斯（行67）引领新城人民进入的和谐安宁生活形成鲜明对比；而用铜牛活烹罪犯的法拉利斯（Phalaris；行95往后）出现在最后，用以警示听众，仅有像克洛伊索斯（Croesus）这样的有德者才配得上里拉琴伴奏传扬的身后美名。这四个例子以及它们所处的语境都十分明确地说明，至少在本诗中，品达心目中里拉琴的首要功效是：传递安宁与和谐，并为赞歌伴奏。第61则辑语是一首酒神颂，它可以用来和本诗有关音乐功用的言教作出对比。它与本诗序诗的情致完全不同，仅仅是描述了酒神音乐的功效。与阿波罗神的音乐不同，这种癫狂的音乐并不追求或达到和谐与安宁，而是激起纵欲迷狂的嚣乱，唤起奈阿斯仙女们（Naiads）的痴狂吼叫，并且挑起战神阿瑞斯（Ares）的雷电与矛戈，而非使之平息。①

---

① 两种音乐的进一步讨论，参Wilamowitz, *Pindaros*, p.344。

前两个诗节中的一些措辞细节值得深入探讨。第2行的代词（τᾶς）很明显是关系代词而非指示代词：一般而言，颂歌的惯例要求在呼格及其同位语之后紧随一个关系从句，而且完全没有主句的情况也并不少见，尽管我们感到亟需一段祷辞或陈辞，这种意义才变得完整。本段的第5行并没有实现这种意义，因为这个新句子只是继续列举里拉琴的功能。这种祈请或陈辞在一些颂歌中被延宕很晚才会出现，在另一些颂歌里则完全省略了。延迟祷辞的一个很好的实例，是索福克勒斯《安提戈涅》第1115行对狄奥尼索斯的赞辞，对酒神亲临的祈请出现在第1140行以后，晚于诗歌开篇两个诗节还要多。虽然说，我们可以更轻易地将第一首皮托凯歌的开篇归入意义从未完成的一类，但到第39行以下〔94〕对阿波罗神的祷辞或许也说得过去，阿波罗在该处被呼作"帕纳索斯山的卡斯塔里亚泉的爱好者"。这提醒我们注意阿波罗和诸位缪斯的关联，而早在凯歌开篇以及第一个对衬诗节的结尾就强调过这种关联；而且，在这一祈请之前就是那些音乐性表述中的第一个表述（行38），这些音乐性的表述连接了序歌部分的思绪和全诗的总主题。因此，此处对阿波罗的祷辞或许正是我们在开篇对里拉琴的呼求处所期许的意义的完成。

〔在凯歌表演的现场，〕听众们的所见所闻，会自然地让人们第一次体察到里拉琴的功能：第2-4行事实上呈现出一种生动的感受，将合唱抒情诗的演唱元素全部囊括于内。舞步（βάσις）此处取字面含义，代表舞者们在演出开始时的舞步。阿里斯托芬的《地母节妇女》有一句可以阐明这一意涵：

> 但是我们应先迈开这圆舞的美步。
> 歌唱之时亦迈出步伐。（行968以下）

至于指示（σάμασιν）一词，施罗德的解读大概正确，[1] 即里拉伴奏手对合唱队给出的各种指导，这些指导与乐谱一道都被标注在表演手册上；[2] 而这类标记的希腊语原词是标志（σάματα），即给歌者提供暗示的标记。第4行的意涵不甚清楚，虽然这一从句蕴含了荷马诗句的变体："他在他的里拉琴上奏出一段美妙歌声的序曲。"[3] 用宏大的里拉琴序调（τεύχειν ἀμβολάς）取代弹奏（ἀναβάλλεσθαι），以及用鲜活的旋鸣（ἐλελιζομένα）修饰震颤的弓弦，都是对肃穆的史诗原版的一种近乎巴洛克式的华丽点缀。若剥离掉这些点缀，此句便成了"弹奏引入合唱的序曲"。虽然无法确知序曲（προοίμια）一词的确切涵义，但此处的最优解似乎是固定的舞曲与里拉琴前奏。[95] 这种解读可以得到开篇数行诗文核心题旨的印证，在该处，里拉琴被视为主导乐器，诗歌的格律与旋律都取决于它。

我们还可以就里拉琴的这一主导意义对比第二首奥林匹亚凯歌的开篇——"统领里拉琴的颂歌"。这一说法表现了合唱抒情诗中互为表里的两个元素，即唱词与音乐：颂歌的歌词为了捕获听众，必须支配里拉琴的伴奏音乐。在第一首皮托凯歌中，诗人关注里拉琴及其功效，故而着重强调了里拉琴在演唱中扮演的角色。同时，这段诗中并没有任何内容暗示言辞必须完全从属于音乐，不像普拉提拿斯（Pratinas）那样担忧笛乐伴奏对酒神赞歌的作用，[4] 也不像公元前五世纪后半叶到前四世纪的革新，这场革新

---

[1] *Pythien*, p.5.

[2] 这一话题见 Irigoin, *Histoire du Texte de Pindare*, p.8。

[3] *Odyss*, 1.155; 8.266.

[4] 参 Pickard-Cambridge, Dithyramb, *Tragedy and Comedy*（Oxford, 1927）, pp.28 ff. 所讨论的辑语。

导致了乐曲对唱词的压制，以及合唱抒情诗的衰朽。

品达在第5行放弃了演奏的主题，并在其他事物中找到了音乐有魔力的证据——雷电的平息与鹰的出神入眠。有人猜测，鹰的描写或许受到了一件艺术品的启发。①"脚踏权杖的鹰——宙斯的看门狗"（索福克勒斯，辑语884），这是菲迪亚斯（Pheidias）制作的奥林匹亚的宙斯像的一个显著特征，②然而人们并没有发现品达同时期的雕像，能够作为诗人假以模仿的原型。然而我们有一种很强的感受，即品达的确细致研究过一个处于静态的鹰的仿制品，而其中最令他着迷的三个特点是：后背两侧收紧的羽翅、弯曲的喙（虽然这可能仅仅是史诗中的称号 $\dot{α}γκυλοχείλης$ 的变形），③最为生动的第三个特点是，它栖身于权杖之上睡觉时，为了平衡身躯而摇曳的后背。

这三个特征都可见于，或至少是借助些微联想便可见于为纪念埃特纳城落成而铸造的精美铜币之上，这大概受希耶罗之命而铸造。[96] 硬币的背面刻有宙斯，他安坐于宝座之上，左手手握雷电戟，面前是一株来自"乌黑叶茂的埃特纳山山顶"（行27）的松树，树顶栖息着一只鹰。④尽管一如索福克勒斯，在品达的描写中，鹰栖息在宙斯的权杖上而非树上，这却未曾丝毫影响这些诗句的效果。硬币或许的确启发了诗人：无论如何，它都为这些诗文提供了细腻的影像。鹰轻微摇曳的姿态一直延续到"微晃"以及"轻震"等词（行9-10）中，后者在品达其他作品中出现过

---

① Farnell, op.cit.II, p.107.
② Pausanias V, 11.1.
③ *Iliad* 16.428; *Odyss*.19.538; *Scutum Her*.405.
④ Seltman, *Masterpieces of Greek Coinage* (Cassirer, Oxford, 1948), pp.56 ff.

三次，①用以形容风吹皱水面的动态。这种用法为此处的隐喻提供了一些线索。在灵魂被攫住（κατασχόμενος）一词中可以合理地读出占有、攫住（κατοκωχή）的意味，以及其与柏拉图笔下的抓住（κατέχειν）的关联（《斐德若》244e），这早在心醉神迷（κηληϑμῷ δ᾽ ἔσχοντο，《奥德赛》11.334）中便初现端倪了。

将第12行的箭柄（κῆλα）译作令人出神的里拉琴乐的箭镞，可以得到此段数个古代笺注的支持。第一个注说此词是魔咒（κηλήματα）一词的缩写。②这一观点虽然不太可能，但它也表明注者意识到这个词在此处的独特用法。该词在所有其他地方出现时都指神的毁灭性武器，或是弓箭，或是暴雨雷电与瘟疫，另一个笺注也提到这一点，还同时指出了隐喻意味："应当可以将之作隐喻理解……"这一解读理应被采纳。笺注中的论述保证了其古早性质，而且将声音与武器对举在古希腊语中很常见。③有些人认为，由于缺少第二人称物主代词，使用该词意指里拉琴是很成问题的，故而宁肯取其原意，这些人或许会赞成攫住（ϑέλγεις）作箭柄的谓语，而神的心（δαιμόνων φρένας）作其宾语。④如此，神的箭柄（κῆλα δαιμόνων）[97]则重复并且凝练了第5行的雷电戟与第10行战神阿瑞斯的武器。不过，这种重复却削弱了甚至是诸神的心（καὶ δαιμόνων φρένας）作为里拉琴魔咒的终极鹄的所带来的高潮效果。

---

① 第四首皮托凯歌，行195；第九首皮托凯歌，行48；辑语84，行14以下。

② Drachmann, p.11.

③ 参第九首奥林匹亚凯歌第5—12行的暗喻。

④ H.Frankel, *Dichtung und Philosophie des Frühen Griechentums*, p.579, n.1.

末诗节引述了那些见弃于宙斯与诸缪斯的造物。泰坦神的世界由堤丰代表，它是肆心的传统象征与埃特纳火山的神话起源。主题转向宣示胜者为埃特纳城的肇基者希耶罗，其过渡相当自然，诗人描写了火山的喷发，由于他刻画了记忆中历历在目的一场灾难，这一场景愈发震撼了。据文辞的相近性推断，此处所描写的火山喷发就是埃斯库罗斯在《被缚的普罗米修斯》(*Prometheus Vinctus*) 第350行以下的内容所描写的那次，且可以借助帕罗斯的大理石（Parian Marble）确定火山喷发于公元前479年。据修昔底德（3.116）所言，他记载的火山喷发发生于公元前425年，而据说50年前还有一次火山喷发。公元前479年的说法更加可信，因为修昔底德这个史家或许给出的是两次喷发间的大概间隔时间，而他书中的"据说"一词则说明他自己也并不确知具体年份。

况且，假如确实是公元前475年，希耶罗大概会怀疑，是否要在这一年移民并兴建一座城邦，而这城邦却坐落于西西里岛最暴露于埃特纳火山的威胁下的地方。① 与维苏威火山不同，埃特纳火山属于那种永久性的活火山，一到多个火山口都时不时进入暴躁的活跃期，破坏性就会很强。在它的半沉睡期，火焰与火光持续可见，随其在夜空之中涨落而时明时暗，这些景象还间歇伴随着远处即可闻知的小喷发。即便在非全面喷发之时，埃特纳火山也显示出一番骇人景像（*son et lumière*）；况且，如果我们还记得品达正是于公元前476年至前475年身处西西里，我们或许可以认为，他在此处所述乃是亲见亲闻，辅以他从亲历大爆发的目击者那里打听来的见闻。

品达的描写熔神话与现实为一炉。从第16行开始的叙

---

① 卡塔尼亚（Catania）在1669年的火山喷发中遭受重创。

述［98］仿佛是对史诗素材的抒情诗式改编——如现成的绰号"百头的""久负盛名的奇里起亚（Κιλίκιον）洞"、第19行注入的生命感以及第19-20行的惯例式同位语结构——很快，第21行就变为了火山喷发的实录。第25与27-28行再次引入神话元素，并提到这次灾难的罪魁祸首是一个活物；而最后一句"当他躺在上面时，他的床摩擦刺痛他的整个背部"（行28），强化了最早的描写"西西里重重趴在他多毛的胸膛上"。第18-19行与第27-28行构成了对自然现象描写的一个神话嵌套结构，这种回环式笔法符合品达神话叙事的基本原则。尽管这一节并未占据全诗的核心部分，但对埃特纳的这一叙述或许顺理成章地扮演了神话主题的角色，因为斐洛克泰德（Philoctetes）的故事（行52-55）一带而过，似乎只是一个譬喻。

这一部分的神话元素取材于前赫西俄德时期的素材，[1] 它或许提到了堤丰的出生地在奇里起亚山洞以及其监牢的另一端居迈，但这两点在《神谱》中都未出现。品达其余的描写可能也大量依赖这些素材，尤其是那些将堤丰处理为一只活物的部分。如果我们根据赫西俄德对堤丰失势的描写来判断，本段诗歌的首尾以及第25-26行为一种写作手法提供了很好的例证，即自然现象与将其描写为活物之间的冲突。几乎毫无疑问，埃斯库罗斯对火山喷发的描写与品达的版本有许多言辞相应之处，故而大体也是依赖同一史诗素材。例如，两个诗人都提到了"百头"、奇里起亚山洞以及火焰之河，而且两人都使用了惯常的"大柱"隐喻来描写将天与地隔开的大山。[2] 两人的叙述中亦都使用了大量带有史诗色

---

[1] von Mess, *Rheinische Museum*, lvi（1901），pp.167 ff.
[2] Odyss. 1.53; Herod.4.184 of Mt.Atlas，从此"大柱"就是当地的说法了。

彩的基本词汇。然而，品达［99］却有一句看起来是全然原创的诗文，这便是第20行对埃特纳山的描写——"彻骨寒雪的常年保姆"；"保姆"的隐喻用法尚无先例。

品达的一些写作笔法强化了注入这些诗文之中的大自然的残暴感。他刻意平衡诗中的分句，造成了一种品达诗中并不常见的复杂文风：第21-22行的分句由一者（μέν）与再者（δέ）相联结，"一者它喷薄而出……再者它的河流……"；接着又是一个"一者"，由连词（ἀλλά）回应，对比了日间的烟与夜间的火；最后，在第26行，两个近义词被放在分句之首，由"一者"和"再者"联结。"一者神奇在……再者神妙在……"，同时这些连词起到了将视觉与听觉上的恐怖分开的作用。第25行于是可以被译作"众人在场时都听见"，这要好过"从在场者处听说"。与这种正规的词句对举手法并行不悖的，是第22-24行更加原始的头韵与拟声修辞法。

在我们放下这部分之前，最后还要论述一下第27行的"乌黑叶茂的山顶"。埃特纳山的半山腰有两个引人注目的特征，一个是死火山口的残骸沉积而成的众多小山丘，它们被松树与其他树种覆盖，另一个是岩浆凝结后留下的到处可见的黑色痕迹，有的有百米之宽，它们从不同高度的火山口喷流而下。品达的诗句很好地捕捉到了半山腰的这种漆黑与繁茂，故而对这一绰号的最佳解读是，每一个元素都分别有有效的复合词，并将之分别译出："漆黑而叶茂的众山丘。"①

希耶罗的宣言由向埃特纳的宙斯（Zeus Aetnaeus）的祷辞引出，这一称号隐含在第30行的"在山间萦绕"之中。宣言的用词

---

① 如Soph.*O.T.*846，Jebb注本。

与语境说明，埃特纳的建成才是品达受委托铭记的主要功业：比赛胜利是新城繁荣昌盛的好兆头，在戴诺墨涅斯的统领下，它的新生充满福谕，除此以外，比赛胜利本身不过是主题的陪衬。[100]这一点可以得到第33行以下的对举（paratactic）譬喻的支持，这里提到水手们在启航时心中萌发了借助顺风安然归航的希冀。末诗节以对阿波罗的吁请收尾，并列出了他完整的荣誉头衔，且将之与诸缪斯的居所相关联，这大概出于"美名传扬于悦耳颂歌"对音乐的重要意味；而且正如上文所说，它或许是在诗的开篇被搁置了的正式吁请。这个吁请绝非一个渐弱修辞法（anti-climax），而是对宙斯祷辞的补充，因为正如第13行所表明，宙斯是歌颂的终极旨归，而阿波罗与诸缪斯则提供了歌颂的手段。

第三个三联诗组的开端是一个过渡段落，从宣言导入对希耶罗的既定赞辞。这开始于第41行，以第一人称代词的方式标明了一个主题的间断与另一个主题的出现；而且在解释了前面祷辞的由来的同时，还为后述赞辞提供了一个箴言背景。这句话的思想在品达其他诗中早已耳熟能详：① 人们最突出的天赋都来自诸神的馈赠。这里提到的三个卓越天赋，即诗艺、尚武之勇与辩才，但赞辞只详述了尚武之勇，尽管第一首奥林匹亚凯歌曾极力赞美希耶罗的文才，而第二首皮托凯歌则赞美了他的政治协商技艺，即辩才的实用效果。第42行选用的"智慧"一词无疑出于品达对自己诗艺天赋的自觉。

在第42行之后的个人叙述中，品达急切转入本诗应制的主要任务——对希耶罗的赞美。在这里我们见到了另一种将言辞比作武器的隐喻，尽管我能一发即中（ἔξω ἀγῶνος βαλεῖν）的确切含义

---

① 见第九首奥林匹亚凯歌，行28以下；第十一首奥林匹亚凯歌，行10。

无从得知。在第七首涅嵋凯歌第 71 行，诗人将说出的言辞比作掷出的标枪，并声明自己并未越过底线（τέρμα）。而在本诗中，如法内尔认为，① 诗人看起来没能将标枪掷入限定的距离内，裂口（ἀγών）暗指［101］两边站开的观者让出来的空隙。② 从第 45 行可以看出，投掷的距离，而非射中某个标靶，才是品达心目中的比赛的目的；而蕴藏的风险则是在奋力超越其他参赛者的努力中将武器掷出赛场。这个表述中隐含着我们熟知的适度的重要性的自警，以及任何在赞颂主题中偏离适度的危险，即便赞颂的对象是像希耶罗这样已获得至高荣誉（行 49 以下）的人。类似的概念还出现于埃斯库罗斯的《阿伽门农王》，当国王登台亮相后，歌队问道：

> 我该如何
> 向您致敬，
> 既不错失亦不超过
> 敬礼的准星？（行 785 以下）

尽管这里武器要射向标靶，但表达的要点几乎相同：需要精准拿捏赞辞或敬辞的尺度。在之后的第 81 行，品达重述了这一观念。

对希耶罗的赞辞无不指向他的军事伟绩，这段赞辞以一个祝愿作为其开端和结语（行 46、行 56–57）。时间构成了赞辞的首尾，但愿时间可以为国王带来繁荣、消除病痛。这一祝愿在后文

---

① Op.cit.II.pp.111 f.
② 关于该词的用法参 Odyss.8.380，该词用于指观看阿尔喀诺俄斯的舞者的那些年轻人。第十首奥林匹亚凯歌行 24 意思是举办竞赛的场所，亦见第九首皮托凯歌行 114。

的祷辞里也有呼应：祈愿宙斯令其余生永葆健康并适度满足其心愿。在这一段的开首数行，时间几乎被拟人化为句子的主语，他有能力给予人类福祉，并为后辈铭记前人的美名。[①]在第八首奥林匹亚凯歌第28行，时间扮演了一个相反的角色，即好运的破坏者、好事中断的罪魁祸首。在两个确实互补的角色中，时间都是祷辞的受赠者，祈愿它不要破坏繁荣，而是尽力保有之；而且，还有另外两到三段诗中将时间完全拟人化为万物之父，是比诸神都更有力量的王者，[102]是真理的唯一见证者。我们最后提到的诗句出自第十首奥林匹亚凯歌第53行以下，它与本诗第47行的语境相似，在这两个地方，时间都是一个试图讲述实情的句子的主语，不过其中一个讲述历史事件的实情，另一个讲述神话中赫拉克勒斯奠定奥林匹亚竞技会的实情。时间的双重功效——遗忘或铭记——都得到明确的标示：紧随"携来遗忘"（行46）之后的，是后一句中与其相反的"唤起回忆"。

时间作为铭记者，首先要记下公元前480年的希美拉之役，此役中，戴诺墨涅斯家族的希耶罗和他的三个兄弟，盖隆（Gelon）——他在西西里地区的前任国王、波吕泽洛斯（Polyzelus）以及忒拉绪布洛斯（Thrasybulus）击败了迦太基军队。接下来提到了希耶罗带病坚持的一次远征。品达如此描述这次远征："而现在他开始进军"。这大概说明此次战役相比希美拉之役要晚近得多，而且这是一次陆战而非海战，希耶罗亲自披甲上阵，据古代注家的说法，"由于被石块砸伤，他被抬在担

[①] 亦见辑语145；H.Frankel, *Wege und Formen fruhgriechischen Denkens*（Munich, 1955）, pp.10 ff.

架上"。①第52行的一则古代笺注,在解释μεγαλάνωρ[高傲]时认为,这次战役发生于公元前477年,希耶罗通过干涉,从雷吉翁的阿纳克西拉斯(Anaxilas of Rhegium;第二首皮托凯歌,行18以下)的诡计中拯救西洛克里斯人(Western Locrians),然而这不太可能,因为这一日期距公元前470年太远,距公元前480年太近,与"正是现在"不符,而且,并无证据表明发生过这样一场战役。认为是居迈之役(公元前474年)的提议也站不住脚,②因为这是一场纯粹的海战。那么,倘若"高傲"者(行52)既非雷吉翁的僭主,亦非向希耶罗求助反击埃特鲁里亚人的居迈使节,③就有可能是忒戎(Theron)之子,阿克拉伽斯的忒拉绪岱俄斯,希耶罗在前472年的阿克拉伽斯河之役中击败了他。狄奥多洛斯(Diodorus)说道,"忒拉绪岱俄斯逊位了",④接着又讲述了在僭主流亡和处决后,阿克拉伽斯人向希耶罗派送了一队使节并签署了和平协定。这场胜利使得叙拉古的统治者成为[103]西西里独一无二的首领,正如品达在第二首皮托凯歌第58行对他的称呼,"许多华美街道和人群的王者与统领"。这一解读或许隐含在第二个笺注中,"高傲的忒拉绪岱俄斯固然英武,却仍要奉承希耶罗",⑤这或许在细节上与传说并不完全吻合,但与历史事实有吻合之处;而且,它还点明了这则比喻的要点,即希耶罗如斐洛克泰德一般,在身有伤痛时披甲上阵。

---

① Drachmann, p.18.

② Freeman, *History of Sicily* II,(Oxford,1891—1892),p.250,亦持此看法。

③ Diodorus.XI.51.

④ XI.53.

⑤ 或许是忒拉绪岱俄斯的讹误,忒戎在公元前472年就已经过世了。

第58行开始向缪斯提出新的呼请，这标志着新主题的展开。品达请求缪斯在戴诺墨涅斯面前唱一曲歌，以犒赏他父亲的胜利，因为这也是身为人子的骄傲。对希耶罗的赞辞至此结束，虽然希耶罗在对衬诗节与末诗节中再度登场，但诗的余下部分——尤其是最后一个三联诗——都是为其子而作，并且显露了品达作为王廷教育者以及多里斯生活方式的代言人的角色。年轻的王子在父亲的襄助下，按照多里斯建筑的神授自由（god-built freedom）原则，为自己建构了埃特纳城。新城的新居民们是来自盖拉（Gela）、麦加拉（Megara）与叙拉古的多里斯人，还有伯罗奔半岛的移民，①他们都希望保留多里斯的风俗，忠于先民流传下来的观念，这些先民从品多斯山区（Pindus）出发，并在占领了斯巴达附近的阿米克雷城（Amyclae）后定居在了拉科尼亚（Laconia）地区，于是他们成了狄俄斯库里（Dioscuri）人的邻居，后者的祖庙在忒拉普涅城（Therapne）。

因此，在第四诗节中，品达为新城以及戴诺墨涅斯的子民们追溯了一段光辉历史，其中充满了绪洛斯（Hyllus）、潘斐洛斯（Pamphylus）、赫拉克勒斯族（Heracleidae）、汀达琉斯族（Tyndaridae）这样光辉的名字，甚至像第一则辑语中描述女神埃吉纳时一般，两处都使用了十分类似的词语与名字。品达为埃特纳城设置了一个著名的背景，它似乎成为融合各种多里斯传统的最晚近熔炉；此外，诗人还关注施教：神授自由（行61）是诗人向新统治者提出的政治愿景，他同时祈请宙斯，让这些愿景成为居住在阿美纳斯河（Amenas）畔的邦民们与国王的生活现实（行67往后）。

---

① cf.Drachmann, Scholia, p.21 及 Diodorus.XI.49.

第八章 第一首皮托凯歌

品达对自由概念的钟爱与理解之清晰,可见于他的一些重要诗歌。[104] 在第65则辑语这首酒神颂中,他赞美雅典人为自由奠定了光辉的基础。在第八首伊斯特米凯歌第16行,在述及波斯危机的解除以及诗人自己作为一名忒拜人的焦灼后,他在下述想法中为人岌岌可危的生命找到了慰藉:

> 即便如此,有死之人仍可得医治,只要他们还有自由。

而在第八首皮托凯歌结尾,他为埃吉纳祈愿自由的回归。所有这些诗句的确都指摆脱某些具体危机,但本诗中的神授自由听起来像是可以作为一种政制基础的理念。我们无法判断,品达是否认为西西里独裁者们的统治基于自由原则,虽然我们从第十一首皮托凯歌获知了他如何看待僭主制的生活;而当我们读到他对成就神宙斯(Zeus the Accomplisher)的祷辞,以及他暗示在宙斯的帮助下新城的统治者可以统和兆民时,我们或许捕捉到了一种强烈的奉劝感,甚至是警示感。无论如何,我们应当想到狄奥多洛斯对希耶罗简明扼要的粗野性情描写,①虽然这种描写不无偏颇。此外,还有很多其他古代大家呈现了这一点,②而且,在第二首皮托凯歌最后一个三联诗句中,品达自己也暗示了叙拉古王庭尔虞我诈的阴险图景。

在对衬诗节的开首句中,施罗德几乎准确无疑地将宙斯——而非运数或言辞——视作"判决"的主语。③这个动词必与人格主

---

① XI.67.
② Cf.Arist., *Pol.*, V.11; Plut., *de Cur.*, p.522.
③ *Ed.Maior*, p.180.

语搭配，且成就神宙斯的能力正是能够判决神赐自由这样的运数，而且主诗节中描述的政制袭承不会沦为一纸空文，而是成为人们赞不绝口的具体事实，从而实现此词的真正意涵。"运数"一词即神赐予的运数，此处被用于强化第61行的"神筑"，而在第一则辑语中，此词以同样意涵出现，那里称多里斯人"奉诸神之命"建造了埃吉纳城。

"和谐安宁"一语暗示着后一句中的相反 [105] 意象——刺耳的战场嚎叫，即那些被戴诺墨涅斯族击溃的蛮族的喊叫。这些蛮人是第一个末诗节中神话版音乐的敌人的历史对应物，而且正如身陷囹圄的堤丰之躯一直漫延到居迈（行18），埃特鲁里亚的年轻战士们也在居迈的海岸溺亡。他们的肆心令其哀悼战船（行72）这一表述凝练而繁复。肆心（ὕβριν）只意味着埃特鲁里亚人的无耻暴行，而非他们所遭受的创伤，这从他们在战争中的喊叫可以看出。① 哀悼战船（ναυσίστονον）一词仅在此诗中出现过，且与所有 -στονος 词根的复合词不同（除了欧里庇得斯《残篇》669中含混的 βροτόστονος ），因为其前半部分源于一个名词。对比其他由名词与动词词根构成的形容词（例如 -τροφος, -τομος, -οχος 等），它们两部分之间的关系都是宾语与动词的关系，因此我们或许可以将之译为"哀悼他们的战船"；而整句的意思及其与第73行的解释性关系从句间的关系，或许可以由一个改写了的散文化句子说明："晓得自己的肆心暴行后，在居迈哀悼他们的沉船与他们的创伤。"② 弗兰克（Hermann Fränkel）教授将标点点在"肆心"之后，③

---

① 据 LSJ, 肆心仅呈现为海战折损。但这和品达无甚关联。
② 解释性从句参第一首奥林匹亚凯歌，行16；第三首皮托凯歌，行18。
③ Op.cit.p.580.

并将"哀悼战船"看作滞留家中（κατ' οἶκον ἔχη）的宾语，我们不应当认同这个做法。这一不及物短语在希罗多德的文本中已然得到了印证（6.39，42），而弗兰克教授的译法"杀气腾腾的舰队"忽略了在所有-στονος复合词中都具备的"哀悼"的要义，同时也错失了埃特鲁里亚人为他们的肆心与沉船而悔恨的意象中所蕴含的情感反转。

在第75行之后的长句高潮部分，品达在概览地中海世界各处的捷报中，加上了"挽希腊于苦难奴役中"一语，这就将这四次著名战役纳入各自的历史性［106］视野，并呈现出希腊世界在蛮族面前团结一致、克险告捷的思想形成的时刻。联想到他的母邦在波斯战役中扮演的重要角色，以及在第八首伊斯特米凯歌序曲部分清晰可见的诗人因之遭受的磨难，这种感受便愈发明确。同样，整个希腊对那些击溃了波斯的参战诸邦的历史意义上的感激，也启发了那几首雅典酒神颂（辑语64，65）的不朽篇章。

末诗节最后一句的句子结构值得深入分析。它采取了枚举衬托手法（Priame/praeambulum）的形式，① 即一系列彼此平行的描写，一步步引向最后的高潮，这是一种古风诗歌中常见的并列譬喻法（paratactic simile）的引申形式。尽管这三处描写彼此并列，但前两个在逻辑上从属于第三个，品达仿佛在说，如果他庆贺萨拉米斯（Salamis）海战与普拉泰亚（Plataea）战役，便会在雅典与斯巴达赢得奖赏，同样，如果他为戴诺墨涅斯之子们在希美拉的大捷清偿诗债，他也会获得奖赏。最后一个描写宛如台阶的顶

---

① 另外的实例见第一首奥林匹亚凯歌，行1-7；第二首奥林匹亚凯歌，行1-7；第三首奥林匹亚凯歌，行42-45；第十一首奥林匹亚凯歌，行1-6。关于这一话题的探讨，参Dornseiff, *Pindars Stil* pp.97f., Fraenkel on Aesch. *Agam*.900 and Dodds on Eur.*Bacch*.902-911.

层。在这个枚举衬托法中,顶层之下只有两步阶梯,而在其他地方,阶梯则会有更多。尚需注意的是,"尽力赢得""恩义""奖赏"以及"完成"等词在整句中都接续着这样一个隐喻,即诗人为所作的颂歌赢得的奖赏和颂歌本身就是一种债务的清偿。但是,我们对此的理解不应过于浅表直白。"恩义"意指当一项壮举获得诗歌的奖赏时,施者与受者之间形成的情感纽带。因此,第一个描写实则意味着"我赞颂萨拉米斯之役的奖赏,是我与雅典人之间结下的彼此情谊","雅典人的恩义"拓展了相对狭义的"奖赏"。在抄本中,第二个描写中的希腊语依据格律判断有脱漏:大多编者采纳了维拉莫维茨的编排,将属格视作交互属格,并将前句延续到此句中:"我会在斯巴达赢得奖赏,因为[歌颂]了在基泰戎(Cithaeron)的胜利。"高潮部分的最后一个描写(行79)缺少了主动词,故而需要将"赢得奖赏"理解为:

[107]在希美拉的河流边[我将赢得我的奖赏],当我向戴诺墨涅斯之子们奉献了我的赞辞时。

可见,三个描写中的每一个都由引出全句的动词统领,而且在各个描写保持的均衡中都有细微的不规则出现:例如,作为战胜地点的"在萨拉米斯"由第三个描写中的"在希美拉的河岸边"回应,两者间在介词的变格上有变化;在中间的描写中,"而在斯巴达"指的不是战胜地点,而是回应了"雅典人的",仿佛实则意味着"在雅典"。总体而言,相较于第77行保留"讲述"(ἐρέω),维拉莫维茨的读法要令句子更通顺,前者会很蹩脚地打断句子结构,而且依格律而言,很可能需要移除至为关键的限定性冠词。而此处发生的脱漏很容易解释,可以认为"奖赏"被读作宾格,而"讲述"则是插入的谓语。①

最后一个三联诗句以一个熟悉的离题表达开始,由第二人称动词引出:适度应当作为赞辞的统领原则,以防听众厌倦而给诗人挑错,批评他在一个赞美主题上逗留太久。人们欣赏颂歌时抱有的高度欣悦都是短暂的,诗人必须懂得衡量那个饱和的时刻。这一思想在修辞学中司空见惯,品达经常将之用于结束或缩短对一系列伟业的枚举。厌腻(κόρος)的风险始终令他挂怀:②这在听众中不仅仅是一种消极心态,亦是可能引发某种攻击行为的激烈情绪。这一主题最鲜明的表达出现在第二首奥林匹亚凯歌结尾:对忒戎的赞辞在第95行中断,所用的语言暗示着"厌腻绝非正义的友伴,而是被迷乱者搅起",厌腻可能诉诸言语的表达,并吞没诗人的歌声。

这一段的第二个分句(行84)介绍了嫉妒(φθόνος)的概念。人们如何嫉贤妒能是品达执着表达的主题,而这的确得益于他的前辈诗人们对这一母题的频繁书写。尘世间那些伟大的人[108]无论如何也不能幸免于嫉妒,而他们对所面临的或是因荣耀而遭嫉或是因无名而可悲的两难境遇无法等闲视之。品达对此的解答是"遭嫉好过可悲"这一箴言诗句,③因此,年轻的国王不应任功成名就的机遇擦肩而过(行85以下)。紧随这一奉劝的一系列训诫,旨在教导戴诺墨涅斯如何最善巧地弱化他因所处尊位而必会招致的嫉妒。故而,第81-84行具有双重意义,既打断了赞辞,也自然过渡到了本诗的结题,即关于怎样的行为才配得上

---

① P.Maas, *Die neuen Responsionsfreiheiten*(Berlin,1914)I,p.6,n.1,认为该词的用法可从第八首奥林匹亚凯歌第57行找到。

② 参第八首皮托凯歌,行30;第十首涅嵋凯歌,行19。

③ cf.Herod.3.52.

一个好君主的教导。

一个问题是，这段教导是针对希耶罗还是其子呢？后者的可能性最大，原因如下。首先，这些警言都采用第二人称，这预设了听者当时在场。希耶罗通篇都是用第三人称点出，仿佛他在仪式上是否在场并无定论；而且亦有说法认为，[①]如果第50-52行所指的远征乃是阿克拉伽斯河之役，那么"而现在他进军……"或许意味着他尚未凯旋。这一假设无足取信；不过，从第三人称向第二人称的转换倒是有力地说明品达从父亲转向了儿子。其次，相比一个已然步入名誉巅峰的鼎盛君王，"莫要错失美名"（行86）这一劝诫更适用于一个初出茅庐的年轻君主。最后，两个训诫本身及其所用语气似乎相较父亲亦都更适用于儿子，尤其是第92行的"哦！朋友"。

在有生之年得到赞誉（有关嫉妒之劝诫的积极一面），并在身后借助诗人与史家的笔墨名垂千古，是一个好君主所梦寐以求的。为了帮助戴诺墨涅斯更好地实现这一目标，品达为他开列了一套训诫：他应当正义地统领人民；应当讲实话；应当提防自己的言行，时刻谨记自己因权威地位而总被许多亲见者环绕以记录其善恶之行；待客时应以自由为上；不应被宫中的谄媚者混淆视听。[109]这些训诫所使用的语言与语气，都与忒奥格尼斯针对居尔诺斯（Cyrnus）的言辞旨趣相类，并不夹杂半点谄媚或逢迎。在每一个短句中都融入浓烈的意象，品达以一个"直言不讳者"的爽直言说，并且坚信作为诗人，他有能力成就一个君主的身后名声，或是损毁之。

就语言细节而言，由于"用真实锤炼口舌"的隐喻，所以品

---

① H.Fränkel, op.cit.p.583.

达在第87行选用了移动（παραιϑύσσει）一词，如果这个词语与用作点燃火焰的点燃（αἴϑειν）用法相近：那么，从君主口中偶然飞溅出的不审慎的火星，就会被身边的亲见者放大。从品达在其他地方对同一形容词的隐喻用法判断，[①]炽热的温度（ὑανϑὴς ὀργά）应当意味着一个人在他的青春尚未凋萎、尚未对铺张奢靡感到厌腻时（行90）具有的乐天精神。"扬帆兜风"可以与第二首伊斯特米凯歌第39行以下的内容放在一起考虑，后者在相似的语境中使用这一隐喻。

虽然对上述这些词句的解读足以令人满意，但对第92行诗句还是颇有疑问，

> 莫被欺诳，
> 哦朋友，被那油滑诈术。

上文曾主张，这些诗句乃是警示提防宫中谄媚者的阴谋诈术。要把利益（κέρδη）解作阴谋伎俩，[②]我们仅需参考巴克基里德斯第十五首第57行即可，其中提到善变的诡计（αἰόλοις κέρδεσσι）。诚然，复数形式的诡计具有的这一意义在荷马笔下便已成型。[③]倘若我们愿意用善变的（εὐτραπέλοις）取代相对更有说服力的羞耻的（ἐντραπέλοις），我们将会得到一个与"诡计"这一含义十分适配的称谓。"善变的"一词还意味着多才多艺、机智、灵巧，此词后被用于灵活而娴于社交的雅典士绅，故而正巧适用于宫人们

[①] 第五首伊斯特米凯歌，行12；第七首伊斯特米凯歌，行34；辑语114，行5；亦见第二首伊斯特米凯歌，行35；Ar.*Nub.*1002。

[②] Boeckh 和 Schroeder 亦同。

[③] *Iliad.*, 23.322, 515, 709; *Odyss.*2.88, 118;13.299;18.216; 23.217.

的狡猾伎俩，而品达在第二首皮托凯歌中向希耶罗警示的，正是这等人的危险。的确，对诡计的这一解读在古代笺注中无从觅迹，[110] 而且笺注的概述中也没有迹象表明"羞耻的"应被替换。概述写道"令人生厌的贪求"，这还可以得到第四首皮托凯歌第105行对"羞耻的"一词的简释的佐证：好利者可耻。倘若我们在此采用"羞耻的"，"诡计"极有可能取其"获益、利惠"的日常涵义，而本句则应解作奉劝戴诺墨涅斯莫要昧着良心赚钱聚富。如果考虑到狄奥多洛斯从无疑比他更早的文献中引述的、用于他的父王的"财迷"这一绰号（XI.67），那么对王子的这一劝谏便是必要的了，尽管品达本人在他处将希耶罗称作自由的典范。①尽管此词的义涵只能存疑，但可以肯定，第一种解法既不与希腊语语义相悖，也不与品达在叙拉古王庭所闻所感的大氛围相左。

这些行为训谕正是品达相信的一个贤明的君主所应追求的理想目标，而品达的言教通过对一个好君主与坏君主的对比展开。一旦戴诺墨涅斯步入了汲求荣誉与名声的人生，他面临的只有两个选择：或是克洛伊索斯的流芳百世，或是法拉利斯的臭名昭彰，后者绝无里拉琴为之奏响赞歌。于是，随着与开篇相和的里拉琴声，本诗的宏大乐章就此落幕，这便是我们现有的铭记西西里戴诺墨涅斯王朝的最绚烂的丰碑。埃特纳火山的喷发、新城的肇建、在希腊本土人民从波斯人手中解放出来这一更大的语境下的两场战役，以及对理想君王的刻画，这一切都是启迪了诗人之诗思的主题。全诗的架构与里拉琴乐交织成一曲完美的协奏，这是对品达天赋最好的明证。

---

① 第二首皮托凯歌，行57。

第九章　第二首皮托凯歌

[111] 本诗引起的解释疑难或许永无解决之日。关于写作本诗的场合、品达与希耶罗间的个人恩怨（除去我们能够从他的叙拉古诗歌中搜集到的材料）、叙拉古宫廷生活的细节，我们所知皆少，于是便有了大量的臆测空间，方家们于此各显神通。最稳妥的指南大概还是品达自己的文本，它足以载我们前行一段，然而却远不足以达至令我们满意的结论。

至少到第71行之前，本诗就结构而言都是一首合乎规范的凯歌，其构成部分为：韵律感鲜明的序曲、引向神话部分的精致的箴言式过渡、神话及对神话的品评之后诗人的一段自叙，并继之以对胜利者主题的回归——为其献上一段更长的赞辞。最后一个三联句听起来像是附注，虽说其中充满了诗思与措辞上的含混。最后一个末诗节则紧接神话部分再度肯定了第三个主诗节的思想，并借此赋予了全诗一种形式上的统一性。最后三个诗节波谲云诡，从中依稀可以察觉到一种试图用瞬息万变的意象来表达自己的紧张感，诗人在此力图在唇枪舌剑的政敌面前为自己辩护，并在他的王室主顾那里重新赢得好感。他以直言敢谏者而非巧言令色的宫廷阿谀诗人的口吻发言，因为他坚信自己的人格及自身的正当性，他自觉受到感召，要劝谏任由心怀不轨者和嫉妒者左右的君王。至于这些人是谁，诗中并未提及，而他们是否为文学对手——尤其像巴克基里德斯，或是诗人在宫廷中的政敌，抑或是希耶罗的政敌，也并不清楚。但是，我们必须尽力去索解这些问题。

第一个要解决的难题是比赛胜利的地点，以及与此紧密相关的比赛的大概日期。序曲中提供了不少相关信息，然而无论序曲还是全诗，都无法找到有关获胜时间地点的确切信息。[112]古代学者便对此问题展开了广泛的讨论，有的认为这首诗是献祭诗，有的认为是涅嵋凯歌，抑或是奥林匹亚凯歌，或皮托凯歌，或泛雅典竞技会凯歌。这些猜测之中有两个实属荒谬，最后一个还明确地被古代笺注家本人否弃了。另外三个可资考察：第一，涅嵋凯歌；第二，奥林匹亚凯歌；第三，皮托凯歌。

古代笺注集的标题（inscriptio）告诉我们，① 卡里马库斯（Callimachus）将之视作一首涅嵋凯歌。但他的意思并非此次得胜是在涅嵋竞技会上，而是说本首凯歌应被归入称作别类（αἱ κεχωρισμέναι）的诗中，即古代注疏家给抄本中单独的而非四大希腊竞技庆胜凯歌的诗所起的名字排列在涅嵋凯歌的后半部分，第九、十、十一首涅嵋凯歌均属此类，它们分别用来纪念锡居安（Sicyon）与阿尔戈斯（Argos）竞技会的胜者，以及另一个成为忒涅多斯岛（Tenedos）的元老院首领的人。倘若本诗庆贺的是这种更低端的胜利，且如卡里马库斯所假设，那么，本诗理应位列《涅嵋凯歌》的后半部分，这样，我们就应假定它被放错地方了，原因在于编者意欲将其与《皮托凯歌》中另外两首献给希耶罗的作品紧密相连。

若姑且采纳这一假定，我们便可以对两个有关获胜地点的推测进行考察。第一个认为是在忒拜的伊俄莱亚（Iolaea），第3行

---

① Drachmann, p.18.

之后的诗句可作为部分证据：①

> 我从明亮的忒拜为诸君带来这支歌，
> 讲述那震颤大地的驷马战车。

这些诗句曾被用来佐证获胜地为忒拜；第九首涅嵋凯歌开篇也可以找到相似的诗段为证：

> 我们应当从锡居安的阿波罗神庙一路载歌载舞，缪斯啊，
> 直抵新建的埃特纳城。

此诗如上文所言，乃是庆祝锡居安竞技会的一场胜利。然而这两段诗毕竟并非同构。在本诗中，[113] 品达以个人身份发言，并使用信使这一熟悉的形象，从作诗的地方传来喜讯。而在第九首涅嵋凯歌中，所用的谓语是第一人称复数形式，诗人代表庆贺胜者的歌队言说，想象自己一路从获胜地行至胜者的故乡。然而，第二首皮托凯歌第3-4行并不足以说明获胜的地点，它们仅仅说明了诗歌的写作地，这对探寻诗歌的写作时间倒有裨益。除此以外，我们或许会与许多研究者产生共鸣，②深以为如此宏大的序曲，以及其中对叙拉古如此高调的呼唤，与第4-6行对希耶罗战绩的溢美之词，都在宣示着泛希腊竞技会规格的胜利，而假若仅是忒拜的伊俄莱亚竞技会，品达断不会选用如此庄严的措辞。

---

① 见 Boeckh 的相关论述。
② Sir Maurice Bowra, *Problems in Greek Poetry*（Oxford, 1953）, pp.66 f. 在这一点上论证最佳。

类似的理由还可用于反驳第二种提议,①即此诗是为庆祝叙拉古某些地区性竞技会的胜利。这一观点可在对第8行之后的诗句解读中得到支持,即认为希耶罗本人御车,进而论证相比泛希腊竞技会,他更可能在故乡的赛场参赛。且不论他当时的病患,这些使用惯用夸张笔法的诗句充其量只能说明,他参与了自己战队的组建与训练(行8的"统领")。②类似的夸张笔法可见于第五首皮托凯歌第115行,品达赞誉阿刻希劳斯(Arcesilaus)——"足见他是御车好手",而该诗相当一部分是在夸赞御夫卡洛图斯的车技。

现在我们可以转向其他古代学者的观点了,即此诗是一首奥林匹亚凯歌,或是一首皮托凯歌。鲍勒爵士极力坚持前一种观点。③若采纳此说,这场胜利必然出自公元前468年的奥林匹亚竞技会,希耶罗于此为自己的赛车战绩添上了不朽一笔。这首凯歌的正式委任落在巴克基里德斯手中,诗成后流传至今。④第二首皮托凯歌应被视为 [114] 献给希耶罗的一份无偿馈赠,品达对未能获得凯歌的官方委约感到灰心丧气,在诗中他针对对手巴克基里德斯对自己的一些诽谤做了辩白,并将其比作猴子、狐狸与狗(行72、行77以下、行82),这些动物分别象征着仿造者、骗子与谄媚者。这个观点极具魅力,并且为最后一个三联诗句引出的许多问题提供了合情合理的解答。但是,我们不应过于考虑那两个支持奥林匹亚竞技会的古代权威说法,而且我们亦不应轻易忽视亚历山大学者拜占庭的阿里斯托芬(Aristophanes of Byzatium)采

---

① Farnell, op.cit.II, p.119.
② 这一点见 Wilamowitz, *Pindaros*, p.286。
③ op.cit.pp.66 f.
④ 巴克基里德斯,第3首。

纳了将本诗归为皮托凯歌的做法——他是负责对品达诗歌进行编纂分类的人。① 更何况，品达被卷入一场文学争执的说法在诗文中很难找到佐证。若仔细地分析最后一组三联诗句的言辞，我们可能会发现，这场争执实为政治性或社会性的，而那些在希耶罗面前给品达进谗言的人，是谄媚的廷臣与阴谋家，他们攻伐品达实则出于文学以外的原因。若这一观点得以成立，或许便无须将巴克基里德斯引入本诗的解读。

若此诗果为皮托凯歌，唯一可能的年份就是公元前470年。公元前478年，希耶罗骑单马而非战车获胜；公元前474年，他要么并未参赛，要么参赛而未能获胜。第一首皮托凯歌第32行以下偶尔提及公元前470年的胜利，但诗中主要在讲其他主题。维拉莫维茨认为第二首皮托凯歌在开篇诗行中庆祝的是同一场胜利，② 在序曲中，诗人用比第一首皮托凯歌所能允许的范围更响亮的言辞宣示了这场胜利，因为第一首皮托凯歌主要是一曲加冕赞歌；诗人还强调了在为战队首战告捷所做的训练中，希耶罗做出的个人努力。本诗的奇异特征尤其体现于最后一个三联诗句中，这表示本诗非为公众表演而作，而是意在为该场胜利正名的私人通信，更重要的则是诗人对于自己乃君王的真诚朋友的申辩（apologia），并借此期冀自己能够保有君王的好感："愿我与贵族为伴，[115] 过从甚欢。"（行96）尽管这一观点无法得到证明，但比鲍勒爵士的观点更有说服力，而且就写作日期与大致逻辑而言也绝无严重悖理之处。它不像另一种观点那样，端赖于将最后一个三联句解读为一场文学争执并且涉及巴克基里德斯，而且它

---

① Irigoin, *Histoire du Texte de Pindare*, pp.35–44.
② op.cit.pp.286 f.

又不与既有的皮托凯歌归类相违。我们无法断定此诗的成诗时间比第一首皮托凯歌早还是晚，抑或同期。第67–69行的疑难段落于此毫无裨益，正如我们无从得知"卡斯托尔的"（τὸ Καςτόρειον）这个词组的意涵。

至于本诗的写作年份，比较合理的是采纳确立了最早年份的三种假设，即便我们无法认同具体就是公元前470年的皮托竞技会。第一个假设认为第18–20行的内容指向公元前477年，当时希耶罗保护西洛克里斯人免受雷吉翁的阿纳克西拉斯的侵扰，所以获得了他们的谢意。第二个假设认为本诗写于忒拜，时间是在公元前476年，品达当时从西西里返乡，这一假设的理由是：最后一个三联诗句中充满了个人的体会。最后一个假设认为，第58行赋予希耶罗的荣誉头衔指明了一个他已经掌控西西里岛的年份，即公元前472年，他在阿克拉伽斯河一役击溃了最后一个埃门尼斯王朝成员（Emmenidae）后才确立了这一身份。①

从序曲到神话部分的过渡漫长而精巧，它从对衬诗节中间部分的第13行开始，讲到了"应以颂歌作为卓越的报偿"（ὕμνος ἄποιν' ἀρετᾶς）的箴言，这是一个品达熟用的概念。而在本诗中，这一思想的表达却不只是一个惯例，它的目的乃是以渐次加强的语气展开感恩的主题，这在第24行得到了最强的表达：

回馈施恩者，待以温良的回礼。

而且，神话本身的意味也在于用一笔浓墨重彩宣扬这个教诲，神话故事描绘了一例著名的忘恩负义行径所遭遇

---

① Dicxiorus XI.53.

的［116］恶果与天谴。第13行第一次暗示了这一主题，同时辅以两个例证：一个是神话故事中的塞浦路斯的基尼拉斯（Cinyras of Cyprus），①他最受阿波罗的喜爱，也是阿弗洛狄忒最宠信的祭司（行15–17）；另一个是希耶罗本人，他从西洛克里斯的少女们那里获得了赞誉。两个例证之间的第17行还有一句概括性陈述，用以加强第13行的重点，②它阐明了施恩者与受惠者间的关系，而且点明了对恩惠的感恩是歌唱的冲动的源泉（ἄγει χάρις），这不仅对于赞美基尼拉斯的塞浦路斯人与赞美希耶罗的洛克里斯人如此，也暗示着诗人赞美他的恩主亦然。品达针对自己忘恩于希耶罗的指控进行辩白，若这一假设成立，最后这一点尤为重要。这一主题的第三次也是最后一次传达，是伊克西翁（Ixion）的故事。

伊克西翁是古希腊神话中著名的罪人。品达为了使故事的叙事合乎自己诗歌的意图，隐匿了其中最显著的情节。阿波罗尼乌斯（Apollonius）的《阿尔戈英雄纪》(*Argonautica*, 3.26）的古注中，我们从斐雷居德斯（Pherecydes）口中得知，伊克西翁在用挖好的捕猎陷阱害死了自己的岳父后，作为第一个弑亲者变疯了。而这一点却被品达的几笔轻描淡写弱化了，"疯魔入心"（行26）以及"他最先用亲眷之血染污有死凡人的手，行事不无狡诈"（行32）。但是，品达没有述及斐雷居得斯对这一故事的续写，即在奥林波斯诸神接纳伊克西翁前，宙斯为他洗脱了罪行。相反，品达着力点出两种罪行，即弑亲与冒犯赫拉之罪，以及两者的报

---

① 关于基尼拉斯，参第八首涅嵋凯歌，行18；《伊利亚特》，11.20；提尔泰奥斯第九首，行6。

② Schadewaldt, op cit., pp.328 ff.

应。诗中对两罪之间的宥恕只字未提，这宥恕大概与诗人的题旨不甚相关，而且有可能打断有关福佑、厌腻、肆心、幻灭（ὄλβος、κόρος、ὕβρις、ἄτη）的紧密链条。

我们不妨更加深入神话的叙事。第一句勾勒（行25–30）了故事梗概。伊克西翁愉快地与克洛诺斯（Cronus）诸子共处（ὄλβος）；然而他无福长久消受（κόρος）；于是便犯下罪行（ὕβρις），并被施以迷狂（ἄτη），遭到放逐。这一轮回过程在希腊文学作品[117]中屡屡出现，而且这或许可以与品达在第一首奥林匹亚凯歌第55行以下对坦塔洛斯（Tantalus）神话的处理完全对应。在这一初步描写后，细节逐渐丰满。诗人随后描述了两项罪行，其中第二项罪发生在伊克西翁被奥林波斯诸神接纳之后，并且这一罪行尤其显著；神话的第一部分在第41行以一个对第24行论述的重现结束，诗人将之称作"人人皆知的消息"。到此为止，神话自成一体：它已传达了主旨。伊克西翁未能等量回馈自己的施恩者，"他虽与克洛诺斯诸子同享甘美人生"（行25），这正是他狂卷在四辐车轮上时给我们传递的教训。故事在第42行继续，讲述了他与云交媾产生的孽种，即半人马（Centaur）这种产自独特母亲的独特物种（行42以下），以及这只人马在佩利翁（Pelion）的唆使下与马格尼西亚（Magnesian）牝马们所产下的妖子妖孙。这一情节与感恩的主题并无甚关切，但却在诗歌后半部分的大背景中扮演了重要角色，尤其在第49–52行和第88–89行两段，这两段在有关神的论述中彼此相呼应。这一神话事实上有双重指涉。①

如果我们仔细检阅始于第34行的段落，这一点便更加清晰。此处，故事被一句箴言打断，"人必须根据自己的境况衡量一切事

---

① Schadewaldt, op cit., pp.329.

物"，这句箴言紧接着伊克西翁冒犯赫拉的叙事，在这一语境下所处的这种特殊位置，意味着他忘记了皮塔科斯（Pittacus）的著名忠告——"谨守你的本分"。[①]将一个神话故事打断以便讲道理的做法颇为常见，然而此处的做法是为了引入第二个道理，即尺度（μέτρον）的概念，这一概念又出现在了凯歌末尾第90行后令人费解的诗句中。[②]而在第34行的上下文中，这一段话是对伊克西翁猥亵赫拉之罪的评点——"人必须根据自己的境况衡量一切事物"，但除此以外，它还有一个更为广泛的用意，这与品达有关神的正义的思想息息相关，即人与自然间所保有的一种平衡，以及他对于嫉妒的看法，即无法认命于神的配给，而总是汲求多于自己应得的那份。

［118］可惜的是，第36行有一个严重的文本脱漏："悖理之爱将人掷于一团烦恼之中，这甚至也降临到了……"（εὐναὶ δὲ παράτροποι ἐς κακότατ' ἀθρόαν ἔβαλον ποτὶ καὶ τὸν ἵκοντ'），这一句的确切涵义及其在诗中的用意晦暗难明。我们无法判断这些言辞是在第34行的箴言之后对神话的接续，还是它们本身便是箴言的一部分。若后者成立，掷于（ἔβαλον）便是一个泛指的不定过去时，而神话则应在"由于他和云……"（ἐπεὶ νεφέλᾳ）处接续。施罗德有力地指出了这类箴言式句子中连词（καί）的频繁出现，[③]并且类比了第七首奥林匹亚凯歌第31行与第八首皮托凯歌第15行的文风。倘若采纳这一观点，我们便可得到与施罗德一致的猜想，这一段的前后逻辑需要类似的解读："悖理之爱甚至会给完全知情者带来痛

---

① 引自 Aesch., P.V 879.注疏。

② Norwood, op.cit., p.189 阐明了这两段之间的联系，即此诗围绕衡量尺度的象征而建，但我难以接受这一观点。

③ *Pythien* p.17.

苦，更别说像伊克西翁这种无知者（ἄιδϱις，行37）了。"这一解读可以借助蒙森（A.Mommsen）的解读来增强说服力，他认为，"当他来到……"（ποτε καὶ τὸν ἰδόντ'）与"看到……无知者……"（ἰδόντα...ἄιδϱις）是具有词源关系的双关语。我们固然无法确知何者正确，但也很难抗拒一种直觉，即第35-36行乃是箴言而非故事的一部分，而文本应该对此有所反映。

伊克西翁由于自己的肆心而遭毁灭，第36-40行展现了这种毁灭的本质。伊克西翁在毫不知情的情况下，热拥了一个令他感到甜美的伪灵，这个伪灵如此美丽，使他陷入了苦厄。为了讲完神话，品达将这一幻觉的后果延续到了伊克西翁与云产下的第三代，这便引入了第三个主诗节的开端诗句：

> 神像他预计的那样，实现了每一个计划。

天命每一环节的实现都遵照着神的设计。"计划"还带有另一层意味，即所有事物都指向的一个预定限度或目的，正如第十一首涅蜜凯歌第43行所说：

> 至于来自宙斯的[事务]，不会有清晰的计划向人显露。

此乃宙斯为人所设之限，第168则辑语亦然，"如一棵树般的生命限度"。于是这个神话的末尾部分便与本诗节的开篇息息相关：它展示了伊克西翁的不合尺度（demesure）在一段时间后所造成的最终后果，[119]并为第49-52行的品评做好了准备。

这个新三联诗句的前四行文体，采取宣扬神力的赞辞形式，这一段对全诗都至关重要。它相应于赫西俄德《劳作与时日》开篇对宙斯的赞辞，[1]表达了早期希腊思想中一条很常见的原则，根据这一原则，强者会被削弱，而弱者会被增强，以图保持一种平衡。这便是正义的强权。赫西俄德将宙斯视作终极的制衡者，他掌管着人与自然之间交战的力量。在本诗中，这种掌管力被称作"神"，这在本段与第88行以下的内容中有体现，以及使用单数形式的神取代具体的神。[2]品达为自己的思想披上肃敬赞歌的外衣，明显希望自己的言辞能够拥有信条般的威力。神可以超越老鹰与海豚这两种在各自领域中至尊的动物，还可以令自傲者折腰，或授予弱者以权柄。这个高潮论述了正义的法则，伊克西翁未能遵循，而嫉贤妒能者（行90）同样未能遵循。

第52行句首的强调人称代词标志着从笼统向具体的过渡：

> 我必须
> 避开诽谤者的毒舌。

品达在此突出了自己的人格。这句话使用了一个离题表达的模式，引入了凯歌中的新部分，即预料中发生在神话后的对君主的赞辞，以及与此同时诗人自己的情感表露。"避开"一词模棱两可，既可以表示躲避其他人的流言蜚语，亦可以表示防止自己成为诽谤者。[3]虽然第一种解读或许是对希腊语本身更自然的理解，但与下一句思想的连贯性（行54）却迫使我们采纳第二种解读。品达回溯了两个世纪前的阿基洛库斯（Archilochus），同样作为诗

---

[1] 见 Wilamowitz, op.cit.p.289 及 Schadewaldt, op.cit.p.329。我不认同其对神化希耶罗的解读。

[2] 类似用法参辑语98。

[3] 同样的含混出现在第七首涅嵋凯歌，行61。

人，后者饥寒交迫，用嫉妒与憎恨养肥了自己。[120] 有着这样一个因诽谤遭报应的先例，我们自然认为品达说的是自己须得避免雷同的命运。

下一个诗句含混不明：唯一看来确信无疑的是，富有（τὸ πλουτεῖν）指真正的财富，而且我们应当否弃任何将才艺（σοφίας）与富有的并举理解为"富于才艺"的解读。后一种是古典时期的解法，见于古代注疏的一个概述，维拉莫维茨与施罗德采纳了这一解法。① 然而，本句的语序与此相悖，而且，从第54行的贫困（ἀμαχανία）的鲜明反义，可以明显看出富的意思是真正的财富，且第57行的它（νιν）也仅仅指代前文的富有。② 希耶罗本人即是财富的象征，他以自由心性展现了他的财富；在对他的赞辞中，品达首先提及他的世间财产，即他的财物与荣耀，然后才夸赞他不那么物质性的品性。究竟才艺搭配的是"机运"还是"最高"，或许只能存疑了。前者中才艺应被看作命数的馈赠，那么本句或可依据第五首皮托凯歌第3行，改写为"天赐的才艺"。后者应当译为"命运恩许的财富是才艺的最高境界"。无论采用何种解法，才艺在此都意指诗艺。品达即便曾经使用过此词，也极少用它指代笼统意义上的智慧，而在这一段中，他将自己与另一个诗人一较短长，才艺更无疑指诗艺了。阿基洛库斯的诗艺给自己带来了贫穷，因为他用之宣泄憎恶与仇恨；这是一种可恶的诗艺，品达在第九首奥林匹亚凯歌第38行抨击了这种诗艺，并驳斥了一则贬损波塞冬（Poseidon）与阿波罗的神话：

---

① Drachmann, p.48; Wilamowitz, op.cit., p.289; Schroeder, op.cit., p.19.
② Schadewaldt, op.cit.p.330.

辱没神灵，
其艺可诛。

他对阿基洛库斯的回应是，如果你拥有诗艺，金钱才是最好的奖赏；而唯一确保恩赏的方式，是避免诋毁自己的恩主，并代之以赞美。

对希耶罗的赞辞如此便准备就绪了。赞辞始于他的财富以及他对使用财富的慷慨。对于品达而言，[121] 希耶罗是财富与自由的卓越典范，也是青年的军事勇武与成年的老谋深算的典范，他是"财富缀以美德"（第二首奥林匹亚凯歌，行53）的样板，一个具备能力的富人，一个理想的多里斯贵族。借助这样的表彰，品达不仅完成了凯歌中的一项成约，并且解释了自己在第13行之后的诗句，还引向了他在第72行给予希耶罗的话：

记住你的年纪。

因此，这段赞辞具有很浓厚的教育色彩。诗人为希耶罗树立了一面镜子，他可以以镜为鉴，审视并了解自己，以便促使自己成为他所应是的人——一名高贵者。诗人在君主身上看到或希望在他身上看到的品性，诗人视之为珍宝，它们在他的诗中频频出现，构成了他所赞颂的君主们应该致力追求的理想。

诗歌这一部分的最后一句（行65以下），似乎是为了达到某种特殊的强调效果才如此布局。成为一个成熟的统治者之后，希耶罗展现了他的智识，这为诗人提供了一个可资无限赞美的主题，"穷尽言辞夸耀"，甚至没有限制；而且这赞辞也"无可指摘"，毫无风险可言。对这一形容词的确切解读尚无定论，但它大概是指品达在此所说的话可以免于人们的异议或神的猜忌，从而畅所欲言，甚至"言论无忌"。比较第八首涅嵋凯歌第21行以下的内容，我们或许可以看出，此处避免的风险可能是遭受某种嫉妒。通过如此结束他对希耶罗智慧的赞辞，品达强调了此处的要点：虽然希耶罗有智慧的拉达曼图斯（Rhadamanthys）这样的神话榜样，但在此刻，他与智慧的理想还是有差距，因为他听信了谄媚者的谗言，未能如智慧的成人一般行动，而是如同"孩童"，以为猴子是迷人可亲的宠物。因此，该句可以口语化地译作"记住你的年纪"。在继续深入这一要点前，我们必须先考察一下第67-71行这段棘手的诗文。

祝安（Χαῖρε）一词，应当为本诗引出一段小结尾，如同在第三首涅嵋凯歌第76行的一段明显类似的段落：

> [122] 祝安，我的朋友：我
> 赠你这混了洁白牛奶的
> 蜜汁。

在这两首诗中，紧跟"祝安"的都是用很强的隐喻色彩表达的有关"寄诗"（πέμπειν）的言辞。在本诗中，我们无法从"如腓尼基商品般"中看出，此诗究竟是一份无偿的馈赠——由未受委任的品达敬献给希耶罗，无论对方心下接纳与否——还是君主订制的商品，现在正如期发货。[①]将诗歌比作跨海航运的商货或许是一种习俗上的航海隐喻，品达在他处亦用以形容他的缪斯航程。无论如何，这个隐喻在此处的语境下十分恰切，且无疑脱

---

① 亦见Bowra, op.cit., p.82。

胎于第62行：

> 我登上花团锦簇的航船。

几乎无疑的是，"那么这首歌……"（行67）与"而那首献给卡斯托尔的……"（行69）对立；也就是说，这句话提及两首诗歌。这一点很明显：两个分句句首分别由一个代词与一个定冠词紧跟连词（μέν、δέ）构成，每一句都搭配一个意指歌的单词。有些学者将上述两句所指看作同一首诗歌，[①]即第二首皮托凯歌，他们实则忽略了连词（μέν、δέ）在这类句子中的通常用法，故而须假设一种十分错位的语序，仿佛真正相对立的是"寄给"与"看见"。

我们不妨认定这里说了两首诗。第一首是第二首皮托凯歌，而第二首叫作"艾奥利斯调性的卡斯托尔赞歌"（行69）。注疏家就此将后一首定性为一首随凯歌附赠的伴舞歌，[②]以"我讲述你的到来"开始（辑语94），并且进而论证，这首之所以叫作卡斯托尔赞歌，是因为这两个宙斯之子（Dioscuri）发明了军舞。然而，我们不应急于接受这一认证，也不应判定品达在此所用的卡斯托尔赞歌是指舞曲还是军舞。从第一首伊斯特米凯歌第16行可以看出，他将卡斯托尔赞歌视作一种纪念赛马得胜的赞歌。第一首伊斯特米凯歌被明确地唤作"卡斯托尔与伊俄拉奥斯赞歌"，[123]而且采用了长短短–三短一长复合音步（dactyl-epitrite metre），这种格律用在以多里斯著名英雄命名的赞歌中

[①] 如 Schroeder, op.cit., pp.20 f。
[②] Drachmann, p 52.

（这位英雄在传统上与赛马息息相关），乃意料中事。在第二首皮托凯歌中，"使用艾奥利斯调性"这一限定语旨在说明，本首卡斯托尔赞歌不会采用长短短－三短一长复合音步，而是采用某种艾奥利斯音步。相似的情况也出现在第一首奥林匹亚凯歌第101行，品达将该诗称作"艾奥利斯调子的马夫曲"。于是，如果我们将第一首奥林匹亚凯歌、第二首皮托凯歌、第一首伊斯特米凯歌这三首诗放在一起，认为马夫曲与卡斯托尔赞歌是仅仅格律不同的同类诗，那么，我们可以断定，这两种说法至少对品达而言乃是凯歌颂歌（ἐπινίκιος ὕμνος）的同义词，[①]即为赞颂赛事得胜而作的凯歌，无论比赛项目是赛马还是马拉战车比赛。如此，便可以推出，品达在本诗中所说的"卡斯托尔"意指严格意义上的赛事凯歌，用艾奥利斯调性谱写，并且用七弦里拉琴伴奏。倘若如此，"卡斯托尔"便不可能是第94则辑语中的意思，因为所有权威说法都一致认为该篇是一首伴舞歌的开篇。

至于这首诗究竟是什么，我们无法给出确切结论。它不可能是第一首皮托凯歌，因为该诗不是用"艾奥利斯调性"谱写，也不可能是第一首奥林匹亚凯歌，[②]因为"好好期待并且招呼"（行69以下）不可能被用于一首六年前写就的且早已属于希耶罗的诗歌：这些话只能用来形容一首与第二首皮托凯歌同时或稍晚的作品。或许可以做个实验性的假设，认为"卡斯托尔"是品达想写却未能写的作品，是为庆祝希耶罗在公元前468年的奥林匹亚竞技会上夺得战车赛冠军而作。那么，这里的言辞则是对那场令

---

① H.Fränkel, op.cit., p.551.

② D.S.Robertson（*Proceedings of the Cambridge Philological Society*（1924），35）提出的假设。

人垂涎的胜利的预祝，同时也是对君主的一个请求，希望他将正式的凯歌留给品达。品达在此前的第一首奥林匹亚凯歌末尾（行108-111）也的确提过同样的请求，此处很可能重复了这一请求。

到了第71行，本诗在结构上便已完整。我们已经有了一个宣布希耶罗胜利的序曲、一个神话，以及一段加强的赞辞用以庆祝胜者的回归，这些部分用与诗人［124］意图与兴趣相关的箴言段落相联结，而且整体上采取了通常用于公众表演的庆典文风。此后便是非常麻烦的最后一个三联诗句，品达在其中为自己申辩，他的敌人是那些凭靠阿谀谄媚骗取君王信任的小人，如果我们对神话以及紧随其后的段落的用意理解正确，那么，这些人对他的指责是，对恩遇自己的主顾忘恩负义。

在一首结构完整的凯歌后面另行添加，这在品达作品里并不罕见。例如，第四首皮托凯歌——一首形式上完整的凯歌——70行以后添加了神话的主要部分；而第九首皮托凯歌列举了胜者的胜绩后又用一个新的神话方才结束全诗。这些例子仅仅说明，诗人很少关注形式上的统一。我们充其量可以去寻找一个从外部强加的统一形式，但即便这样，也会被搅乱整体对称性的额外添加部分打破。因此，在本诗之后的这种附言并非由于其末尾的位置而惹人注目，而是由于这一诗节与全诗迥异的语调与文风。

品达的意象借自野兽寓言，这里面混杂着孩子们的宠物猴、狡猾的狐狸、谄媚的狗以及狼。他想象自己与敌人们戴着这些动物面具，正如阿基洛库斯笔下，他与他的敌人们戴着狐狸、猴子与刺猬的面具。品达的隐喻同样也很平凡。他是在海面上浮动的木塞鱼漂，而鱼钩的其余部分则在海水中各行其是：没有什么能把他拽下水（行79-80）。他形容那些心怀嫉恨的对手们抓了过多的线绳，并在他们自己的心中制造一个伤口。然而我们并不清楚这一比喻的出处：是来自对土地的丈量与分配，抑或是来自拔河的竞技（行90-91）。两则俚俗的比喻，强调、阐发了"切勿与诸神较劲"（行88）一语，包括轭住犁牛与用脚踢刺的困难（行93-96）。最后，还有两处语言游戏，第78行的"利益"或"狡猾"——无论我们是否采纳哈什卡（Huschke）的写法（κέρδοι），都不会影响到这一双关语——以及第90-91行的"制造伤口"。[125] 在凯歌中难以找到这类语言游戏的例子，品达在第94则辑语中对希耶罗的名字也使用了双关语。这种语气的转变带有不少幽默的成分，令我们不禁以为，诗人试图缓和他察觉到的紧张，以便使自己更轻易地吐露，也使希耶罗更容易倾听他心头的这份重负。

"记住你的年纪"（行72）一语曾被反复探讨。[1]我们或许应该认同维拉莫维茨的说法，[2]对品达而言，在成为（γενέσθαι）与存在（εἶναι）——潜能与实现——之间不可能有某种微妙的差别，因此我们应该避免诸如"发现并实现你的价值"之类的译法，应该通过思考拒绝将品达与希耶罗偷换为波洛涅斯（Polonius）与雷欧提斯（Laertes）的做法。更稳妥的做法是，关注这些词语的字面涵义，即"既已了解自己之所是，便令自己如是"，将如是（οἷος ἐσσί）与成为（γένοιο）和学习（μαθών）两者并提。这里的"学习"看来并非绝对，尽管在第二首奥林匹亚凯歌第86行有一个类似的用法，此词在该诗中与天然的多智者（ὁ πολλὰ εἰδὼς φυᾷ）——与靠后天习得技艺者相对的天生聪明人——对立，而

---

[1] 见Schroeder's *Pythien*, Exkurs II, pp.119-124，虽有部分观点难以赞同，我仍多加参照。

[2] Op.cit., p.290.

在本诗中，并没有与"学习"明显对立的事物。因此，了解自己之所是（οἷος ἐσσὶ μαθών）可能指代品达在赞辞中对希耶罗的描写，尤其是第65行之后的段末句，将希耶罗称为成熟的老谋深算者。因此，本句或许如上所述，即指"与你的年纪相符：我已教给你你是什么样的人——变成这样的人。"古代注疏中有关本段的一则概述也与此相去不远："既然我如此描述，你就成长为这样的人。"①

然而，"了解自己之所是"还有比在本诗上下文中更广泛的涵义。在品达写给希耶罗的赞歌中，都有某种劝导性，仿佛诗人在力图改善僭主制的道德色彩。这在第一首皮托凯歌的最后一个三联诗句中体现得很明显，它表达了直言敢谏者的情怀，直抒胸臆，希望教益君主。与本段尤其相关的是第一首皮托凯歌第92行的那段谏言：

> 莫被欺诳，
> 哦朋友，被那油滑诈术。

[126] 其中的诈术（κέρδεσιν）或许有荷马笔下的狡计的意味，且与第二首皮托凯歌第75行以下"毁谤散布者"的"造谣者的狡计"如出一辙。在品达夸赞希耶罗的其他诗歌中，都有很明显的世道如此（οἷος ἐστί）的描述。②在第三首皮托凯歌第80行以下，他为君王引述了诸神为一福降两祸的说法，幼稚者无法承受这种待遇，但高贵者却可以。这里暗示着希耶罗应当如高贵者而非如幼

---

① Drachmann, p 54.
② 参第一首奥林匹亚凯歌，行103–105；第三首皮托凯歌，行70–71。

稚者般行事。因此，本诗很可能是品达写给希耶罗的最后一首诗，因此诗中的"了解自己之所是"是品达对君主的最后一次恳请，希望他能够成为诗人反复叮咛或劝导他应该成为的人。

随后有关猴子的言辞，古代注家解读为对巴克基里德斯的影射，①即他像宠物猴般赢取孩子们的喜爱，而那些有智识的成人则能看穿他的伎俩。除了巴克基里德斯大可不必与本诗有瓜葛这一点，对此段的这一解读或许在思路上有些道理。为了确保与之相关，一种观点认为，品达在此所说的猴子并非象征诡计，而是象征模仿。②猴子作为模仿者是一种惯用的类比，而且巴克基里德斯与品达的确使用了相同的语句与意向。巴克基里德斯第三首（公元前468年）第85行以下的内容，看起来的确很像对第一首奥林匹亚凯歌（公元前476年）开篇的拼贴。然而，过分强调这些平行段落并不明智：其中至少有一些是源自这类诗歌的惯用意象与句法。③而且，没有证据表明，这些专门做抄袭研究的学者，特意把巴克基里德斯当作抄袭者予以抨击。况且，在本诗的语言中，也没有迹象表明品达将猴子当作模仿者。第74-76行事实上倒是明显暗示了，对他而言，这种动物在此是一个骗子，一个耍诈者，正像阿里斯托芬的《蛙》第1085行"惑众的猴子"（δημοπίθηκοι），"总是欺骗民众"。④倘若如此，这里所有说法［127］都与巴克基里德斯无关，品达此处所想的并非模仿自己的文学敌手，而是那些在希耶罗面前说他坏话的佞臣，希耶罗

---

① Cf.Drachmann, *Scholia*, p.54.
② Bowra, op.cit., pp.74 f.讨论了两位诗人的类似篇章。
③ Wilamowitz, op.cit.p.316.
④ 关于πίθηκος的这个含义及相关词语，参 Ar. *Acharn*, 907; *Eq*.887; *Vesp*.1290; *Thesm*.1133; *Ran*.707。

却听信了他们。

关于这一点，我们可以借鉴亚里士多德的作品，[①]他说希耶罗雇用了探视特务（agents provocateurs）和窃听者：

> 例如叙拉古曾经雇佣过"探视特务"，希耶罗常派遣窃听者察访一切社会活动场所和公共集会的情况。

这些人编造各种流言，并将之传播给宫廷人员，使之散布于每个僭主王廷都会滋生的谄媚者之中，他们的诡计将会传入君王的耳中。这种人便是猴子，他们唯在孩童眼中方显可爱。"可爱……永远可爱"（行72以下）的重复，暗指一个被恩宠的幸臣，他被起了很多诨号，[②]而只有拉达曼图斯这种正义判决的典范，才不会乐于此类把戏。品达在警示了希耶罗有关猴子的危险后（行72），便向他展示了这一头脑明智的著名模范以及随之而来的幸福人生：

> 拉达曼图斯过得幸福，
> 是他天赋明智而无咎的结果。

倘若诗人在此使用的"小猴"是指某种模仿者、挪用者或抄袭者——这也是事实上唯一能够适用于巴克基里德斯的描摹，那么他理应就此在文中多给一些提示，而不是堆砌很多有关诈术与

[①] Pol.V 11；亦见 Plut., Dio 28 and de Curyp.52。关于第二首皮托凯歌行74–76与此相关的证据，参 Hermann, *Opuscula* VII ， p.121。

[②] Cf.Theocritus VIII, 73.

骗子的辞藻。"骗局""造谣者的狡计""毁谤散布者",这里面没有一个指模仿。

在第77行,这些家伙摇身一变成了狐狸——动物寓言中狡猾的典型,直到第88行,品达的自我申辩逐渐推升至高潮,其中第84行以下甚至发展为反击。他用以反击的一系列言辞之间的逻辑关系可概述如下:

> 狡猾的狐狸[128]凭靠诈术能获得什么?什么也得不到,因为我就像海面漂浮的木塞一样,没有什么能使我下沉。这些滑头的人所说的话对高贵者收效甚微;然而他们还是极尽谄媚之能事,罗织一张虚幻之网。我可不会与这等厚颜无耻之辈同流合污。我的朋友我自会以爱相待,但我的敌人我也必视为仇寇,适时地用一切阴谋以牙还牙。在每种政体中出类拔萃的,总是那些直言不讳者,无论是僭主制、喧嚣的民主制,或是有教养的贵族制。

我们无需像吉尔德斯利夫,以及紧随其后的法内尔(Farnell)等当代学者那样,①认定这段文辞是品达与敌人间的一段对话。这一观点曾被有力地驳斥。②法内尔的主要观点是,品达若在第84行以下将自己比作一只以"阴谋"伺敌的狼,并随后立即自诩为一个"直言不讳者",这种做法不太地道。莎德瓦尔特(Schadewaldt)也认为这很成问题,但却是出于文风的考虑:③

---

① Gildersleeve, *Olympian and Pythian Odes*, p.225; Farnell, op.cit., II, pp.131 f.
② Bowra, op.cit., pp.87 f.
③ Op.cit., p.326.

他觉得从"阴谋"到"直言不讳者"的转变对品达而言太过突兀，故而他认为前者应被用于敌人，而后者才应用于诗人自己。因此，他认为第85行应为"他们走在……"（πατέονϑ'）。的确，在第八首涅嵋凯歌第36行，品达为了"正直的生活道路"而祈祷，且在第一首涅嵋凯歌第25行讲到了"笔直的道路"的必要性，然而此处对狼的习性的刻画是如此之生动，甚至影响到了形容其用以制敌之手段的措辞。至于论及道德，爱友伤敌的信条乃是一种习传道德，品达对此毫无异议。在第四首伊斯特米凯歌第52行，他使用了"务必以一切手段迷惑敌人"的格言。在此前一个世纪，梭伦在他的第一首诉歌中就曾向缪斯们祷告：

> 对待朋友要甜美，对敌人则要狠毒，
> 　对前者示敬，[129] 对后者震慑。

我们还能够回忆起，在柏拉图《王制》第一卷中，珀勒马科斯（Polemarchus）也将这一信念看作对正义的有效定义。①

应该简要地探讨一下此段中的一些细节。阿基洛库斯冠以狐狸的称号是狡猾（κερδαλῆ），②此词似乎后来变成了一种俗语，而且由此衍生出了机灵鬼（κερδώ）这一昵称；至于哈什卡将第78行的狡猾的（κερδοῖ）易为利益（κέρδει）的主张，虽然绝非必要，但却很有吸引力：它使得文字游戏的色彩更加鲜明，并且为本句增添了一分机智与幽默，弱化了品达言说的语气，并与前文的激愤与

---

① 《王制》，332d。同样的观点亦见 Archilochus Fr.66 及 Fr.In Ox.Pap.2310.10 f; Theognis 337。
② Fr.81.

苦楚形成了较为强烈的反差。类似漫不经心的语气还出现在后文渔网上的软木浮漂的比喻。在埃斯库罗斯的《奠酒人》第506行，厄勒克特拉（Electra）使用了相同的意象，用来形容在父亲死后仍能为其保持名声的儿子们，但这并不必然意味着埃斯库罗斯的典故借用自品达，而是说两个人都使用了一种人们见惯了渔夫作业后的常用比喻。对于这句话更严肃意涵的阐发，可参考第四首涅墨凯歌第36行以下，那里描绘了一个被深海吞噬的人，诗人鞭策他挣脱那些嫉贤妒能者的夹击，并竭力游向海岸，战胜自己的敌人：

> 无论如何，即便深深的咸海水
> 困住了你的半身，你也要反抗那阴谋：我们要让人看到，
> 我们在日光之下上了岸，远非那些敌人可比。

此处的命令虽然起初是说给胜者听的，但我们要让人看到（$δόξομεν$）转入了第一人称，说明品达在宣扬抗击嫉妒之海时，也包括了自己。

至于下一句（行82）中邦民（$ἀστός$）的含义，或许可以通过参考第三首皮托凯歌第71行获得较精确的定义，希耶罗在诗中的形象是：

> [130] 对邦民温和，对贵族不嫉妒，
> 对异邦人如慈父。

这里区分了三类人：邦民、贵族、异邦人（即外邦的客人）。对于每种人，希耶罗都以不同角色出现。据此，"狡诈的邦民"

应指当地的居民，即叙拉古的市民，而非宫廷中的客人——如巴克基里德斯与品达这样的外邦人。由此可知，第75-77行所说的那些品达的毁谤者乃是叙拉古本地人，而非另一个城邦的诗人对手。此外，从该段中邦民有别于高贵者可以看出，这些毁谤者自下而上渗透到希耶罗和他的随从身边。我们不妨回忆一下，品达希望视君王为一位高贵的人，且这样的人如果的确名副其实，便应当能够免于狡诈的邦民的诡计，根据这个说法来判断，"与高贵者为伍"（行81）的意味就不言而喻了。

摇尾巴（σαίνων）一词将意象转至一条谄媚的狗，并且为这幅诗人之敌的巧妙拼图注入了新的活力。不幸的是，抄本中的非常（ἄγαν）有问题。它隐藏了作为编织（διαπλέκει）之宾语的某个名词。博克认为是很多圈（ἀγάν περίοδος），阿拉图斯（Aratus）①《星象集》第668行与第729行用这个词组来形容蛇的卷曲与河道的拐弯，但这用来形容一只摇尾乞怜的狗或许并不够有说服力，或许可以听从维拉莫维茨和其他学者的观点，② 采纳海恩（Heyne）的虚幻（ἄταν）一说。此词在此处尤为贴切，因为阿谀谄媚的一个结果便是让被阿谀者产生幻觉，让他对自己与周围人产生错误的观感，以扰乱他的判断；而这种迷幻便是该词的基本意涵，于是假的看起来就像是真的。即便如此，我们仍应注意，"编织幻觉"却是一个罕见的用法。当不取字面义时，这一动词总是跟随一个意指时间的或同类名词作宾

---

① ［校注］阿拉图斯，古希腊索里（Soli）的诗人，盛年大约在公元前315年，最重要的诗集是关于天象的《星象集》（*Phaenomena*），参西塞罗《共和国》1.14，西塞罗年轻时曾将其翻译为拉丁文。

② Op.cit., p.291; Schroeder op.cit., p.23.

语，①只有第十二首皮托凯歌第8行是例外，上下文内容使得该处词语的选用变得自然了。这说明抄本误写了本意为"一生的时间"的单词。倘若如此，"尽其一生行谄媚之事"或许便足以解读此词了。

诗歌这一部分的高潮出现在第86行，[131]品达宣示了自己的信念——直言不讳者在每种政制中都最为出类拔萃。这一判断中隐含着社会与政治的暗示。在那些心怀不轨者看来是过分直肠子的言辞，在品达写给这些西西里僭主们的诗中却屡见不鲜。它们都有一种浓厚的教育色彩，而且都透过一种赞颂式的语气传达。第二首皮托凯歌是写给这些僭主们的诗中的最后一首，于是，品达在第86行回顾自己曾在更早的诗作中讲给希耶罗和忒戎的那些话，并将其作为直言不讳的例证，这些恰恰与那些猴子们惯用的言辞相反。有关诗人主要的西西里凯歌的大致特征——诗人的直言敢谏，我们就说这么多。

有关这一段在其特定语境中的特殊意义，我们需要在第十一首皮托凯歌第52行以下的内容里寻找线索，这归功于维拉莫维茨的发现。②我们曾论述过，该诗写于品达从西西里返乡后的公元前474年，③部分作为诗人针对忒拜同乡们的有关自己对僭主们过度友好的申辩。为清晰起见，不妨在此重复一下此前讲述第十一首皮托凯歌时的某些要点。在该诗的第52以下，品达说道：

---

① 参Alcman, *Partheneion* 38; Pindar N.7.99; Ar.Av.754。亦参希罗多德和柏拉图。

② Op.cit., pp.292–293.

③ 见上文。

> 由于我发现那些行为合乎中道的邦民拥有
> 更持久的幸福，故而我谴责僭主制的生活。

而这恰恰是一段时间后会传入君主耳中的话，并被解读为他对叙拉古王廷恩遇的忘恩负义。他在宫廷中的生活经历令他懂得僭主制的问题与中道的好处。这也是一个政治判断，故而须与第二首皮托凯歌第86-88行的政治判断放在一起理解。两首诗中的僭主制生活与僭主制意思类似，都指品达粗略划分的当时的三种政体形态中的一种。两诗中的僭主制一词，正像第三首皮托凯歌第85行用来指称希耶罗的僭主一样，都没有贬义色彩：它是与民主制对立的另一端，而本诗第87行则明确为后者贴上了骚乱的贬义标签，讽刺其混沌与粗暴的喧嚣。对政制的三分法［132］极有可能只是纯粹的泛指，虽然也有一定的理由认为，品达指的是叙拉古的一个民众党派，他们对希耶罗抱怨不已，蓄谋革命。最后，"唯有当有智者掌管城邦时"（行88）一语，正是第十一首皮托凯歌第52行向忒拜贵族解释的中道，而诗人一心向往的，也正是这条中道。

本诗的最后一部分始于第88行，它重新点明了品达从神话的后半部分提炼出来的道德内容，这一内容在第34行已露端倪，在第49行之后得到阐发。除了赋予诗歌一种形式上的融贯性外，这一对神性正义的再次确认，传达了一种普适的有关失宜的警戒，它面向所有诗人认为适用的人，或许甚至包括诗人自己。如果我们考虑到第三个三联诗句的大体趋势，以及品达对嫉妒的无比敏感，就不会对这一语境下（行90）出现嫉妒者感到惊奇。品达时常将嫉妒说得如同人的天性本能，它在社会的每一阶层与领域都统辖着有成就者与不那么有成就者之间的关系，而且，他显然也会将嫉妒的出现归咎于希耶罗宫廷中的毁谤者的狡计。他在第89行说，嫉妒者不满于神的安排，诸神一会儿垂爱某个人，一会儿又垂爱另一个，而他们之所以不满，是由于他们没有认识到他熟稔于心的一个道理，即人生处境本性无常，无论其是好是坏。因此，最后这几行诗中的矛盾冲突存在于认命（acquiescence）与反抗之间，而认命才是人的本分（行93以下）。无论第90-92行奇怪的隐喻出自何处，①该句的意涵都毫无疑义。那些嫉贤妒能者不满足于他们的那一份，也不知晓背运比走运的转瞬即逝并不鲜见，因而去驰求多于自己应得的一份，并最终在达成目标前就狠狠伤害了自己。

那些嫉贤妒能者常陷于幻灭的心理状态。品达在第十一首皮托凯歌末尾说，"嫉贤妒能者一心盲目地反击"，对比那些反抗者，他将自己视作他在很多诗作中呈现的形象，他是那种认命的人，[133] 深知自己有死的局限性，也深知认识自己、以平静的心态怀有一种现实感的必要性。②在本诗的最后一个诗节中，用于表达这些想法的语言并非庄严而高亢，而是平实地与最后一个三联诗句大部分内容的语气一致。第94-96行或许是文学作品中有关反抗命运的这一名句首次出现——虽然克鲁修斯（Crusius）曾尝试将下述残篇归之于梭伦：

马儿对驴子说：让他不要用蹄子去踢刺。

---

① 我倾向于认为，品达想象了两人争论的场景，他们因一块土地的度量而互相论辩，这一场景暗示着《伊利亚特》卷12中的场面。
② 如第三首皮托凯歌，行59-62、行107-109；第十一首皮托凯歌，行51、55。

这句话的表达方式说明这一谚语起初出自一则动物寓言，正如这一三联诗句的其余部分一样。

当我们回顾本诗最后三节的用语时，我们无法不为其飞速转换的意象感到惊异。[①]一系列惊人的变形，从猴子到狐狸，从狐狸到狗，渔网上的木塞漂子，为绕过敌人视线而踱来踱去的狼，嫉妒者们拔河，犁牛被轭以及驴子踢刺，所有这些意象都显示了品达的想象力如何运转。这些意象彼此并不交融——不如说它们相互并列。诗人的心思从一个跳到另一个，将每个意象都作为表达思想的独立载体，并很快将之抛弃，代之以下一个。他生动地将其都视作独立的个体，并任自己完全迷失在当下想象的图景中，我们甚至不应期冀他有一贯的思想与表述，因为那是想象力不够极致才会生产出的东西。

这首麻烦的诗歌势必给人留下一层神秘感。任何解读大概都不会令人满意，而且几乎永远不可能有一锤定音式的理解。诗的语气与其他现存的献给希耶罗的诗歌大相径庭：它明显是应激而作，由失望感、遭误解的初衷与备受轻慢的情感所驱使。它对我们的主要意义在于对品达性情的展露，及其社会与政治层面的意涵。这首凯歌为僭主王庭光鲜外表下暗藏的阴谋与卑劣打开了一扇窗口；也折射出品达本人及其恩主性情中的方方面面。[134]诗歌风格从宏大向平实的转变，内在一致性的欠缺以及语言与思维上的含混，都在其倍感压力的写作背景以及试图在传统诗歌形式局限下含藏个人情感洪流的努力中得到充分的解释。然而，品达的性情的确在这首诡异的作品中以某种清晰与一

---

① 关于这一话题见 W.B.Stanford, *Greek Metaphor* (Oxford, 1936), pp.33 ff.

贯的面貌浮现出来：自豪、正直、接受有死凡人的有限性，他身着传统贵族诗艺的铠甲，[①]辅以动物寓言的武装，力图守卫自己的人格，并赢回他寄予厚望的僭主的信任，期望其忠于高贵者的理想。

---

① 如第二首皮托凯歌，行96；忒奥格尼斯，31-38。

第十章　第四首及第五首皮托凯歌

[135] 这两首诗是为同一场庆典中不同环节的演出而创作的，以纪念公元前462年昔勒尼城的阿刻希劳斯四世（Arcesilaus IV of Cyrene）在德尔斐赢得的战车比赛胜利。两首诗的语气与目的大相径庭。第五首皮托凯歌为城邦中的公共演唱而创作，第四首皮托凯歌则是一首更具私人性质的诗歌，只在宫廷演唱，品达在诗中请求君王召回遭放逐的年轻人达墨菲洛斯，他由于参加了反对党而遭流放。虽然缺乏证据，但第五首皮托凯歌中有很多元素暗示着诗人可能亲自为此次庆典到访了昔勒尼。诚然，诗中他对该城布局的知悉并不一定来源于第一手经验：可能来自御夫卡洛图斯的或者他曾在忒拜款待过（第四首皮托凯歌，行299）的达墨菲洛斯的转述。然而，我们仍能感觉到那些细节具有亲临现场的生动感。当我们读到石砖铺好的公路上回响起的马蹄与马车声（行90以下）、广场上遗世独立的建城者的陵墓、各自耸立在生前住处前的诸先王陵时（行93-97），我们或许会认为，品达真的亲自游赏、赞叹过这座城市；而考古发掘则证明，这座城市的确方方面面都令人称道，与希腊本土诸城皆相当不同。① 亲自游历的假设当然有助于对第72-81行的解读，该段

---

① F.Chamoux, *Cyrene sous la Monarchic des Battiades*（Paris, 1953）, pp.176 ff.

明显透露出他对庆典仪式的兴致，即使他未必真正担当主唱者（coryphaeus）的角色。

这个段落使一些人相信，该诗与多里斯地区著名的敬奉阿波罗神的卡尔涅亚节（Carneia）有关，这一节日从斯巴达传入忒拉岛（Thera），又从忒拉岛传入昔勒尼。①或许的确如此。第80行的复数第一人称现在时可能也意味着凯歌的演唱与该节庆恰好同时。这一观点无疑提升了本诗的重要性，但也不应毫无质疑地接受。在与某种公共崇拜典礼相关的［136］那些竞技凯歌中——如第十一首皮托凯歌、第十四首奥林匹亚凯歌，或许还包括第三首奥林匹亚凯歌——品达的习惯手法都是在序曲部分便将之毫不含混地大书特书一番。因此，设若本诗的确为该节日庆典的一部分，则我们或许应当看到，第五首皮托凯歌以向卡尔涅亚的阿波罗（Carneian Apollo）的吁求开篇，并辅以对诗歌演唱与性质的明确指示。至于阿波罗在凯歌中占有的显要地位，可以得到这一充分的解释：他在预言中指引了昔勒尼城的落成，他还是本次夺冠赛事的主神。在第80行偶然出现的呼格词卡尔涅亚（Καρνήιε）是诗中唯一一次提及这一节庆名称；而在这个语境中，它实则是对阿波罗很自然的一种称谓，因为昔勒尼人正是以这一名号供奉阿波罗的。总体而言，任何认为此诗超出了一首正常凯歌范围的看法，我们或许都应质疑。

基于此，另有两种说法源于其与卡尔涅亚节有关的判断，也必须谨慎对待。第一种说法关乎演唱的方式。有看法认为，这是

---

① Cf.Callimachus, *Hymn to Apollo* 72-96; 关于卡尔涅亚，见 Nilsson, *Griechische Feste*（1906）, pp.118 f。

一首行进颂歌，①由歌队在穿越诗中所描写的昔勒尼各景象时唱出。然而，文本中其实并无这类迹象。事实上，从第24行来看，演唱场所倒是位于城中一个叫作阿弗洛狄忒花园的特定区域：

> 环绕阿弗洛狄忒花园欢唱。

莎慕（Chamoux）就此种解读给出了强有力的论据。②倘若采纳他的看法，我们必须抛弃歌队在行进中唱诗的说法。

第二种说法与演唱在一年中的哪个时节有关。古代文献中明确提及，③斯巴达的卡尔涅亚节在阿提卡的换邻月（Metageitnion，对应我们的八月）的第七天举办，没有证据表明它在昔勒尼有不同的举办日期。有人认为第五首皮托凯歌与此节庆相关，把这首凯歌的时间定为公元前461年的八月。在竞会的胜利与庆典之间，必然会间隔一段时间，以便卡洛图斯能够完成他在希腊的使命，[137] 也让品达有足够的时间创作两首凯歌，让歌队能够完成演唱的排练。莎慕在第五首皮托凯歌第10行以下找到了时间的证据，确定为公元前461年的春季或初夏。我们在后文中还会讨论到他的论述。④

最后一个问题是两首诗演唱的先后顺序。对此并无确切答案。与第四首皮托凯歌开篇的"在今日……"（σάμερον μέν）相对应的词组并未写出：或是"在明日"（αὔριον），或是"在昨日"（χϑὲς δέ），也可能只是单独出现。我们也找不到可以进行有效类比的例证。

---

① Farnell, op.cit., II, p.172.
② Op.cit., pp.167 f.
③ Herod.8.72；Plut., *Quaest Symp*.8.12.
④ Op.cit., p.182.

最近似的情况是第二首与第三首奥林匹亚凯歌之间的关系，前者是一首暗含神秘色彩的私人性诗歌，后者则是按照惯例书写的公共凯歌；我们实在无从得知两者的演唱顺序。对于第四、第五首皮托凯歌而言，更合理的猜测似乎是，所有昔勒尼邦民参与纪念阿刻希劳斯胜利的庆典，要先于品达为好友达墨菲洛斯求情的宫中欢宴。第四首皮托凯歌对于这场胜利只是简略提及（行66以下），这或许是以另一首公共凯歌为前提的，这首公共凯歌已经完全完成了正式凯歌委托的任务。因此，我们将以这一顺序分析这两首诗。

第五首皮托凯歌依惯例而作，包含了凯歌文体中的所有成分，并且依照既定的顺序展开。诗人给了竞赛叙事部分比平常更多的篇幅。作为君主的亲戚，御夫卡洛图斯几乎占据了与阿刻希劳斯本人同等重要的地位：他不仅是唯一从事故中全身而出并标志战车比赛胜利的车夫，还代表君王完成了一项使命。诗歌整体给人留下一种相当宏大的印象，仿佛品达笃定要作出锦绣文章以尽力满足自己的恩主，并将凯歌的体裁发挥到极致。

诗歌的开篇采取箴言的形式，宣扬了财富与美德相结合的力量，这种看法于君王而言相当合宜，也多见于品达其他类似的文本语境中。① 此处的美德（ἀρετά）加上无瑕的（καθαρά）的修饰，涵盖了美德、智识与文艺天分，这从后文的拓展中可以看出；而财富在这里是一种会带来众多朋友的伴侣（πολύφιλος ἐπέτας，行4）。[138] 我们没有理由将"朋友众多"的涵义弱化为"过多的爱"；这个词应用于人时，反义词为少朋寡友（ἔρημος φίλων），② 故

---

① 比如第二首奥林匹亚凯歌，行53；第二首皮托凯歌，行56。
② Lysias 8.7; Arist.*Eth. Nic.*1170b, 23.

而此词的全部意涵为富人多友朋，而此处的形容词被替换为众多（πλοῦτος），于是财富也被半拟人化为一个伴侣。这种解读源自阿里斯塔库斯（Aristarchus），根据古代注疏，他将其概括为"由此可广交朋友"（ὥστε πολλοὺς φίλους ποιεῖν）。①

为了说明这种感受，品达以阿刻希劳斯为例，正如在第二首皮托凯歌第57行，希耶罗也为类似的有关财富的箴言提供了例证。第5行用呼格呼唤阿刻希劳斯的名字，为开篇的句子营造出一种有力的烘托，并立即为之赋予了生命力。第5—14行又进一步阐发了开篇几行的意蕴。神的眷顾（行5）、"蒙金车的卡斯托尔之惠"（行9）与"神赐"（行13）阐明"命运之手"如何发生作用；技艺与义行（行12以下）也点明了无瑕美德的内涵，这昭示了美德中的智识与道德层面；在本诗的头两节中，贯穿着财富的巨大功能（πλοῦτος εὐρυσθενής）的主题，由其力量（δύναμις）与多福（πολὺς ὄλβος）的面相，到第15行伟大城邦的君王（βασιλεὺς μεγαλᾶν πολίων）达到了高潮。

莎慕在第10—11行发现了有关诗歌创作时节的线索。②传统解法认为这两行是描写党争之后的平静，但他尝试放弃这种看法，并将原文按字面译为"冬雨后的好天气"（εὐδίαν μετὰ χειμέριον ὄμβρον）。他进而认为，卡斯托尔（Κάστορος，行9）暗指正在升起的双子星，这一星系对那一带地中海的水手而言，意味着冬季暴雨的止歇；他还很有力地强调了昔勒尼冬季多雨的事实，并在第四首皮托凯歌第52行的"黑云笼罩的平原"中找到印证。据此，他将阿刻希劳斯的凯旋庆典时间确定为公元前461年的春季或初

---

① Drachmann, p.172.
② Op.cit., pp.181–183.

夏。这种说法颇具吸引力。"冬雨后的好天气"的确不太可能隐喻党争之后的平静，虽说第99则辑语有这样的句子：

[139] 为普通邦民带来
好天气。

此处语境下"好天气"的涵义无需质疑。①而且，没有用冬雨来比喻政治风暴的成例；在全诗的其他部分也并无迹象表明本句有什么政治意味——这一主题要留待第四首皮托凯歌。此外，也没有任何证据证明，卡斯托尔与城邦纷争的调解有关：精心挑选的"金车"这一绰号恰恰点明了他与战车竞赛的传统联系。因此，这两行诗文可取其字面义，作为对一年之中好天气战胜冬天雨季之时令的描写。反之，也没有必要排除好天气的隐喻色彩，只是这一隐喻并不具有政治性：它意指明亮的天光，由战车竞技之神照耀在阿刻希劳斯家灶台之上的胜利之光，正如第一首奥林匹亚凯歌第97行：

尽其余生，胜者
拥有蜜般甜的好天气，
只要他获得嘉奖。

第15行给出了阿刻希劳斯之所以幸福的两个原因：他是

---

① 见第七首伊斯特米凯歌，行37–39。雅典于公元前457年打败了波俄提亚人，"好天气"是指托波塞冬的福，由伊斯特米凯歌里品达的主顾之胜利所带来的快活生活。

君王；作为皮托竞技会的胜利者，他获得了欢宴的殊荣。对第15-19行的解读有很多讨论，问题的焦点在于确定眼睛（ὀφθαλμός）的意涵，并通过简单动词有（ἔχει）将之与嘉奖（γέρας）相关联。眼睛究竟是字面义还是隐喻义？在古典时期的希腊诗歌中，它的隐喻用法很常见，与眼（ὄμμα）合用时指一件事物最宝贵的部分，或是从焦虑之中解脱出来的舒适感。① 它通常是一个句子之中的谓词，而非主语，还时常跟随一个属格名词。索福克勒斯的用法是一个明显的例外：

您父亲的死总是一个很大的安慰。（《俄狄浦斯王》，行987）

如果在此取其隐喻义，此词在两方面都比较别扭，而且，[140]若将标点依传统标在"城邦"后，则很难为动词"有"甚至全句找到意义。赫尔曼（Hermann）认为，唯一保留其隐喻义的方式是抛弃动词"有"——如所有抄本的做法，并代之以由于（ἐπεί），将嘉奖看作主语，"眼睛"看作谓词："由于这一（君主的）荣誉与你的亲族的荣耀同步。"②

另有一种不同的标点方式，它的好处在于为"眼睛"提供了属格名词。③ 终止分号（colonstop）被标在是（ἐσσί）处，如此，这一短语（μεγαλᾶν πολίων ὀφθαλμός）便成为一个单位。这一提议预设了"眼睛"取隐喻义，意为"荣耀"；罗斯教授（Professor

---

① Farnell, op.cit., II, pp.169–170.
② *Opuscula* VII, p.146.
③ H.J.Rose *C.Q.*xxxiii（1939），p.69.这一标点由施奈尔吸收进了1953年的Teubner本。

Rose）将此句译为：

> 首先，汝乃君王；伟大城邦的天生荣耀（珍宝，最宝贵的事物）才能拥有这一可敬的职位，而你的性情与之确然相配。

同样，根据罗斯教授的解释，阿刻希劳斯本人是"与城邦一同诞生的宝贵事物，在心智和地位上一样有王者风范"。中断在"是"处的标点可以得到第98行的佐证，该处在诗节相对应位置（ἐντί）后、与相同单词（μεγάλαν）前的中断由连词（δέ）实现。这一提议颇具价值，而且，如果我们坚持对"眼睛"取隐喻义，这可能是唯一令人满意的解句方案。

但与此同时，我们也不得不承认，对"眼睛"的隐喻解法使得本来就很含混的段落更加含混；而罗斯教授的断句法并未消除这种含混。他用城邦的荣耀（μεγαλᾶν πολίων ὀφθαλμός）指称君王本人，然而，在一个君王一直被以第二人称称呼的语境中，以荣耀为主语的第三人称动词转换使得这种指称颇成问题：荣耀本身应当作为谓词，成为称谓的一部分。此外，将"城邦的荣耀"与"王"斩断的断句法忽视了第四首皮托凯歌中三段诗文的意味。"城邦的荣耀之王"是对阿刻希劳斯很合宜的一个称谓。他的祖先——第一位巴托斯（Battus）——听从阿波罗的召唤，用船载着城邦民来到非洲，即"带领城邦"（第四首皮托凯歌，行56）；忒拉人建立了昔勒尼城，故而忒拉城被唤作伟大的父邦（μεγαλᾶν πολίων πατρόπολιν，第四首皮托凯歌，行20）；[141] 而在美狄亚（Medea）的预言中（第四首皮托凯歌，行15），利比亚被形容为身体中埋下了城邦的根。因此，第五首皮托凯歌中这一段的表述暗指昔勒尼及其周边的一些城邦，它们在此时都隶属于阿刻希劳斯的统辖范围，包括黑斯佩里戴斯（Hesperides）、巴尔卡（Barca）与陶亥拉（Taucheira）。①一个令人满意的断句法是在"城邦"后标上终止分号。之后的三行诗（行17-19）以连词省略（asyndeton）开始，可以视为对之前论述的拓展。

最后还剩下一句ἔχει συγγενής ὀφθαλμός αἰδοιότατον γέρας需要解读。嘉奖（τοῦτο γέρας）大概意指作为君主的荣耀，当其与阿刻希劳斯的智慧相结合时，便会引起人们的尊敬。嘉奖一词一个类似的与王权相关的用法可见于第七首涅嵋凯歌第38-40行：

> 他曾短时间内暂为莫洛西亚之王，
> 而他的亲族永膺其荣。

这几行诗对理解第五首皮托凯歌第17行有所助益，因为它也提到了亲族，这或许可以阐明天生（συγγενής）的意涵，此词被严格用于一个人生来所秉承的事物或性情，它们将会伴其一生，②其引申义则适用于从祖先那里继承来的事物。③因此，这非常适用于阿刻希劳斯，他继承了悠久的王族谱系。此词还唤起了品达思想中的一系列核心内容：贵胄、代代相传的美德、远祖传下的性情、天赋与地位等的重要性。

至于"眼睛"，最好的解读看来是取其字面义，指望向君权荣

---

① Chamoux, op.cit.pp.164, 172.
② 如第十三首奥林匹亚凯歌，行13；第五首涅嵋凯歌，行40；第一首伊斯特米凯歌，行40。
③ 第十首皮托凯歌，行12。

耀的君主的眼睛。①阿刻希劳斯的眼睛昭示着他的庄严："他有王者的眼神。""天生"则说明他的眼睛是一双世袭君主的眼睛。我们或许应当留心将"有"译作"看"或"望见"的做法，甚至保留一种倒装的可能性，如此眼望（ὀφθαλμὸς ἔχει）便可能与附加了人称代词的眼中望见（ἐν ὀφθαλμοῖς ἔχει）同义。从古代注疏的概要来看，②［142］这可能便是早期学者的观点；虽然他们的解读未必有力，但在古注中插入的一段话却值得玩味："以眼睛指代整个身躯。"身体的一部分代表了整体，而且这一部分尤其反映了一个人的全部性情。

末诗节引介了卡洛图斯，据古代注疏概括的忒奥提摩斯（Theotimus）的说法，他被派去了希腊本土，在某位优法摩斯（Euphamus）的领导下执行一个任务，即参与皮托竞技会，并为黑斯佩里戴斯征募殖民者。我们继而获知，卡洛图斯还是君主的妹夫，在优法摩斯死后成为任务的执行者，还驾驶了战车。所有这些情况，加上他在一场尤为险恶的竞赛中作为御夫表现出的无畏，都可以解释品达何以用这些辞藻赞誉他，并用非同寻常的细致描写他的伟业。

第23-53行，即本诗第二部分，还有一些要点需要讨论。对第24行以下的行文与解读存在争议。古代注疏家支持抄本中的昔勒尼（Κυράνα）写法，他们认为这是一个主格名词，但此词理应作为呼格名词被保留。③如此，第23行的你（σε）与第31行的你的（τεαῖσιν）都指昔勒尼，因为第31行既可能是指城邦，也可能指同

---

① Schroeder, *Ed.Maior*, p.224.
② Drachmann, p.172.
③ 亦见 Snell 1953年的注本；亦见 Wilamowitz, *Pindaros*, p.381。

名的仙女。这种解读有三种论证。首先，它无需改动抄本；第二，它使得品达有义务嘱托昔勒尼给予卡洛图斯一份荣耀，因卡洛图斯的付出惠及了城邦；第三，它为"疏忽"提供了更常规的构句法，前提是我们对它进行直译："莫要疏忽，被歌唱的昔勒尼啊，你应当……"第25行之后的不定式解释了歌唱的内容；抑或在第24行点上终止分号，将之视作祈使句。倘若我们另作他解（采用 $Κυράνας$ 或 $Κυράνα$），"你"便指阿刻希劳斯，并且统摄了之后的不定式："莫要忘怀，由于你在昔勒尼被歌唱，要归功于神……"但是，至少在古典希腊语中，这种构句法罕有例证。

将推诿（$Πρόφασις$）拟人化为厄庇米修斯（Epimetheus）的女儿的做法（行27往后），[143]是品达受到赫西俄德表达方式影响的一个例证，他在此依照《神谱》中相当常见的范式创造出了这一谱系。第215则辑语在提到体育竞技所需要的智慧时，认为推诿与竞技有关。韦拉莫维茨提出，品达这两段诗文背后的感触可能最终都脱胎于同一句谚语："无论竞技，或是友情，都不接受推诿。"①

第32-53行是对战车比赛的描写。在结构上，它由两部分构成，中间起到分隔作用的是第43行，这一行再次敦促要向施恩者致谢。紧随其后，品达转向了御夫本人，并用他的父姓称呼了他，借此给予一则道德启示："美发的缪斯们将你点燃。"这是本段的核心要点。第一部分的开端（行32-34）陈述了卡洛图斯成就伟业的一些基本事实，这些在第二部分（行49-51）得到了更翔实的说明，于是诗歌的这一部分就变成回环形式。品达十分详尽地道明了（行34-42）卡洛图斯在赛后对战车的处置。他将战

---

① Op.cit., p.381.

车从赛道驶过柯丽萨山（Crisa），直抵圣殿，并悬车于圣殿，作为自己胜绩的明证。不仅如此，品达还写明了悬车的具体位置。不过，我们却无法确知柏木门廊（κυπαρίσσινον μέλαϑρον）的涵义。在单数形式下，门廊（μέλαϑρον）一般指顶梁或屋顶，[①]而且也不必认为它在这里指一整栋藏宝阁。[②]第34行的动词悬挂（κρέμαται）暗示着一种可以将贡品悬挂在屋顶或墙上的装置；所以，"柏木门廊"或许是一种柏木的壁龛或门廊，[③]很可能就是为此事而定制，卡洛图斯在门廊下悬挂他的战车，旁边还有一个由一整个树干雕成的人像，由克里特人敬献给德尔斐神庙。看起来品达很可能是受卡洛图斯或阿刻希劳斯之托，才描述了这一贡品在此雕像旁的具体位置。如此，这首凯歌便不仅令人回忆起这次胜利的视觉象征物，[144]而且令人想起在德莫纳科斯（Demonax）的帮助下，克里特人融入了昔勒尼人。在前6世纪中叶瘸子巴图斯（Battus the Lame）的治下，这位曼提涅亚人（Mantinean）为城邦确立了一套政制。[④]

凯歌的下一部分由第54行的一句习传箴言引出，还简要地概述了昔勒尼的历史。叙述由公元前630年左右的建城故事开始，第一位巴图斯听从了德尔斐神庙的预言。[⑤]与这一历史事实对应的，是一个有关安忒诺耳族（Antenoridae；行82-87）的更纯粹的神话故事，他们是来自特洛伊的逃难者，城亡后定居北非，而且作为本土

---

① 参《伊利亚特》2.414；《奥德赛》8.279，11.150，19.544；单数通常指拱顶，复数指房子。
② Farnell, op.cit., II, p.174.
③ 亦见 Chamoux, op.cit.p.184; Wilamowitz, op.cit., p.382。
④ Herod.4.161.
⑤ Herod.4.150–158.

英雄始终受到巴图斯带来的后来者们的尊奉。对城邦本身的描写（行89-98）融入了死去的先王们在地下倾听（χϑονίᾳ φρενί，行101）对自己后代的赞歌的幻象中，凯歌的这一部分由此终结，并顺利地转回了阿刻希劳斯以及本次庆典事件的主题。

第57-104行这一整段在很大程度上展现了品达作为庆典诗歌（occasional poetry）作者的天赋。他不仅描述了当日昔勒尼的一些显要特征，还将其放置于一个历史与神话的背景之中，从巴图斯的故事一路追溯到安忒诺耳之子们占领并以他们命名的山脊的远古传说，并且保持了故事的连贯性，将城市的历史叙述延续到了凯歌演唱的时刻。这些史实若不是亲自参访城市所得，便是通过私下采访而来，它们或许是应恩主之邀而添加。在这些史实之外，诗人还增添了一种宗教意味，他宣扬了城市的创始者阿波罗赐予人类的恩惠：医药、音乐、和谐的好政制以及占卜术（行63-69）。最终，诗人展示了自己对该城命运及其崇拜仪式的关切，暗指自己的祖先一族在多里斯人的一系列神谕迁徙中所扮演的角色，正是这些迁徙推进了这座城邦的兴建。这一丰饶图卷中的个别画面由指示词与关系代词连接，［145］它们从上一句中承接一个单词，并将之接入下一句，使之获得一些崭新的关联。这种省力的手法使得诗人可以在短小的篇幅之中，揉入时空上十分辽远的事件。

通常认为，品达笔下的巴图斯与狮子的故事（行57-59）偏离了原始版本。这些动物在巴图斯的跨海之音下惊恐四窜，品达这一描述比泡赛尼阿斯对这位昔勒尼建城者的叙述更具褒奖的色彩；① 在后者的版本中，见到狮子，巴图斯因恐惧而高声惊号，发

---

① X.157.

出了最大的声音。这在心理层面说得通，或许也的确是故事的原始版本。除了弱化巴图斯在狮子面前的恐惧外，品达还着力表彰阿波罗作为殖民地领袖的地位，强调阿波罗在确保预言的实现中扮演的角色（行60–62）。至于第59行的"跨海之音"的确切意涵，我们无从得知是否取字面义，表示巴图斯的声音飞越大海传入了狮子耳中，或是意指"从海外而来""异邦的"。在古希腊文献的另外三个出处中，此词都取字面义"跨越海面"，故而在此也可如此理解。①

从第63行开始，是一个由关系代词引出的新三联诗句，这一串言辞让我们看出，对阿波罗给人类馈赠的复述仿照了传统赞歌的形式。首先，品达宣扬了阿波罗的医治能力，随后馈赠了竖琴，它代表了一切乐器。在第三句中，"任其所愿，赋予人缪斯的灵感"（δίδωσί τε Μοῖσαν οἷς ἂν ἐθέλῃ，行65），他的馈赠范围拓展至古希腊人所理解的缪斯掌管的技艺涵盖的全部领域，而且任意地将之赐予任何他愿意赐予的人；在此之前他要在他们的心中植入"不喜战争的良好秩序"。②第66行的不定过去式分词植入（ἀγαγών）说明，品达认为缪斯的恩赐以某种特定的心灵状态为前提，它引导人们遵守法纪，避免纷争。相同的概念也显见于贯穿第一首皮托凯歌始终的安宁主题，这是一种和谐与安宁的糅合，[146] 其象征是里拉琴乐。③在品达眼中，技艺与安宁的好政制间的紧密关联，是贵族社会及其领导者的重要特征；这也说明

---

① Aesch.*Agam*.414; *Supp*.41; Soph.*Ant*.785.
② 参第九首奥林匹亚凯歌，行16；第三首伊斯特米凯歌，行6–17；第五首伊斯特米凯歌，行22；辑语35，行10；巴克基里德斯第13首，行186。
③ 见上文所述。

了他缘何频频以音乐造诣来颂扬他出色的恩主们与朋友们。①阿波罗的最后一项恩赐是占卜术,占卜不仅首肯了昔勒尼的建城,而且认可了赫拉克勒斯与埃吉米俄斯(Aegimius)的后人入侵伯罗奔尼撒半岛的行为,他们是品达十分欣赏的真正意义上的多里斯人。②

第72行以下内容的疑难在古代注疏中有扼要的概述:"此词意指利比亚人的歌队抑或诗人本人。"③在凯歌中,似乎尚无用单数第一人称代词指代与诗人有别的整个歌队(或领唱者)的先例。当诗人将自己与歌队并举或是当歌队作为一个整体发言时,通常使用第一人称复数。仅在赞歌与泛雅典赛事凯歌中,有这种使用第一人称单数代词却不代表诗人本人的例子。④大多数当代学者一致认为,第72与76行的代词指品达本人。⑤似乎很难不认同这种观点。倘若采纳这一看法,我们或许可以认为,诗人是在提供有关自己来历的某些信息,以便宣扬他对昔勒尼城的私人关切。相似的还有第六首奥林匹亚凯歌第85行,诗人在自己与胜利者哈格希亚斯(Hagesias)之间找到了某种情感纽带,一份族谱让他的母邦忒拜城与哈格希亚斯的老家斯提姆法洛斯(Stymphalus)有了关联。

认为"我"特指歌队的首要原因,是第74行说埃吉达家族的父辈诞生于斯巴达,而我们知道品达是忒拜人。然而,这一疑

---

① 如第一首奥林匹亚凯歌,行14–15;第四首皮托凯歌,行296;第五首皮托凯歌,行114;第六首皮托凯歌,行49。
② 参第一首皮托凯歌,行14–15;辑语第1。
③ Drachmann,p.183.
④ Cf.Paean 2.19; 4.1gf., 24, 40, 47; Parth.Fr.84.5–9, 25f.; Des Places, *Le Pronom chez Pindare*, p.9.
⑤ Sandys是一个例外,Loeb Edition and H.Fränkel op.cit., p. 541。

难可以通过第七首伊斯特米凯歌第12–15行解决，品达在其中将埃吉达家族称作忒拜后人。在神话故事中，赫拉克勒斯一族在入侵伯罗奔半岛时受阻，德尔斐的神谕建议他们向忒拜的埃吉达家族求助，① 于是，埃吉达家族的一些人来到斯巴达；我们还从第五首皮托凯歌第75行得知，这一拨人最终参与建立了忒拉城的殖民地，而昔勒尼正源出该城。在这首于昔勒尼演唱的诗中，品达无需如第七首伊斯特米凯歌那样将埃吉达家族的起源一直追溯到忒拜——因为那首凯歌是写给一个忒拜人的，他仅仅在"我的父辈"一词中略作提示，此词是一种对"我的家族成员"的弱化表达。② 在品达的作品中，还有几例在这一笼统意义上使用"父辈"的复数形式，如第二首奥林匹亚凯歌第7行用于形容忒戎的祖先埃门尼斯王族（Emmenidae），第四首皮托凯歌第117行用于形容伊阿宋（Jason）的祖先，以及第七首奥林匹亚凯歌第91行，形容狄亚戈拉斯（Diagoras）的祖先。

此外，我们还需要确认第77–80行的第一人称复数的身份。该句说，"我们"已经接纳了来自忒拉的祭品众多的庆典，并在卡尔涅亚的阿波罗节纪念昔勒尼。有人认为此处的"我们"并非昔勒尼人的歌队（行22），而是埃吉达家族的人，他们会参与一场所有昔勒尼人纪念自己城市的庆典。③ 对此观点最强的论证是，如果我们纪念（σεβίζομεν）指昔勒尼人的歌队（当然不仅限于埃吉达家族），那么从"埃吉达家族，我的父辈"向此转换会显得过于突兀。然而，凯歌中若出现这种复数第一人称形式，一般都指正在

---

① Cf.scholia ad loc.
② Wilamowitz, op.cit., pp.477 ff.
③ H.J.Rose, *C.Q.*xxxiii(1939), p.70.

演唱该首凯歌的歌队;而且,倘若品达的确欲将第77–80行限于埃吉达族人,那么他大概会依照第75行"到了"的先例,使用另一个第三人称形式的动词。第五首皮托凯歌的歌队应该是从全体昔勒尼人中拣选而来,而转换的疑难或许无论如何都不应夸大,如果假定埃吉达族人品达的确亲自参与了庆典的话,那将在很大程度上解决这一疑难。如此,他便将自己放进了昔勒尼的歌队,毕竟,他刚刚才追溯了自己的祖辈和该城建城的渊源。

诗歌在第103行回到了阿刻希劳斯与皮托竞技会获胜的主题。在世君主的伟大美德以及对其在诗歌中的赞颂,传入了已故君主们的耳中,[148]这将巴图斯王室的古老盛世与眼下的事件结合到一起;而且,这种现在与过去、生者与亡者间的纽带,在第102行的共同恩泽中得到传述,它代表共有的恩泽带来的喜悦感。在生者与亡者间共享的这种恩泽,也可见于第八首奥林匹亚凯歌第77–80行:

> 即便亡者也能
> 从如此举行的庆典中沾光:
> 尘土并不能遮蔽
> 他们高贵亲属的恩泽。

对阿刻希劳斯的最后一段赞辞开始于第107行,它与诗歌序曲部分的赞辞形成对比,具有更加私人的味道,而且采用了一种性格速写的形式。品达成为智者(συνετοί)的代言人,他审慎地赞美君主:"讲述人所共知的内容"。他对君主的赞美与对其他杰出恩主的赞美并无太大出入——超越其年岁的智慧与雄辩,雄鹰一般的胆魄,堡垒一般的定力,文艺上的高超技艺,久经考验的战车驭术；这些特征在诗人的交游圈子中都颇合常例。然而，我们却可以赞赏他如何将日常交谈转换成了诗的语言：因为，这种鲜明短促的文风并非常例。

在最后一个末诗节中，品达向诸神祈愿阿刻希劳斯权柄恒久，并在最后一句中，向宙斯祈愿阿刻希劳斯在公元前460年的下一次奥林匹亚竞技会中成功。我们知道，这后一个许愿得到了神的恩准，但是，他的王朝却在数年后崩塌。第120行以下，有一处回应了第10行，但仅限于暴风一词。该段的表达十分紧凑，包括烈风吹坏夏季的果实，吹落一地叶片的意象。博克提议用嫩芽（χλόαν）——一个与隐喻相衬的确切词语——作为衰败（δαμαλίζοι）的宾语，与此不同，抄本一致都写作含混而令人困惑的时间（χρόνον），没有任何形容词或代词修饰。这看起来并不是一条旁注，故而或应被采纳，虽然这种用法并无先例：在这类句子中，"时间"通常是施动者。① [149] 此词几乎很难如古代注疏提示的那样② 与"一生"相同，但我们可以通过概览一下同时期"时间"一词用法中的一些特质，略微接近它的涵义。在这一时期的希腊语中，"时间"一般意味着绝对时间，而非一个人的一生（用 αἰών 表示）。两者之间的关系可以通过埃斯库罗斯的《阿伽门农王》第554行"贯穿一生的那段时间"（τὸν δι' αἰῶνος χρόνον）看出，即绝对时间中包含着贯穿个体一生的时间。③ 与阿刻希劳斯在此诗创作时的人生吻合的时间是"鲜花绽放的盛春时节"（第四首皮

---

① 参第六首奥林匹亚凯歌，行97；第十首奥林匹亚凯歌，行7；"时间"在第一首涅嵋凯歌第6行也是那个难解的句子的主语，抄本对此也没有异议。

② Drachmann, p.191.

③ Fraenkel ad loc.

托凯歌，行64），而如果我们将该词替换为时期（ὥραν）或永世（αἰῶνα），这一意味便会更加明显。还有一些词语进一步将"时间"与一个个体的一生相关联。存在的时间（χρόνος συνών）、变老（γηράσκων）等类似语汇说明，①古希腊人认为时间伴随着一个人一生始终，在他从幼年到成年再到老年的过程中，和他进退与共。就阿刻希劳斯而言，时间可以说是其盛年之时。的确，这些考察并不能确定征胜之日（δαμαλίζοι χρόνον）的确切涵义，但可以避免对传统解法的贸然否弃。

---

① Aesch *Agam*.894，*P.V.*981；Soph.*O.C.*7；关于此类短语见Fraenkel于*Agam*.105以下的论述。

第十一章　第四首皮托凯歌

[150] 在本诗开篇，品达大概设想了正在旅途中的缪斯，并呼唤她在自己的好友昔勒尼王的宫廷驻足。在阿刻希劳斯尽情飨宴之时，她应该在那里偿还诗人对勒托（Leto）之子与皮托欠下的诗债，因为是他们在皮托预言了巴图斯将从忒拉岛去利比亚建立一个殖民地，并由此兑现了距此十七个世代以前美狄亚有关同一个岛的预言。总结起来，这便是本诗第一句话的内容，品达在其中娴熟地运用了一个时间连词与一个关系代词（行4，ἔνθα；行10，τό），先是将昔勒尼城的故事从当下带回了其建城者巴图斯一世（Battus I）时期，而后又追溯到极其遥远的过去。两个预言产生互动，都指向同一个结局。德尔斐的预言在历史时空（约公元前630年）中坐实了神话中的内容，而神话本身则成为德尔斐预言的最终保障。这种出现于一首凯歌开篇的疾速的转换，在一个句子的简短篇幅中从现在飞到过去，在品达的其他作品中也可找到，尤其是第三首与第九首皮托凯歌。在这里，品达在简要概述了即将构成故事主题的那些事实后，立即在第二句（行11以下）引入美狄亚的故事，用她的一段言辞作为故事本身的叙事形式，既解释也拓展了概述部分的内容。在第56行，诗人恢复了叙述者的个人口吻，并通过求访德尔斐神谕的巴图斯，将凯歌从在忒拉岛迷醉地聆听美狄亚的阿尔戈船员们（Argonauts）一路拉回到起点，即阿刻希劳斯及其皮托竞技会的胜利。

在第67行，诗中出现了明显的分水岭。事实上，至少从结构上而言，第一部分本身已经是一首完整的凯歌了，不过此处更应当将之视作金羊毛故事主干的引子。① 它将昔勒尼自忒拉建城更直接的原因归于一次事件，此事发生在阿尔戈船员们的归程中。此事本身足以为这一整段冒险叙事的存在提供依据，我们可以发现他们是在哪一段旅程听到了［151］美狄亚的预言。此外，在诗歌的前七十行中也有迹象预兆着更完整的叙事。品达将美狄亚描写为埃厄忒斯（Aeetes）之女，柯尔科斯人（Colchians）的女王，并提到了伊阿宋的水手们（行10-12）；阿尔戈号船则在第25行出现；第32-34行强烈地暗示着从漫长的旅程甜美归乡的迫切感；还有一些隐秘的话语（行50-51），暗指那些异域妇女，阿尔戈船员们在她们的床上孕育了有朝一日终将回到忒拉的这个种族。这些妇女与她们的利姆诺斯岛（Lemnos）是昔勒尼建城故事中的核心要素，但这一点直到第252行之后才被点明。品达对著名传奇中的人名地名一带而过，这激起了我们对美狄亚预言背后所隐藏的完整事件的好奇心，这为品达引出金羊毛故事做好了准备：

怎样的初衷开启了他们这次旅程？（行70）

就诗人的意图而言，这个故事的确与美狄亚的预言具有同样的相关性，因为他想要将现任君主阿刻希劳斯及其臣民与他们最久远的始祖阿尔戈船员联系在一起。品达在第67-69行清楚地表达了这种意图，他同时提到君主与金羊毛，作为自己需要偿还给

---

① Illig, *Zur Form der Pindarischen Erzählung*, pp.76 f.

缪斯们的诗债。对此，品达给出的理由是，阿尔戈船员为寻找金羊毛而进行的航程，开启了昔勒尼邦民们的天赐恩荣。①

　　诗歌的第一部分主要是美狄亚的长篇讲辞，即第9行以后的"来自忒拉的言辞"，在讲辞中，她向伊阿宋的水手们透露了他们归程路上发生在非洲海岸的一个事件的意义。她首先指明了这个事件引向的结局：昔勒尼城的邦民最终会来自忒拉。这一预言以与史实相符的隐喻形式道出。昔勒尼城被形容为一个种植在利比亚土壤中的城邦之根（行14以下），因此，它并不是孤立的城池，而是一个联邦的核心。美狄亚开始逐层展开达至这一结局的过程，她在第20行解释这个隐喻时将忒拉称作"伟大的父邦"。[152] 相同的要点还可见于第56行，以及前文解读过的第五首皮托凯歌第15行，阿刻希劳斯在该处被唤作"伟大城邦的君王"。

　　这个事件的核心要素首先体现于"征兆"（行19）一词，第21行指出这个征兆是一个伪装成人的神馈赠给优法摩斯的一抔土壤。美狄亚细致地给出了这一事件的发生地，且明确说明了发生时的情境。接着，在第28-37行她用颇长的篇幅详细说明了第19-23行她曾简述过的内容，并用不少笔墨描写这个神的样貌、身份与行为，而且在描述优法摩斯为了亲手领受土块而一跃上岸时，她还生动刻画了他的迫切感。从第28行至此的叙事可以说是止于利比亚，而到了第38行，故事开始延伸并回到发生的起点，美狄亚此时解释了从忒拉岛向昔勒尼建立殖民地的缘由：由于船上看守者的冒失，那一抔土被冲下了船，并随船在忒拉岛漂上了岸，而非在优法摩斯的家乡泰纳洛斯（Taenarus）登陆。由"倘若还乡……"（行43）开始的段落对比了可能会发生的事情与确

---

① 在神话开端关于意图的表述，参第七首奥林匹亚凯歌，行20以下。

信将要发生的事情走向("那么,现在",行50);品达在此很可能将建城故事的两个不同传说版本融汇于自己的叙事。①

美狄亚的预言在第51行形成一个完整的回环,回到第14行之所以开始的地方。她期待优法摩斯与那些外邦妇女的后代荣归忒拉,并孕育出"平原的统治者",他们将得到阿波罗的垂训,去利比亚殖民。她讲辞中的最后几行,令人回想起诗人在第5–10行的概述。在诗歌的这一部分,品达的最后任务,是将神话和历史中的林林总总与昔勒尼的现实处境相关联。他完成的方式,是呼唤首个君主(行59),借此揭示父邦的统治者的身份,并在第64行一跃跨入当下,此时,作为王朝的第八位世袭者,阿刻希劳斯也与"这些后代"一道成就了伟业。古代注疏家将第65行的代词τούτοις解读为昔勒尼邦民,虽然我们对此并不满意,但也没有足够的理据放弃抄本中的这个词语。②

第70行开始的神话是古希腊诗歌中现存最长的抒情叙事,[153]这让人看到了品达在广阔的历史事件与情感色彩中展示出的天赋。叙事的主题主要来源于史诗材料——首先是赫西俄德,不过,诗人依据特定的文体规范将它们熔铸于抒情诗的形式之内,本书的读者到目前为止应该已经熟悉了这些形式规范。他以一个抒情诗人的澄明与敏捷处理这个故事。虽然故事篇幅很长,但他的版本丝毫未见任何技法上的改变、任何叙事冲击力的松懈,或任何向史诗式叙事的更缓慢节奏的让步。故事由一系列鲜活的场面组成,中间有时间断点与过渡段落的省略,并急切地进入了高

---

① 关于这一话题,参van der Kolf, *Quaeritur quomodo Pindarus fabulas tractaverit quidque in eis mutaverit*,(Rotterdam,1923)pp.73 f and Fehr, *Die Mythen bei Pindar*, p.81。

② Drachmann, p.115。

潮部分——金羊毛的故事。大概没有哪首诗能比这首诗更让我们惋惜斯忒西柯罗斯（Stesichorus）的叙事诗的亡佚了；[①] 倘若它们幸存，或许可以确证品达的叙事技艺有多少是自己的原创，又有多少描写源自这位被昆体良（Quintilian）称作用里拉琴托起史诗分量的诗人。[②] 品达似乎的确在本诗第248行宣称了自己的原创性，他说，"对其他很多人，我都是诗艺的引领者"，这句话的确切涵义尚需放在具体语境中考虑。

从根本上说，第四首皮托凯歌对事件的组织与品达那些更短的叙事一样，但本诗的主题与长度却对研究他作品的特征尤有裨益，诸如对话的戏剧性运用及借此对人物性格的揭示、人物性格之间的冲突，以及故事情节的诡谲发展。诗歌的这些面相透露出品达不单是抒情诗人，我们还应更多地注意到史诗文法与惯例的各种变体。最后，很多读者还在这里发现了这一时期古希腊文学中仅此可见的现象：赫拉在阿尔戈船员们心中点燃的他们对船只产生的压倒一切的热情（行184以下），为冒险而冒险的号召——即便这一号召将水手们送入了险恶的大海中；凡此种种，都明显表现出一种强烈的浪漫主义精神。[③] 这种浪漫主义色彩的确脱胎于传奇内容中的一些特殊元素，[154] 尤为显著的是故事高潮部分联袂出场的爱情与魔法。更值得一提的是，品达在一些令人熟读成诵的句子中，抓住了一些直到亚历山大时期的古希腊文学仍未

[①] ［校注］斯忒西柯罗斯，古希腊早期抒情诗人，大约生活在公元前七世纪末至前六世纪初。他曾作诗贬揶海伦，传说他因此和荷马一样双目失明，所以他写了一首"认罪诗"（Παλινῳδίαν），才得以重见天日。他的"认罪诗"说海伦并没登上帕里斯的船，诸神用魂魄替代了她，而把她本人送去了埃及。参柏拉图《斐德若》243a5–b。

[②] X.1.62.Norwood, *Pindar*, p.169.

[③] Norwood, op.cit., pp.39 f.

完全发挥的概念，这尤其令我们意识到了这种浪漫色彩（行170-187）。

这段叙事的希腊文行文对想象力的冲击简要而直接。第70行开首问句直接引入故事。这种问句形式是一种惯例，在品达不少涉及史诗的诗文中也都有迹可循：①向缪斯们叩问消息，而诗人作为她们的代言人复述这些消息。在这里，品达问及旅途中是怎样的初衷激励着阿尔戈船员们，而在第二个有明显隐喻色彩的问句中，他一开始便摆明了自己对这次探险的看法。②"是什么险难，"他问道，"令他们坚定一致？"危险乃是此次旅程令人破釜沉舟的初衷，第184-187行再次提及并强化了同样的观点。

在讲述过两个预言佩利阿斯（Pelias）灭亡的神谕后，品达随即证实了仅穿一只拖鞋的人的警示。于是我们面前出现一个具有英雄气概的人物：他手持荷马笔下勇士的双枪（行79）；他的穿着融入了两种风格，一种是马格尼西亚（Magnesian）的本土着装，一种是一身豹皮，后者大概是山野异乡人的装扮；他的长发熠熠生辉，披散在后背上。至于这个形象给市场中的人群带来的观感，则沿袭了史诗的范例，具体来说，诗人的表达方式化用了荷马式的"于是，那人说道"，并引出几行评论。长发令人忆起阿波罗，而好战的外表则令人忆起阿瑞斯。伊阿宋的外表被拿来与诸神类比理所当然，但不同寻常的是，在第89行以下，他也令人想起了奥托斯（Otus）与埃菲阿尔特斯（Ephialtes）这两个向诸神挑衅并被阿波罗手刃的巨人（《奥德赛》，11.308ff.）。将

---

① 参《伊利亚特》1.8；第二首奥林匹亚凯歌，行2；第十三首奥林匹亚凯歌，行20；第五首伊斯特米凯歌，行39以下；巴克基里德斯第15首，行47。

② 参辑语196。

伊阿宋与这对孪生子对比的意义仅在于三者共有的巨型体格。曾对勒托施暴的提梯奥斯（Tityos）在这段虚拟的对话中成为附属，[155] 引述他的目的只是为了结尾处的箴言（行92）。^①第二首皮托凯歌第34行也有一句箴言附带评议了伊克西翁的罪行，这两处表达如出一辙。在伊俄尔科斯（Iolcus）市场民众的谈话中插入这样一段评论，符合古希腊诗人的惯常做法，他们在自己可朽的人格中预设了一种与神话的深邃渊源，并用神话作为道德教谕的本源。

品达在第70-92行叙述了伊阿宋的身形，还有当地人对其相貌的反应，在下一个三联诗句中，他通过伊阿宋与一个对手的口角展现了他的性格。从路人的对话到佩利阿斯的到来，其间的过渡采用了最简易迅捷的方式，甚至没有连接段落告诉我们他从何处得知异乡人来访的信息。佩利阿斯的注意力立刻被单只拖鞋吸引，第73行的阴森预言曾告知这一标记，而第97行的问句则是史诗范式的精彩发挥；^②由于我们不知道品达对灰白之腹（πολιᾶς γαστρός）与陆生（χαμαιγενέων）附加了怎样的确切意蕴，因此我们无从得知这个问句蕴含的火药味。在史诗中这样问题的提出都不带感情，只是用何等记述（ἀτρεκέως κατάλεξον）这个短语追寻答案，而品达似乎为言辞注入了一种热情与活力，以突显性格与感情，并与伊阿宋的回应形成鲜明对比。无论第98行以下的语言多么容易被理解为佩利阿斯将伊阿宋的母亲称作低贱的老妇，也没有证据表明古希腊诗人会使用"灰白"或"陆生"作为轻蔑或辱骂的用语。前者一般被用于灰色的事物以及由此引申的老年的印

---

① *Odyss* 11.576 ff.
② e.g.*Odyss* 1.170.

迹，通常带有尊敬色彩，①而后者在史诗的三次使用中都是作为与诸神相对的凡人的称号。②或许，品达在第十一首皮托凯歌第30行用地上的人（ὁ χαμηλά）指相对于位高权重者的普通平民，所以，此处他在"陆生"之上附加了轻蔑色彩倒也不是不可能。此处的上下文[156]确实暗含鲁莽粗俗的味道，而佩利阿斯的语气也在第99行以下的"何等记述"的充满感情色彩的变体中淋漓展现。此处传达了佩利阿斯的性情，这在赫西俄德《神谱》的叙述里已现端倪：

> 高高在上的佩利阿斯王，
> 鲁莽的人与暴力的施虐者。（行995以下）

品达在表现伊阿宋的回应时，将相应的主题细致分散于不同段落之中。对衬诗节描述了他的成长经历，并表明他想恢复继承权的意图。在末诗节，他简短回顾了家庭昔日命运，由此解释自己为何会在半人马的洞穴长大。这部分演说重复了第103行内容，并止于第115行。紧接着，他中断了自己的故事（"而你们都已知晓故事的梗概"，行116），转而打听他父亲居所的下落，并说出他的名字。比较一下伊阿宋这段演说与荷马笔下相似背景的演说，会十分有趣。③在《伊利亚特》第6卷第123行以下，狄奥墨德斯在战场上见到格劳科斯，问他是谁，格劳科斯以一串很长的演说（行145–211）回应，在总体介绍之后，用解释性的叙述充分说明

---

① 参Eur.H.F.1209。
② Hes.Theog.879; Homeric Hymns, *Venus* 108, *Ceres* 353.
③ 对照参Illig, op.cit., p.67。

了他的家乡和家庭，并以自我身份的表露告终。品达以类似方式写伊阿宋对佩里阿斯的回应，但只是略写。两种演说有着同样的高潮，即一开始就被期待的人物身份到最后关头才被揭开，且两种演说都在中间插入了关于家庭的细节。

伊阿宋演说的口吻显示出一种迷人的性格，冷静、恭敬、坚定。他没有透露自己认识佩利阿斯；他以在喀戎那里学到的礼仪直面佩利阿斯的傲慢；他完全不理会佩利阿斯的在场，以第三人称述说他的目无法纪、狂妄自大，并回应了他对当地居民的质问；直到最后一行，他才揭示了自己的身份。至于这场宣告对佩利阿斯产生的影响，品达则一概略去，[157]并在第120行的末诗节中段一处明显的剪裁（cut）中迅速进入一个新场景。而在史诗的写法里，这里的剪裁可能会补写佩利阿斯的反应，采取的表达形式可能是演说，①也可能是补写那些民众领着伊阿宋去往他父亲的房子。品达恰恰相反，他的下一场景是并列的：

> 他这样说；当他进去时，父亲的眼睛认出了他。

在伊阿宋的演讲中，或许只有一处措辞需要讨论。②第109行屈服于白色的心智（λευκαῖς πιθήσαντα φρασίν）的准确意义似乎仍是谜团。乍看之下，这一表述会让人以为是荷马的"服从悲伤的心灵"（φρεσὶ λευγαλέῃσι πιθήσας），但我们或许应该忽略记忆中的希腊语名词和分词，并谨防将白色（λευκαῖς）等同为悲伤

---

① Cf.e.g.Iliad 6.212 ff.
② 我展开的是R.B.Onians的看法，*Origins of European Thought*（Cambridge, 1953），p.25.。

(λευγαλέησι)，① 或假设品达确实将该词书写为诗史形容词的次级形式。在公元前五世纪的希腊，"白"一词用于描述那些因免于日晒而皮肤苍白并由此被认为女性化的人们，但这一感觉并不适合佩利阿斯。因此，最好的假设是品达在此以"白色的心智"作为"黑色的心智"———个在《伊利亚特》中出现了四次、在《奥德赛》中出现过一次的短语——的反语②，其后梭伦和埃斯库罗斯以多种形式选取或再造。③忒奥格尼斯和品达将黑（μέλαινα）一词用以形容心灵（καρδία），而索福克洛斯用的是《奥德赛》中的黑色脸孔的血气（κελαινώπας θυμός）一词。④

尽管在史诗以后的作品中，这些表述可能具有英语形容词当中那种黑暗灵魂或邪恶心肠的意思，但在荷马笔下，这个词字面意义或如奥奈恩斯（Onians）所言，指健康状态下的自然色。这一理解涵盖了短语出现的五个地方，其中两次（《伊利亚特》17.499及17.573）与邪恶心肠的意思毫无关联，其余三次是关于因正常事由引起的包括悲伤和愤怒之类的正常情绪。若在自然情形中，心智被描述为黑或白就会显得不自然和不正常。目无法纪者佩利阿斯[158]之所以是黑的，是因为他思想和情感的器官皆不健康，导致他做出暴力行为。我们的理解应止于此。品达的措辞在现存的希腊文学中独一无二。我们无法得知这一说法是自创，或是来源于其他史诗。在赫西基乌斯（Hesychius）的词条白色心智（λευκῶν πραπίδων）、邪恶（κακῶν φρενῶν）中，或可见一种曾出现在某个业已失传的文本中的相似的措辞；这一解释可支持

---

① 亦见 Hermann, *Opuscula* VII, p.289。
② *Iliad* 1.103; 17.83, 499, 573; *Odyss*.4.661.
③ Solon *ap*.Diog.L.I.6I; Aesch.*Persae* 115; *Eum*.459.
④ 参辑语108，行3；*Ajax* 955; Ar.*Ran*.470.

上述观点。此外，辞典中其他相关词条如愤怒（μαινόμεναι）、好（ἀγαθαί）、明亮（λαμπραί）、文雅（ἥμεραι）中，都没有注释可以作为依据。

品达在第120行弃用了戏剧性的叙事方式，转而描述老人眼中喜悦的泪水这一最显著的特征，由此简要展现伊阿宋与父亲相认的场景，随后详述亲戚们被召集参加一场长达五天五夜的盛宴。在第六天的一场会谈之后，伊阿宋的同伴们闯入佩利阿斯的大厅，于是对手双方再次面对面，而在第136–138行中谦恭过人的伊阿宋，在末诗节最后一行（行138）开场的演讲中表示了他的妥协，这段演说一直持续到新三联句末诗节的第一行（行155）。品达描述演说时常用这种跨行手法，[①]我们只有对此种技法的细节具备足够认知，才能衡量这种手法的整体效果；因为三联句内段落间的停顿长短、三联句与三联句之间的停顿长短、末诗节音乐伴奏的长短，都会随诗节而变化。然后，我们才可以更自信地从彼此孤立的三联句末尾去评价伊阿宋针对佩利阿斯开场白的重点，并评价下一末诗节的第一行结束演讲所取得的效果。这种超越诗节和三联句限制的句式结构上的连续性，的确是品达凯歌的一大特色，它们构成了品达抒情诗和戏剧间最显著的差异之一。[②]

伊阿宋在引人入胜的隐喻性（"明天"，行140）语言中以一个寻常的格言暗示而开场，[159]基于他对次日的严酷估计，他假设佩利阿斯可能出于对家族的虔敬而作出妥协。这是他提醒国王注意家谱的原因（行142以下）。在一个人出生时，命运女神

---

① 参第一首奥林匹亚凯歌，行75–85；第八首奥林匹亚凯歌，行42–64；第四首皮托凯歌，行229–231；第八首皮托凯歌，行44–55；第十首涅嵋凯歌，行76–88；第六首伊斯特米凯歌，行42–54。

② Nierhaus, *Strophe und Inhalt im Pindarischen Epinikion*.

就与诞生女神（Ἐλείθυια）密切相关，①因此，命运女神在建立家族和规范家族成员间的关系方面发挥着重要作用；所以在第98行以下，她们顺带为伊阿宋带来一种或许是迟来的、与佩利阿斯的粗俗截然相反的尊严。他们因家族纷争而疏离，导致敬畏的消失，而亲人之间本应彼此尊重（行145）。这种解释毫无疑问是正确的：②不定式消失（καλύψαι）是在解释"如果世仇产生"（εἴ τις ἔχθρα πέλει ὁμογόνοις），而非"命运女神就会撤退"（Μοῖραι ἀφίστανται）。就这一段的情绪而言，命运女神在一旁掩饰其羞愧的设想其实不甚恰当，而且从希腊文的语序上来说也难以成立。于是，伊阿宋坚持寄希望于佩利阿斯天性中的虔敬，以敦促亲属双方遵行礼法，控制他们的激情（行141），而不是以剑分割他们的遗产（行147-148）。对衬诗节由宣告妥协开始，最后一句进入末诗节，以坚定的祈使语气警告佩利阿斯，他如果不妥协可能会招致麻烦。

　　从回应看来，佩利阿斯似乎把握到了伊阿宋的语气；这位历来目无法纪又性情乖戾的君王，此时显得谦恭而圆滑。佩利阿斯的计划更为邪恶，因为他说出计划的话语，因为他为伊阿宋设置的艰辛任务（στονόεντας ἀέθλους）中的虔敬气氛。③任务有两个：将佛里克索斯（Phrixus）的灵魂带回家、取回金羊毛；这导致了伊阿宋的流亡（行159-162）。就品达关心的内容而言，佛里克索斯在叙事中没有再出现，我们只能猜测伊阿宋会埋葬他的遗骸或将其带回家乡，因此他的灵魂将在忒萨利故国安息，幽冥之神的愤

---

① 第六首奥林匹亚凯歌，行42；第七首涅墨凯歌，行1。
② Schroeder, *Pythien*, p.42.
③ Hes.*Theog.*994.

怒也会平息。有学者认为，品达的独创是以带回佛里克索斯的灵魂作为伊阿宋的任务，而其他权威说法都认为伊阿宋只是去寻找金羊毛。① [160] 品达这一不同说法，为阿尔戈船员们的进取心赋予了宗教意义：②家族必须从下界神明的愤怒中解放出来（行159），承担这一使命就是在奉行德尔菲神谕（行163以下）。

诗歌下一部分列举了部分航海者的名录，并描绘了旅途的准备工作。列举这一名录时，日常部分的抒情绝不少于叙事，尽管我们期待它可以相当简略。这张名录不超过十人，第188行称他们为"年轻的神子"，除了俄耳甫斯，他们都是诸神的儿孙。或许由于"平民"的身份，未见于名录的预言家摩普索斯（Mopsus）随故事的进展才进入叙述之中（行191以下）。倘若审视品达的名单，我们会发现英雄们在其中代表不同的要素和方面。米尼亚人（Minyans）由伊阿宋、欧法慕斯（Euphamus）和佩里克吕墨诺斯（Periclymenus）代表，多里斯人由赫拉克勒斯和狄奥斯库里兄弟（Dioscuri）代表。赫尔墨斯的两个儿子，由于他们名为厄喀翁（Echion）和欧律托斯（Erytus），吉尔德斯利夫将他们试译为"紧握住"和"用力拉"，象征双手的能力；而北风之神迷人的儿子们，他们背上竖着闪亮的翅膀，名字象征着风，除了故事中的传统作用，在航海中拯救菲纽斯（Phineus）于鹰身女妖时，他们亦起到重要作用。③至于俄耳甫斯，从对他"诗歌之父"的描述以及从句首"自阿波罗"的声望来看，品达很可能是将他列作音乐家以代表阿波罗，而无关乎他本人对俄耳甫斯的兴趣。有人提出，④

---

① Drachmann, p.135.
② Fehr, op.cit., p.85.
③ Cf.Ap.Rhod.2.178 ff.
④ Wilamowitz, *Pindaros*, pp.392 ff.

鉴于品达在书写阿尔戈船员时有明显化用某些西蒙尼德斯诗作的情形，此处俄耳甫斯的出现或许来自西蒙尼德斯描述鱼在歌声中跃出大海的片段：

> 在美妙的歌声中，
> 鱼纵身跃出蓝色的大海。（Bergk，40）

有人怀疑，关于第176行这两种说法究竟哪种正确：[161]俄耳甫斯是阿波罗的儿子，还是他从阿波罗那里习得音乐天赋？正如各种评注所说，古典学术的总体观点更倾向于第一种解释，仅有的争议都是针对名单上其余阿尔戈船员父母的名字。第二种解释来自亚历山大学者阿摩尼阿斯（Ammonius），①他指出出自（ἐκ）的用法来自赫西俄德的《神谱》（行94-95），两处文本极为相似。在第126则辑语中，品达称俄耳甫斯是俄阿格卢斯（Oeagrus）的儿子，这与通常的古典传统一致。而且，在"诗歌之父自阿波罗之处走来"没有分词表达式渊源和没有父母及后代专用词的情形下，"出自"一词在此场景中的使用，更像是指俄耳甫斯被阿波罗育化或鼓舞或者仅仅是被其派遣，而非说明他是阿波罗的儿子。这一观点，即阿波罗只是俄耳甫斯的音乐教父，或许能够从同一句子中"父亲"一词的隐喻用法得到印证。

这份名单，还有描述赫拉点燃英雄内心渴望的效果的句子（行184-187），让叙事的节奏舒缓下来，并在先驱者对冒险的召唤（"宣告每一次航行"，行170）与最终筹备的叙述之间，略作停顿。这一段（行171-187）极为有趣和重要，因为它揭示了品

---

① Drachmann, p.139.

达借以审视航海探索的精神。事实上,叙事的缓冲持续到雷电交加之时,伊阿宋的祷告庄严到近乎窒息(行197)。随后在先驱者的召唤及美好希望的激励下,停顿结束了,"渴望"突然在永无止境的划行中得到释放(行202),这些词汇由于处于开头和结尾而得到异乎寻常的关注。从这里开始,品达的叙事快速有力地推进,以期合乎船员们抵达目的地的热情。

我们必须详细探讨这段中的某些措辞。在第173行,品达以"尊崇强力"形容欧法慕斯和佩里克吕墨诺斯。一个通常是实指的或是个人范畴的动词,在此处限定抽象名词"强力",也可以译为"强度"或"英勇"。[162]这暗示着他们崇拜自己的英勇如同崇拜神明,一个在危险时刻不能做任何令其受辱之事的神明。第179行"涌起年轻活力"($\kappa\epsilon\chi\lambda\acute{\alpha}\delta o\nu\tau\alpha\varsigma\ \H{\eta}\beta\alpha$)的确切含义并不确定。这个动词对品达而言很奇特,他在其他地方用过两次:第九首奥林匹亚凯歌第2行中形容在较早时迎接胜利者的三重声音;在第61则辑语——一首酒神颂——第8行用于形容响板的噪音。本段的注释者们认为它可能是在描述流水声。① 赫西基乌斯将其训为作响($\psi o\varphi\epsilon\tilde{\iota}\nu$)。尽管难以精确表达,但此词看起来确实是一个指代声音的语词,或许是拟声词,在此可能传达了那些精力过人的年轻人在双重狂喜中所制造的噪音:叫声,笑声,还有铠甲声。这些措辞,连同北风之神儿子们的肖像,以及那些列举英雄的不同句式,为本来可能仅有人名地名的名册赋予了生命和多样性。

第184-187行表述的观念可在《奥德赛》(12.69ff.)中发现萌芽:赫拉帮助阿尔戈船渡过普兰克泰浮崖,"因为她宠爱伊

---

① Drachmann, p.140.

阿宋"。品达通过某些未知的中间来源发展了赫拉与阿尔戈船员的传说之间的联系，因赫拉激发了船员对船只的美好盼望，故而品达发现了这次航行的动机：那是某种极为有力的热情，足以克服一切恋家和安危的念想。"渴望"（πόθος）一词，在早期希腊语中总是意味着对缺失之物的向往，[①]于是我们应尝试体会，阿尔戈号对她的船员来说象征着一种欲望的目标，若非如此，生命将不完整。他们的船使自己陷入束缚——正如第218行以下，对希腊的渴望亦使美狄亚陷入束缚；他们背井离乡，"即便那意味着死亡，也要和其他伙伴一道寻求自己最伟大的卓越"（行186-187）。在早期的第一首奥林匹亚凯歌中，这些语词的本义能与之对应：

[163] 巨大的危险不会选择懦夫，佩罗普斯说到，
那么为何注定有死的人们
要坐在一个阴暗的角落，照料着毫不光彩的暮年，
以至错失了荣耀？（行81-84）

除了类似的隐喻，两段文字都对比了那些畏惧冒险者暗淡的居家生活与那些以冒险为荣者的生活。Φάρμακον（与 μηχανή 同义）指药品或特效药，而从克律西波斯（Chysippus）归于伊比库斯（Ibychus）的辑语中，可见与美德相关的属格形式（Bergk 27）：

---

① Ehrenburg in *Journal of Hellenic Studies* lxvii（1947），p.66.

> 死者再也无法找到药物重获生命。①

这句诗很难翻译，最好用释义来说明：每个英雄都会发现，即便遭遇危险或面对死亡，一种基于他自身美德的特效药也与他的伙伴同在。这段的三个关键词是危险、药物和美德。如我们所见，危险曾在叙事的开头出现（行71），在此处用作强调性的倒装——"毫无风险的……一生"，以及船员们驶进深海危险之处（行207）：事实上是危险这种药物成就了每个人的美德。第六首奥林匹亚凯歌表述了在没有危险的特效药的情形下，"贤良"可能的遭遇：

> 缺乏危险的英勇事迹
> 不会为（陆地上的）和空心船上的人们所敬重，
> 但如果以辛劳做出恰当的事迹，许多人将怀念它。（行9–11）

此外，这里的"美德"作为每个人的财富，事实上产生于一种共同的事业：这隐含在"自己"和"与伙伴一道"的对比中。

对于从伊俄尔科斯到法息斯河（Phasis）之旅的描述，品达略去了一些他在相关资料中必然发现的更著名事件（行202–211）。他以己意择取和舍弃，以便合乎他书写的抒情诗文体。例如，[164] 对于赫拉克勒斯在阿菲提（Aphetae）的流放、② 珀布律

---

① "药物"一词的类似属格用法，见 Eur. *Phoen.* 893 及 Plato *Phaedr.* 274c，品达对该词最出彩的用法是在第十三首奥林匹亚凯歌，行85。

② Hesiod Fr.154（Rzach）.

喀亚（Bebryci）王阿密科斯与波吕丢刻斯之间的拳击赛（据芝诺比乌斯［Zenobius］记载［V.I.44］，斯忒西柯罗斯提到了这场比赛）、北风之神的儿子们驱逐鹰身女妖、[①]菲纽斯在远征中起到的作用，[②]他都只字不提。对于返回途中前往利姆诺斯岛的旅程，他是唯一的权威。这种转变可能是基于结构性的理由：他在诗歌的第一部分已经提到了在利姆诺斯岛的停留（行50-52），在主要叙事的结尾详述了这一含糊的典故，而在第257行，我们要在阿尔戈船员返回之前让他们留在昔勒尼，强调这段叙事中的最后场景的意义。因为他们与利姆诺斯妇女的结合在昔勒尼故事中发挥了关键的作用，所以这样的强调十分必要。

只有两个事件标志着前往法息斯河的航行：建立波塞冬的祭坛、穿越撞岩。在黑海入海口的边界（行203），他们在一个现有祭坛上增加了属于众船之主波塞冬的区域，只要他们闯入那片冷漠的汪洋，自然就会崇拜波塞冬。两块活动撞岩的毁灭标志着航程的开启。品达叙述中充沛的活力与押头韵的描写效果，非常值得注意。他关注取得的成就：为了吸引后代诗人的注意，[③]他忽略途径，不在细节上耗费时间。确实，整个叙事中，从阿尔戈船员来到柯尔基斯人（Colchians）中间（行211），到瞥见龙口中的金羊毛——第246行的爆发之前，其间没有任何不相干的细节影响品达叙事的活力。

最为简要地提及与柯尔基斯人的战斗之后（行212），品达讲述的是：阿弗洛狄忒将魔幻的蚁䴕鸟（ἴυγξ）作为礼物赠与伊阿

[①] 或见于 Ibycus Fr.49（Bergk）。
[②] Hesiod Fr.52.
[③] e.g.Ap.Rhod.2.317 ff, 549ff.

宋，使他能赢得美狄亚的爱，并说服她反过来使用法术帮助自己。无论在这首诗还是其他现存作品中，①他都不曾详尽阐述她的性格，也没有暗示她在希腊文学中所具有的形象。对他而言，美狄亚是一个充满灵感力量、[165]实践常识并擅长魔法的女先知，同时她又是一个体会到激烈欲望的少女，她离家出走，与那个以魔法赢得她芳心又被她以魔法拯救的爱人远飞希腊。②品达以朴素的叙事表明爱情和魔法的配合对赢得金羊毛何其重要，在阿波罗尼乌斯对同一主题的处理中能发现细致入微的阐述，与品达叙事的古典简约形成结构性对比。这一差别不仅在于诗歌风格，更关乎态度：随着浪漫精神的成长，品达平实的黑白素描中填充了变化无穷的色彩和心理细节。

最后的片段由两个场景组成，场景间由一段简短的直接演说切分，这段话的最后一行开启了一个新的三联诗句。值得注意的是，品达应该在两个三联句之间划分埃厄忒斯（Aeetes）两行半的演说，并且毫无疑问地强调新三联句开始的四个单词，因为这四个单词描绘了他们远航追索的目标：

羊毛随着金色流苏闪闪发光。（行231）

说出这一挑战的演说前后，品达分别设置了耕牛犁田的对应场景，先是埃厄忒斯，随后是伊阿宋。首先，诗人关注公牛的暴力以及埃厄忒斯如何轻松熟练地驱使它们负轭深耕。随后，他的关注点转移到伊阿宋：他的番红色斗篷，他对神的信仰，以及由

---

① 参第十三首奥林匹亚凯歌，行53；辑语155。
② 见第九首皮托凯歌，行39；辑语107，行2；辑语108，行9。

于美狄亚的技艺，他面对火焰时一脸的坚定。对伊阿宋这一部分公牛负轭和耕作的描述，尽管与前一部分平行，却有着截然不同的意图和效果。第234-236行并没有重复前一个场景：这些诗行将伊阿宋的不懈努力与埃厄忒斯的轻松技艺对比，并通过谨慎选择的沉重词汇组织出一个厚重的句子以呈现效果，精彩地表达人、牛间长久而缓慢的力量斗争：

[166] 在拖犁之后，他竭尽全力将铁轭套上牛脖子，
并用尖头棒不断攻击它们硕大的身体，
他以非凡的勇气为斗争的使命奋战到底。

战友们抛叶（φυλλοβολία）迎接伊阿宋的胜利，这通常是对竞技胜利者的致意方式。在这个对衬诗节的最后有一处叙事停顿，高潮场景停留在巨龙守护的金羊毛出现之际：最后两行（行245-246）再现了品达的风格，而在某些史诗原作必然采取一种明喻的方式。

随后的末诗节开头第一句，是常规的离题方式，尽管诗人意识到要尽快完成余下部分的叙述。这种程式在故事讲述之中出现十分自然，[①]并且此处使用的比喻手法同样出现在品达其他作品中。[②]他拒绝平铺直叙的冗长方式，这无疑会使他跳过细节，只对长篇中各事件点一笔带过，如伊阿宋杀死巨龙及播种它的牙齿、他在美狄亚的帮助下重获力量、他被阿布绪尔托斯追击以及返程中的种种冒险。他选择性地简略叙述（行248），删去了大部分事件，余下部分则

---

① Cf. e.g. *Iliad* 12.176.
② 如第十一首皮托凯歌，行38以下；第六首涅嵋凯歌，行54。

以最为扼要的方式提及。例如，他仅仅提到伊阿宋扭转巨龙灵巧的脑袋的技巧（τέχναις），这一语词隐藏于魔法和诡计背后；对美狄亚谋杀佩利阿斯则以同位语的形式蜻蜓点水：佩利阿斯的杀害者（行249–250）。

"对其他很多人，我都是诗艺的引领者"，这句话似乎表明他的诗艺足以成为他人的向导，仿佛品达自认为发现了一种新的技艺。① 同样的观念也出现在上述已讨论的两段中，尽管是以不同的隐喻方式表达，且不太明确。② 至于他对"时间"（καῖρος或ὥρα）的关注，正如此处所说，他必须将大量材料压缩在一个精炼的范围，以便合乎他一贯的要求并满足听众的品位。③ 或许他正是通过这种压缩技巧得以在两行中吸引他人注意力，而第249–259行其余的叙述部分，则是操作方法的例证。无法说清这里的"其他人"是谁，[167]也可能不必言说。品达可能一直在思考他的史诗素材、他的抒情诗前辈比如斯忒西柯罗斯、他的同代人比如巴克基里德斯。④ 无论如何，不应将这些话完全脱离上下文而提升到一种关于诗艺的大原则中，从根本上说，它们表明了诗人意欲尽快完成他的长篇故事并返回凯歌的歌颂场合和目标。它们与上下文的紧密关系，或许可以在第249行看出，这一行没有连词关联，直接重新转向叙事；而且，动词杀死（κτεῖνε）没有主语，这也体现了这段关于诗歌的话的插入语特性，仿佛故事从第238行延续而来，而伊阿宋正是上述最后一句的主语。

---

① Norwood, op.cit., p.169.
② 第一首皮托凯歌，行81；第九首皮托凯歌，行76。
③ 参第四首涅墨凯歌，行33。
④ 斯忒西柯罗斯的诗作很长，足以集结成书，参 Ox.Pap.1087.ii.48。品达的略写笔法见第五首涅墨凯歌行9–16，及 Wilamowitz, op.cit., pp.172–174.

阿尔戈故事尚未说尽，叙述已逐渐回到阿刻希劳斯和昔勒尼。品达在第250行行首以呼格插入了国王的名字，并在诗歌中第一次使用人称代词"你们"（行255及259），似乎在国王与他的人民之间建立了必要的亲密关系，这对于他实现达墨菲洛斯的目标至关重要。我们已经了解用到访利姆诺斯岛结束叙事的意义，品达最终点明了这个地名，在这里，阿尔戈船员与岛上女人们的子嗣找到了前往昔勒尼的道路。因此，这一段（行252-262）集中于解释美狄亚预言中隐含的、零散的话语。唯一增加的细节是岛上的体育竞赛，奖品是衣物，据古代注者的说法，这个细节来源于西蒙尼德斯；① 而关于利姆诺斯女人众所周知的可怕特质，仅有的暗示是"杀害丈夫的利姆诺斯女人"这个称号。

在讨论诗歌最后部分之前，我们可以考虑一个问题：阿尔戈英雄的神话与达墨菲洛斯之间是否相关。佩利阿斯与阿刻希劳斯之间、伊阿宋和达墨菲洛斯之间的任何类比都必须坚决摒弃，但是，假如我们在内心容忍希腊人的自然倾向，[168]以便观察神话和传说情节处理的种种先例和模式，而且，假如我们回顾品达对故事的表述，就会发现些许特质，这些构成了他面临的问题的恰当背景。首先，叙事中贯穿全诗并在重要节点上出现的总主题是"返乡"。② 品达在开篇述说美狄亚对忒拉城的预言用了 ἀγκομίσαι（"回家""带来"，行9）一词，这时，返乡的主题就已出现。随后，我们听说利比亚的土地重归非洲本土，听说佛里克索斯灵魂的复苏以及自远方而来的金羊毛，听到阿尔戈船员们最后实现伊阿宋在启航之初关于还乡的祷告。所有这些当然都是传说的情节，

---

① Drachmann, p.160.
② Gildersleeve, op.cit p.281.4

但我们大约能从中感受到，在持续使用返乡主题并选择某些措辞时，①诗人试图以"返乡的时光"（νόστιμον ἦμαρ）②概念表明国王内心作为流亡者最深切的希望。

另一种与品达式手法相关的特征体现在伊阿宋的个性上，他的个性反映了一种侠义精神的理想，这在人物言说的情感中体现得尤其显著。在伊阿宋身上，阿刻希劳斯能够看到谦恭、克制的品质，尊重为应对佩利阿斯而以妥协和非暴力精神所缔结的大家庭，这将为他本人处置与亲戚达墨菲洛斯之间的争执提供一种行为的可能。但无论如何，我们不应受这些因素的影响而将故事的解释导向一种寓言：我们应该仅仅注意这些特质，并有理由相信，当品达请求阿刻希劳斯回想一个被驱逐的对手时，这位国王显然会注意到这些细节。诗歌的最后五节关注的正是品达的这一请求。

分词从句转入对衬诗节的第一行，即第262行。这个从句的焦点是阿刻希劳斯和他的人民"听取正确意见的智慧"（ὀρθόβουλος μῆτις），这样，品达通过这个分词从句就准备好吁求国王紧随其后的明智。这一从神话转向具体目的的写法有序而高效：品达对昔勒尼人预设规定了他要求国王应该展现的品质。他以"你应该知道俄狄浦斯的智慧"开启了他的申述，并为他设了一个谜。这里的"智慧"一词指解决谜题的特殊技能，[169]正是由于这样的智慧，俄狄浦斯才如此著名，阿刻希劳斯应该懂得的也是这一智慧。如古代注家所说，橡树指达墨菲洛斯。③对衬诗节描述了一

---

① 参第四首皮托凯歌，行32、行196。
② [校注]"返乡的时光"（νόστιμον ἦμαρ）是荷马的成语，参《奥德赛》1.9, 168; 3.233。
③ Drachmann, p.163.

个漫长的时间段，而其主句在第265行中间，辅以两个条件从句，构成整个结构的基石："它仍为自己投了一票。"即使树枝和果实枯槁，树还是为自己投了一票，无论用作冬日的柴火还是用于建造，都注定远离它生长的厚土。有人认为，此处关于投票（ψῆφον διδόναι）的含义可以在埃斯基涅斯（Aeschines）那里找到线索：

> 在各市区间有一系列投票用以核定登记的城邦民，你们每个人都为自己投票，以此确定他是不是真正的城邦民。（Tim.77）

即便对一个抒情诗人的某个特定段落而言，在解释时引证阿提卡古代法律的技术性条款，也是相当危险的，不过，这种解释其实颇为明智：橡树提及了关于自身身份的选票。同样，流亡者尽管被剥夺了荣誉，也依旧可以提交关于自身身份的选票；尽管处于放逐状态，但不管遭遇如何，也仍然保有起码的资格。品达在第281—287行肯定了达墨菲洛斯的品质。

这一对衬诗节还提及了另外几点。[①]很可能这里呼应了《伊利亚特》中对阿喀琉斯权杖的描述：

> 以此权杖起誓，
> 此权杖自断离山木之初，
> 即枝叶不生，永不复鲜绿：
> 因铜刀已削其叶、去其皮。（《伊利亚特》1.235—238）

---

① Schroeder, *Pythien*, p.47.

荷马提供的本质要素，我们在品达的作品中也可以看到：一段木头离开山间的母树，又被刀削去了树叶和树皮，它不再能长出新绿，而是被赋予了新的[170]用途。品达择取这些要素并有所发展，通过对树的拟人化处理，给予其崭新的生机和力量，以此唤起对它的同情，而诗节的最后两行极为巧妙地提示流亡的感伤：

> 它在异乡的墙与墙之间做辛苦的梁木，
> 在离开自己的荒凉之地以后。

从第267行来看，我们很难确定，橡树是被立柱支撑作为横梁，还是与其余立柱一起直立在地面上。前一种解释能够凸显橡树的特性，假如希腊人认可的话，这一解释也许备受欢迎。[①]

在随后的末诗节中，品达委婉提出，阿刻希劳斯作为一个娴熟的医师，应以温柔之手治愈内乱引起的创伤。他从对内乱的一般性反思转向国王本人（行275以下的"你"和"你应承受"）和他的城邦，然后，在最后一个三联诗句的首诗节中，在向荷马模糊地提那个人之后，终于说出他的名字达墨菲洛斯；这个名字首次在诗中出现，以一种间接的形态置身诗节的核心（行281）。诗节开场与第263行"你应该知道俄狄浦斯的智慧"形成对照。品达说，除了揭开谜团，还应将荷马之言铭记在心，这一句回响着

[①] 1951年5月15日，伊丽莎白公主（[译按]即后来的伊丽莎白二世女王，1952年2月6日登基）在一个纪念典礼献词时说："温莎市政厅（Windsor Guildhall）主要的支撑横梁，是250年前就放置上去的古老橡树的树干。"

荷马史诗中的诗句:①

> 我将对你述说的另一个词语,你应铭记在心。

古代注家②发现,第278行参引了《伊利亚特》(15.207):

> 当信使明智,事情就能顺利完成。

当伊里斯(Iris)为波塞冬带来宙斯要求停止介入战争的消息时,波塞冬对伊里斯如是说。这是品达唯一一处点出荷马姓名的引文,其实与原文相差甚远,他极有可能是凭记忆中的《伊利亚特》用了这句话——假如不是整个语境。伊里斯的目的[171]是以传递宙斯消息的方式说服波塞冬,品达则是达墨菲洛斯与阿刻希劳斯间的信使。伊里斯能够成功说服波塞冬,很大程度上归功于他在第201-204行的明智言论,尤其是:

> 你会改变心意吗? 高贵者的想法是可以改变的。

伊里斯这样假定波塞冬是高贵者,并且会转变其无可妥协的态度。品达在第270行以下对阿刻希劳斯的明智也做出某种假设,并期望自己对他的塑造能获得同样的成功。

对达墨菲洛斯个性的勾勒和褒扬,占据了通常为此类主题而保留的凯歌结尾。品达对这个年轻人个性的刻画方式与他的许多

---

① *Iliad* 1.76; *Odyss* 15.27, 318.
② Drachmann, p.165.

诗歌类似。品达说达墨菲洛斯没有清亮的嗓音去诋毁（行283），可能只是说他的行为不至于引起诬蔑，尽管其言辞在某种程度上是被动的、含糊的。①"没有与贵族发生争执"（行285），这就否定了对达墨菲洛斯的指控，即与支持国王的贵族党发生纷争。后面两行诗较有难度。很显然，拖延（μακύνων）和时机短暂（βραχὺ μέτρον）之间存在语词的对比（行286）：他不拖延结束任何行动，原因正在于，他知道时机转瞬即逝，必须即刻抓住。他事实上是一个懂得恰当时机的人（ἐπίκαιρος）。②从第287行来看，是达墨菲洛斯而非机运正好占主导地位。从人类的观点来看（行286），主导的原则是机运，而达墨菲洛斯对待机运，如同一个守护荷马战士的侍从（θεράπων），在战争的压力下，侍从会立刻服务战士，因为在战争中拖延目标（μακύνειν τέλος）很可能会致命。与侍从相反，仆从（δράστας）只是奴隶，③是消极怠工的苦力。在强调达墨菲洛斯的实践能力时，品达希望向阿刻希劳斯指明，达墨菲洛斯那些令人钦佩的品质，正如最好意义上的侍从；品达在第288行暗示达墨菲洛斯知道得很清楚（καλὰ γιγνώσκει），这个词组似乎对应了前一行的他也知道，"好"（καλά）这个词所含有的其他意思，还暗示他知道该做正确的事情，但却被迫流亡，无法在他自己的 [172] 国家施展才华。"俗谚"（φαντί，行287）一词，由于第289行的"止步"（ἐκτὸς ἔχειν πόδα）而带有一种平凡的感触，后一个表达很可能脱胎于一句俗语。

---

① 参第四首伊斯特米凯歌，行8；第七首奥林匹亚凯歌，行90；第十一首皮托凯歌，行55以下。

② ἐπίκαιρος这个词在第270行用来形容国王阿刻希劳斯。

③ [校注] 侍从（θεράπων）是自由人，荷马史诗里常常也有副将的意思，而仆从（δράστας）是奴隶，有很大区别。

在竭尽全力完成这位年轻人的特写之后，品达将他唤作第二个阿特拉斯：远离家国，与苍穹的重量搏斗（行289以下）；而品达首先引导国王注意到宙斯释放巨人，而后又希望他注意一个事实——当风势减弱时航向必须转变，这是一个在任何无常情形中都十分熟悉的形象。①关于宙斯的行动，品达在为忒拜人创作的早期颂歌中曾有提及：

经您的手解除桎梏，诸神之王。（辑语16）

这两段很可能是希腊文学中现存最早提到宙斯仁慈的地方，②尽管没有什么证据显示，宙斯释放提坦巨人是仁慈的自发行为而非谈判的结果。无论如何，品达非常善于在阿刻希劳斯面前择取前例。

诗歌最后一个末诗节是达墨菲洛斯的祷告，并唤起一个美好的场景，充满盛宴、音乐和优秀朋友陪伴下的快乐。"让他的心灵纵享青春年华"（行295），这看起来很像古老酒歌中的第四件佳事的品达版本：③

第四是与一位友人一同年轻。

达墨菲洛斯最重要的许诺在最后：

---

① 参第七首奥林匹亚凯歌，行95；第三首皮托凯歌，行104。
② Hesiod,《劳作与时日》169b, 几乎可以确定是伪作。
③ 引自 Athen.XV.694cf.。

> 安宁地生活,
> 不对任何人造成困扰,不为同胞所害。

这些话意味着,正如上下文和品达对"安宁"一词的用法所示,[①]他受罚流放,不再参与政治,而仅仅是与他的同伴和谐相处,安宁生活。

回顾这两首诗歌,在同样的场合向同一位国王演说,[173]其目的和特色却截然不同,我们不禁惊讶于品达的天才之宏阔。第五首皮托凯歌是应景诗的一个出色范本,在这一类型的创作中,所有需求都应该得到完全适宜的实现。所有内容都高度相关。对王权的开场致礼、关于胜利的种种细节、神话、对始祖阿波罗的颂歌、诗人以其个人对昔勒尼的情感而作出的陈述、对偏远居民的一瞥、对当下城邦的描述——所有这些都在完美连续的表述中相互关联,因此,过去与现在、传说与历史,都兼容于完全统一的艺术作品中。

第四首皮托凯歌,旨在请求阿刻希劳斯让诗人的朋友不再流亡,复归故土,但实际影响远超这一目的。同时,这首抒情诗囊括了史诗部分。以长度和规模而言,它在品达作品中十分独特,而针对一座希腊城邦的私人政治这一特殊问题的指引,亦十分独特。诗歌的最终目的直到第十二个三联诗句的对衬诗节才最终呈现,也就是在诗人结束金羊毛的故事并使自己的讲述方式留下完整印象之后。因此,我们可以合理地推断——这也正是本章的努力所在,品达在他的叙事中处理了某种特质,尤其是关于返乡的观念和伊阿宋的品性,从而有利于向国王传达他的申诉。诗中若有某种统一性,便应在这些章句中探求。

[①] 见下文关于第八首皮托凯歌的讨论。

第十二章　第八首皮托凯歌

［174］我们可以放心接受关于这首诗创作年代的传统看法。第八首皮托凯歌为纪念阿里斯托墨涅斯在公元前446年皮托竞技会上赢得摔跤比赛而作，这是唯一一首为纪念埃吉纳人的胜利而创作的皮托凯歌，并且，据我们所知，这首绝无仅有的诗是品达为失去独立的埃吉纳而作；由于雅典人在公元前457年的恩诺斐塔（Oenophyta）战役中获胜，埃吉纳最终被征服。①穿过那降临于埃吉纳岛的黑暗，品达似乎寻到一丝希望，于是受此启发，在诗歌的末尾祈祷埃吉纳重获自由。也许这希望的确为诗人和从诗歌中听闻雅典战败消息的埃吉纳人带来了鼓舞：雅典人在公元前447年的科罗尼亚（Coronea）战役中惨败，被迫放弃整个波俄提亚。②以上就是这首诗涉及的简单历史背景。

埃吉纳有强大的海军和商业力量，品达认为繁荣时期的埃吉纳是雅典的长久劲敌，此种看法亦出现在许多凯歌作品中，③主要集中于为埃吉纳人所作的涅嵋凯歌和伊斯特米凯歌里，但表述最清晰的莫过于早期的第六首太阳神颂（公元前490年）第124-131行。我们亦可回顾品达在第七首皮托凯歌（公元前486年）开篇关于雅典

---

① Thuc.1.108.
② Thuc.1.113.
③ 关于雅典与埃吉纳的关系，参Herod.82 f。

的记述，以及在第64-65则辑语这两首酒神颂中关于雅典对抗波斯人之成就的祝颂。考虑到在第八首皮托凯歌创作前的十五年间，雅典人的活动如何影响了他的性情和同情心，那么，这些语句以及他于六世纪末在雅典学习音乐的事实或许尤其令人难忘。①

开篇的三联诗句中最为恢弘的部分依托于传统颂歌的脉络。品达吁请安宁女神，请求她接受来自阿里斯托墨涅斯——一个即将成年的埃吉纳青年的皮托竞技会胜利祭品。这一吁请［175］并不意味着安宁女神在埃吉纳享有祭礼和神庙，尽管这一暗喻背后指向的是凯旋者在祭礼队列中为胜利而行感恩祭仪的场景。这无非是一种文学惯例。传统祈祷-颂歌的其他特征，可见于此处吁请的安宁女神的属性、第6-7行以重复的代词（"你""你的"）对她的功用的陈述，以及对那些功用如何实现进行的神话式的解释（行12-18）。

尽管序曲的形式已足够直白，其内容仍引发了不少问题，而这些问题唯有经过谨慎的文本考察才能解决。首先我们必须尝试发掘品达的善思的安宁女神为何意，为何称她为正义女神的女儿。考察品达使用过这个语词的一些段落，或许可以发现，该词对他而言具有政治意义，也意味着一个城市内在的安宁，与之相反的则是内乱。例如在第四首奥林匹亚凯歌第20行，品达描述卡玛里纳的珀修米斯（Psaumis of Camarina）为：

> 以纯洁之心向热爱城邦的安宁女神奉献。

---

① 关于这一点我主要参考了Wade-Gery, *Journal of Hellenic Studies* lii（1932）, pp.214 ff; 亦见 Wade - Gery and Bowra, *Pythian Odes*, pp.143 ff.

考虑到这里对安宁女神的称呼是"热爱城邦的",那么,此处用词无疑具有政治含义,且这句话暗示珀修米斯不会因陷于混乱而扰乱城邦。与之相似,在第四首皮托凯歌第296行,流亡的达墨菲洛斯卷入内乱,祈祷"安宁生活,不对任何人造成困扰,不为同胞所害"。在第一首皮托凯歌第70行,品达希望希耶罗让新成立的埃特纳的居民生活在安宁之中。这引发了安宁和混乱间的对比,其中最显著的一处来自一首致忒拜的合唱颂歌辑语(99b),它很可能写于波斯战争期间:①

[176] 那能为城邦共同体带来好天气的人,
让他寻找高贵安宁的光明,
抛却内心复仇的一面,
那贫穷的赠予者和可恨的青年养育者。

表面看来,在第八首皮托凯歌开篇,品达在讲述城邦和谐的良善精神。这对于公元前446年的埃吉纳是否足够恰当,古代注家们也很难确定。假如安宁的含义能扩展到大体囊括宁静与安宁之义,而与之相对,混乱更具备战争之义,那么,正如第3行和第二首太阳神颂歌第22行所示,这首诗针对当时雅典长期搅乱希腊世界的状况,就具有更为深刻的意义。② 而从这一序曲中读出过多同时期的历史,或在菲利翁和堤丰中看到雅典自身,也许都不明智,但是,听到这首诗歌的埃吉纳民众或许会由于他们处境的

---

① 可能是对 Ar.*Av* 1321 f. 的回应。

② Wade-Gery, loc.cit., p.224, 关于安宁的研究, 参 R.A.Neil, *The Knights of Aristophanes*(Cambridge, 1901), pp.208 f.

压力而作出类似比较。

尽管安宁女神的公共性层面主导了该诗开头的三联诗句，但我们仍能从其背景中感受到更私密性的意义。这种意义可见于前文所引第四首皮托凯歌的相关段落，还有第十一首皮托凯歌第55行以下那些令人印象深刻的语句，品达在其中说到，过着安宁生活并逃离了可怕暴力的人在后代间英名流传。这一语词也意味着心灵的安宁、对混乱的摆脱，这几乎就是在富裕和历史悠久的贵族社会休闲文化中的一种寂静主义。在公元前五世纪后期的语言中，这一寂静主义态度与典型的雅典民主人士的躁动相反，并转变为政治中立的超然宁静（ἀπραγμοδύνη）。① 在这首颂歌中，这层语义的确仅仅是潜伏于安宁女神背后的阴影，但我们可以由此体会品达内心视其为信仰的要素。

品达对安宁女神作拟人化的处理，还让她成为正义女神的女儿，这遵循了能够在赫西俄德《神谱》中发现的类似的古老原型。在《神谱》第901行以下，忒弥斯（Themis）[177] 以母亲形象出现，为宙斯生下了时序三女神，即正义女神、善政女神与和平女神；品达在第十三首奥林匹亚凯歌第6-8行直接引用了这一谱系，他称这三种力量留存于柯林斯，在海湾守护着繁荣并教给柯林斯人卓越的运动能力和许多古老的技能。与之相似，他借用了《神谱》第371行的太阳神之母忒伊亚（Theia）的形象，在写第五首伊斯特米凯歌的序曲时，发展了忒伊亚的形象，称其为富有和神奇之源。对拟人化名词的延伸处理，无论是他自创还是借自更早的来源，在他的许多序曲书写中都能得见，这些例子表明，他

---

① Cf.Thuc.1.70, 关于"超然宁静"一词，参见Wade-Gery, loc.cit., p.224 f. 及Ehrenburg, *Journal of Hellenic Studies lxvii*（1947）, pp.46 f.

扩大了语词内在意义，为语词注入了明确的个性，使他的思想具有生命力，并提升了在语言组织表达等诸方面的能力。①

埃庇卡摩斯（Epicharmus）事实上是把安宁女神拟人化的首创者：②

> 安宁是一位迷人的淑女，
> 与谦逊为邻。

但只有品达才让安宁女神发展为一种力量，并赋予她重要的亲缘关系。赫西俄德从未提及正义女神有后代，这很可能是品达在这一序曲中的创想。正如在第十三首奥林匹亚凯歌第6-8行那样，三位时序女神作为忒弥斯之女的赫西俄德式联合，是正义女神、善政女神以及和平女神的庄严组合，而在本首凯歌里，安宁女神取代了正义女神，成为令城邦伟大的力量，这是就"令城邦伟大"的传统译法之一。古代注疏记录了对开篇诗行的评注：

> 他说到，最有诗意的是，安宁乃正义的孩子，以相同的方式反向来看，他是说骚动乃不义的孩子；③

而罗伯逊（D.S.Robertson）坚决认为，这条古注表明品达很可能在某处拟人化了骚动（θόρυβον），并称其为不义的孩子。④倘若如此，这就是另一个有关他在赫西俄德的线索中创作的案例，他在

---

① 如第十二首、第十四首奥林匹亚凯歌；第七首、第八首涅墨凯歌。
② Fr.101（Kaibel）.
③ Drachmann，p.206.
④ *Classical Review*（N.S.）ix（1959），p.11.

其中构造鲜活的 [178] 拟人形象和谱系，进行概念思维上的尝试。

品达将安宁女神写为正义女神的女儿，如果我们要阐发其中的暗喻，就要注意品达随后的做法，他将她设想为许多大门的钥匙，通过这把钥匙，人们可以深思门后重大的政治议题，包括战争。因此，安宁女神具有两面性：既善思又粗暴。她了解如何扮演并接纳温柔之举（行6），也能以暴制暴（行8-12）：她能手握钥匙开启那些门锁，释放战争。第八首涅嵋凯歌开篇也提到过时序女神类似的两面性，当肉身美的力量激起性欲：

> 年轻的美人，
> 阿弗洛狄忒神圣欲望的使者……
> ……
> 一个你以温柔之手高举激情的节制，
> 另一个却以不同的手对待。
> 人应满足于不偏离任一使命的正确目标，
> 同时有能力获得高尚之爱。

该语境强烈暗示对"高尚"作爱欲的解释，① 因为对秩序的激情约束着年轻的恋人，一边是激情，一边是暴力。短语"不偏离任一使命"暗示向爱人敞开的一种选择，介乎更好与更坏的爱情之间；在此，爱人是自主选择。但在这首皮托凯歌里，是安宁女神选择何时温柔何时强暴，由她控制适度的原则（行7）。

必须要理解适度原则的重要性和趣味。这意味着安宁女神具有可靠的直觉，知道何时该温顺，何时该突袭傲慢的敌人；一言

---

① 类似用法见 Bacchylides, Fr.20 B.6（Snell）。

以蔽之，她对正义具有确切的感觉。适度和正义的紧密关联在希腊文学中较为常见，散文和诗歌中都有；[179]实际上它们有时看起来同义，都表示选择和行动中的对错边界。① 于是，在此诗开头十行，我们看到正义女神和适度原则之间建立的联系，而乍看之下，安宁女神的活动仅仅为正式的亲缘赋予了更整全的意义，似乎品达将她写为正义女神的女儿，是为了随后能将她描述为能够依据适度原则而行动。第二首太阳神颂歌第20-22行的上下文有助于进一步理解"适度"的含义，即选择的意思；这首诗很可能创作于公元前480年波斯人火烧雅典卫城后不久：

若一个人在帮助朋友时与敌人激烈交锋，
他的辛劳会带来和平，
假如是以恰当的方式应战。

这段话与第八首皮托凯歌第10行以下的文字在语言上的相似性的确很大。② 除此之外，本身就很重要的是，这几行太阳神颂歌的要点在于，如果一个人加入了战斗，假如他的辛劳是为了带来和平，他就必须掌握敌我间的界限，并知道该在哪一方战斗。

回顾先前所探讨的关于品达在序曲中对安宁女神内涵的延伸，我们也许能和诺伍德一样感到，似乎在品达现存的诗作中，唯有在此处，他超越了传统的拟人化希腊诸神，因为，传统诸神

---

① L.R.Palmer, 'Indo European Origins of Greek Justice', *Transactions of the Philological Society*（1950）, pp.150 ff.
② H.Fränkel, op.cit., p.636.

可以被称为道德标准，而品达此时通过安宁女神设想了一种超越诸神之力以约束世界的道德平衡。①具有精确选择的意识，以正当原则而非强力原则用于实践，安宁女神具备的这种道德状态，我们在品达其他作品中常见的诸神秩序中从未见过，更何况是她自己将暴力打入船底（行11以下），而宙斯和阿波罗神只以次要角色出现，并以他们惯用的武器摧毁暴力的代表（行16-18）。[180] 即便是在第一首皮托凯歌中象征和谐以及赞美音乐的里拉琴那里，这种道德化的内容也很罕见。尽管我们可能注意到，在那首凯歌里，诗人发挥其思考的方式与此处并没有什么不同，具体来说，在那首凯歌里，从音乐对创造的整体影响，到那些宙斯厌恶的并遭受毁灭的诗乐之敌，诗人都发展出了他的思考。

关于神话范例的选择无需赘言。普非里翁和堤丰象征扰乱安宁的暴力。至于巨人之王的具体罪行，则备受争议：据古代注家的说法，他偷了赫拉克勒斯的牛；阿波罗多洛斯则认为他冒犯了赫拉。②在第13行以下插入的格言表明，道德很可能适用于普非里翁的具体罪行之外的所有抢劫和侵略行为；而第15行的动词"挫败"很可能是格言式的不定过去式，表明这个句子也是格言的一部分。既然第13–15行是插入语，那么第16行的代词显然是指安宁女神。最后，我们应该注意第16–18行巧妙的结构和语序，将阿波罗安排在一个从句的结尾，并用下一从句的开头（ὅς）来接应，这样就能轻易实现从前奏到颂歌的过渡。第18行的阿波罗并不亚于安宁女神，也包含两面性：他以毁灭之箭应对巨人之王，却"以亲和的心智"接受了阿里

---

① *Pindar*, pp.55 f.
② Drachmann, p.208; Apoll.I.vi.3.

斯托墨涅斯。末诗节最后的从句很可能是对游行颂歌的即兴引用，颂歌伴随阿里斯托墨涅斯在胜利后从柯丽萨游行到阿波罗神殿。

第21行开始的新三联句简单提及埃吉纳，以及它与埃阿科斯（Aeacus）的关系。普遍认为，远落（ἔπεσε）的隐喻来自骰子的投掷，而这座岛屿（ἁ νᾶσος）是τὰ τᾶς νάσος的缩写。① 第22行埃吉纳的称号呼应了诗歌开头的正义女神，而且，正义城邦和伟大城邦这两个希腊语词间的节奏和词语关联，使这一思想上的联系更为明晰。两个形容词皆由其独特性而获得力量。品达因竞技技艺、因战斗中载誉的英雄们和杰出者而对埃吉纳做出的赞美十分简短，乃至于有些随意；[181] 尽管如此，诗人在第29-32行采取了常见的离题和过渡模式，当一段赞美的神话在某一长度中离题时，他常用这种方式返回歌唱的场合。② 此处虽然没有写明回到凯歌歌唱的场合，但我们可以猜测，这首凯歌此时应该回到了歌唱的场合。

对衬诗节的最后一句极受关注。"让我脚旁的事物迅疾前行吧"（行32），诗歌主旨是胜利者的委托，从随后选用的语词"应尽之责"可以看出这一点，但从"最新展露的高贵"的含义来看，诗人要歌唱的内容还包含最近的胜利本身，诗人的艺术必须为这场新的胜利插上荣誉的翅膀。这两方面在一种狂放简明的语言中交融。在第34行，品达再次以自身意图改写了忒奥格尼斯对居尔诺斯的宣告："凯旋的声誉得以远播"，正如第六首涅嵋凯歌第48行所言：

---

① Schroeder, *Pythien*, p.70；Farnell, op.cit., II, p.194.
② 参第二首奥林匹亚凯歌，行95以下；第十首涅嵋凯歌，行19以下；见Schadewaldt, op.cit., p.339.

> 他们的名字自远方飞过，
> 翻越土地，横越大海。

在品达作品的其他两处，即第五首皮托凯歌第114行以及第七首涅嵋凯歌第22行，"羽翼"（ποτανός）都与诗有关。前一处中，名字用于诗人自身，第二处则用于他的艺术，二者皆有羽翼。唯有此处，羽翼被用于他诗歌的主题，否则诗人的技艺便无法奋飞。或许，第九首涅嵋凯歌第7行"不要对高贵的成就保持沉默，令它在地上[隐没无闻]"也可以用这一隐喻来解释：若诗人保持沉默，那么高贵的行为就只能在地上[隐没无闻]。

忒奥格内托斯作为青年摔跤选手获得奥林匹克竞技会胜利的时间，大约是公元前476年。① 西蒙尼德斯的一句格言以及泡赛尼阿斯对其雕像的描述，为他这个名字提供了些许材料；② 他的另一位叔叔名叫克莱托马克霍斯，除此之外别无所知。三十年后这个侄子未使叔叔蒙羞，反而继承了摔跤技能并为家族增添了荣誉（行35–38）。神话的焦点在于遗传的力量，第44–45行安菲阿拉俄斯预言的第一句提到了这一点。忒拜的后代英雄（Epigony）是古代最伟大的励志故事之一：子孙们证明自己比父辈更为幸福。[182] 在神话与美蒂里戴（Meidylidae）家族的命运之间寻求切近的相似性，并假定阿里斯托墨涅斯从某种失败中拯救家族；此举并不明智，毕竟没有证据证明这一点。不过，神话或许无论如何都与埃吉纳当时的环境有关，并暗示这座岛屿可能恢复从前的地位。

---

① Ox Pap.222.15，尽管此处仍然存疑。
② Simonides 149（Bergk）；Pausanias VI.9.1.

安菲阿拉俄斯的演说里，有其子阿尔克迈翁在忒拜城门作战的场景，还有阿德拉斯托斯远征获胜的预言，不过后者的代价是阿德拉斯托斯儿子的性命。这确保了一种妥善的平衡。一个失败的父亲看到自己的失败为儿子的英勇所挽救；另一个成功的父亲却失去了儿子。从第48行开始的安菲阿拉俄斯演说的第二部分，与他演说开始提及的遗传力量关系并不特别紧密，但还是包括在这种力量之内，目的是让安菲阿拉俄斯的整个演说具备优雅的对称性，同时，也达到给这位著名的战士先知一则预言的目的：

和先知一样优秀，和持戈的战士一样优秀。（第六首奥林匹亚凯歌，行17）

在第三个末诗节，品达在提到阿尔克迈翁时介绍了自己，我们最好从字面上理解他的话，避免表面意义之外的过度解读。在公开演出的合唱抒情诗中突然出现个人介绍，这个做法可能与第五首皮托凯歌第72行关于埃吉纳的段落相似。① 在本诗中，他现身言说，与安菲阿勒俄斯一样，赞扬他的邻居和财富的守护者阿尔克迈翁（行58）。对此最自然的解释是，品达的忒拜住处附近有一处阿尔克迈翁神庙，他出于安全考虑在那里存放了部分财物。这里的困难在于，忒拜附近有一处与毁灭那座城市相关的英雄神庙。面对这个困难，维拉莫维茨认为，② 神庙应该在阿尔戈斯附近，品达当时正住在那里。除了这一条可能不太现实的反对意见，我们没有别的理由拒绝这个直白的解释。

---

① 亦见第六首奥林匹亚凯歌，行84；第三首皮托凯歌，行77。
② *Pindaros*, p.441.

在第59—60行，阿尔克迈翁向品达现身，经过阿里斯托得墨斯（Aristodemus）的叙述，这一点更容易领会。第三首皮托凯歌第77行的古注保留了这位阿里斯托得墨斯的说法：[183]诗人在山间的暴风雨中出现一座雕像坠落脚下的幻象，随后，诗人为它建了一座神庙。① 尽管这一证据并非出自品达写这首凯歌的时刻，却指出了品达先前获得的这一类亲身体验。在本诗的这些词句中，品达讲述了阿尔克迈翁在他去往德尔斐时与他相遇，并对他说出预言。这一事件非常客观，没有迹象表明品达觉得这是超自然事件，也没有线索提示那是睡中梦境。

从早期直到公元前五世纪乃至更后期，确实都存在关于此类现身记载的大量证据，② 这始于赫西俄德与缪斯在赫利孔山下那场闻名遐迩的相遇：③ 尽管他其实并没有说自己真见到了她们。萨福在一些诗作中也说自己经历过这类事件。④ 例如关于阿斯克勒庇俄斯的记载，当患者在他的神庙为健康祈福时，他亲身出现在患者面前，并向那些供奉神庙的人们现身，作为朝圣的结果。我们还有希罗多德的相关记述：潘神于马拉松之战前对斐里庇得斯（Philippides）的现身、海伦在特拉波涅神庙中对祷告的斯巴达女人现身。⑤ 据此可以作结，对当时的观众而言，品达关于阿尔克迈翁与他途中相遇的陈述并不值得特别注意，也没有必要解释说，品达之所以有此说法，是因为这位老人因疲倦而进到神庙中睡

---

① Drachmann, p.80.
② 关于这一主题，参 D.L.Page, *Sappho and Alcaeus*（Oxford, 1955）, pp.40 f.
③ Theog.22–34.
④ e.g.Fr.1.5–9.
⑤ Herod.6.105（Pan）, 61（Helen）.

觉、做梦。

至于阿尔克迈翁预言了什么，我们只能猜测。我们可以注意到，在提及他接受了预言之后，品达随即提到阿里斯托墨涅斯的胜利清单，从第二次提到他近期的胜利开始，说到这次在德尔斐的胜利（行64）是阿波罗赐予的最伟大喜悦；我们不能毫无理由地推测，当阿尔克迈翁遇到他并向他预言时，他正在前往德尔斐的路上，为了赶赴阿里斯托墨涅斯参加的竞技比赛。法内尔认为，现身和预言可能已经回应了诗人为年轻人的胜利所做的祈祷。① 上文提到的以预言回应祈祷者的例子，[184] 可以作为证据，尽管文本本身并没有表明品达曾在神庙祈祷。毫无疑问，此处记录的个人精神历险向诗人暗示了神话以及神话应该采取的形式。

第61行开始的新三联句，首先列举了胜利的清单，这份列举一直持续到临近诗歌结束的地方，并以两种截然相反的场景告终：失败的摔跤手从后街偷偷回家，胜利者则振臂昂扬。这一场景在第67-78行被格言式段落中断，但第61行对阿波罗的祈祷理解起来却困难重重。我们有必要讨论这些困难，不仅是为了阐释单独的词句，还为了理解思想的整体联系。

在胜利清单的中间部分对阿波罗的祈祷，必然与上下文密切关联。紧随其后的内容是对胜利者的警示，因为胜利者的成功仰赖于神的力量的准许，而这种神圣力量与第二首皮托凯歌中描述的神一样，采取相同方式保持某种平衡。在这个语境中，品达的祈祷（行67-69）就可以理解为对恰当的和谐的诉求，"在我前行的每个脚印中"，都呈现了这种恰当的和谐；这与第九首皮托凯歌第90行的祈愿用法相同，面对潜在的诋毁者，在对胜利者

---

① Op.cit., II, p.196.

的成功强烈肯定之前，诗人向美惠女神祈祷：诗人在诗歌的关键时刻寻求一种特殊的灵感。

至于"和谐"的意义，我们完全可以依循那些充分研究这个词语的人，但无论如何，和谐大体上是一个音乐技艺术语。[①]这个词在品达其他作品中仅出现过两次（除了卡德摩斯妻子的名字以外），即第四首涅嵋凯歌第45行及第125则辑语。假如我们对字义严格要求，必须将其译作调式（mode）或音阶（scale）——按照希腊人的观念，音乐的不同调式应用于不同的气氛——那么，我们可以得出一个结论：品达在此祈祷恰当的调式，以此表达他在诗歌接下来九行中试图传递的警示。这一警示的庄重音调对于这样的祷告全然正当。将该词译作"和谐"（harmony），通常基于和睦与同意这两种隐喻含义，但我们应该尽量避免这种因语境［185］过度模糊而导致与品达的用法相悖的翻译。这一意义在柏拉图之前很可能尚未确立，尽管在埃斯库罗斯的作品中可能已经有所指向（P.V.551）——假如那首合唱歌的确是埃斯库罗斯的作品。[②]

如果关于"和谐"的这一技术性解释能被接受，那么，第68行的抄件的解读应被视作某种和谐（τιν' ἁρμονίαν），并且，不应该再试图将τιν读作代词"你"的与格形式，或把这一短语译作"赞同你"。也还有其他的反对理由：名词"和谐"是否可以支配与格值得怀疑；或者，姑且把反对意见放在一边，τίν作为一种强调形式，它不可能是一个用于所属格形容词"你的"

---

① Schroeder, op.cit., p.73.
② Cf.Kranz, *Stasimon*（Berlin, 1933）, p.226. Empedocles, Fr.27, 将和谐拟人化处理，它几乎是友谊的同义词。

（τεάν）所属格的名词，也就不类似于这个意义上经常使用的非重读附属词"我"（μοι）。如果某种（τίν）可被认为是恰当的文本，唯一可能的构词法是将其作为照看（εὔχμαι）之后的强调与格，在介词（κατά）后插入带有（βλέπειν）一词。这在语序上不太可能：第九首奥林匹亚凯歌第35行中与之相似的引用，代词"我"（μοι）是非重读附属词。一种看法认为，τίν是κατά支配的宾格，①而这意味着"拥有和谐的外表"（ἁϱμονίαν βλέπειν）的意思必须被排除——它赋予和谐（ἁϱμονίαν）一个不可能的意义，将某个（τίν）作为宾格的用法在品达这里也无从证实。假如真像极有可能的那样，所有将"某个"视作人称代词的尝试都必须被放弃，我们必须将此作为不明确的某一（τινα）。对此类代词的限定用法、特别是在调式应用上，第四首皮托凯歌第248行可以是很好的参照，"我知道某个捷径"。在这两个例子中，"某"出现在它所限定的名词之前，这一不寻常的位置意味着特别强调。

很难获得关于第67–68行全句的句法结构的确定看法。暂且将"看顾我"视作插入语，"某种和谐"则是不定式的对象。②尽管品达没有在其他地方使用过"看顾"一词，但此处这个词可能与注意（καϑοϱᾶν）同义，在第九首皮托凯歌第49行该词为"注意"之义，并带起一个宾语从句。视觉动词支配声音名词的困难，可能借由感官间的隐喻解释来实现，正如索福克勒斯《特剌喀斯少女》（Trachaniae）第693行的用法。③接下来，我们必须考虑，[186]不定式的主语是品达自己还是阿波罗。希腊人会支持

---

① Norwood, op.cit., p.237。只有在Corinna、Theocritus和Cercidas那里，τίν才有宾语的用法。
② Schroeder, op.cit., p.73.
③ 亦见Aesch.*Septem* 103。

任一解释，而第二种完全可能，无需把第67行的 δ' 改为 τ'，[1]而根据第八首奥林匹亚凯歌第86行，不定式中没有在字面出现的主语不同于祷告动词的主语。"我祈求你会乐于注意一些特定的调式……"，或者"我乐于祈求注意……"，要在这两种翻译中做出选择，恐怕很难。第一种会更可取，因为这种译法让"欣悦的心智"向神做出祈祷，而不是个人的祈祷，因为从根本上说，心智来自神而不是人。[2]至于短语踏出的每一步（ἕκαστον ὅσα νέομαι），有两点值得注意，一是这些语词主要关系到它们发生的语境，因为品达特别考虑到，他在第70-78行要进入凯歌舞台；二是在创作一首诗歌时，诗人习惯将自己或缪斯视为正在旅途之中，通过这一点，我们能够理解此处歌声之路的隐喻，因此他频繁使用 κέλευθος，ὁδός 和 οἶμος 这些表示道路的词语，以指明这一意象。

前文已探讨过，从根本上说，和谐是音乐术语，如果严格遵循它的意指，我们必须译为"调式"。然而，这并不意味着应该完全排除所有的隐喻意指，特别是这个词语固有的那些含义；没有理由认为"某种和谐"不传达关于某个主题的调式或音调（tone）的正确性、恰当性等理念，品达似乎使用过类似"某种和谐的乐曲"（ἁρμόδιόν τι μέλος）的短语。[3]这一内涵确实有助于向下一句的过渡，它声明了正义女神在歌声甜美的节日游行队伍的一旁伫立。在诗人看来，这是正确的和谐的结果。不过，此处存疑的不只是诗人的观点：正义女神站立在胜利者身旁；还有随后的诗

---

[1] Bowra 在其 O.C.T. 第一版（1935年）接受了 Wade-Gery 把 δ' 改为 τ' 的做法，但1947年的第二版又抛弃了这个做法。

[2] 如第一首皮托凯歌，行40；第六首伊斯特米凯歌，行43。

[3] Schroeder, op.cit., p.73 提到了第一首涅嵋凯歌第21行的"祥和的宴会"（ἁρμόδιόνδ εἶπνον）。

句中（行71以下），品达为了胜利者的家庭福祉而向众神祈求恩惠。品达在两个对照从句中以一方面（μέν）和另一方面（δέ）暗示，[187] 这是一种警示，即便现状与正义女神是一致的，但未来依旧不确定。对不确定性的假设支配着品达关于人事的态度，也是诗歌余下部分的基调。倘若有足够的理由将第72行的不灭（ἄφθιτον）改为不嫉妒（ἄφθονον），①那么，这一行的请求就是对第十首皮托凯歌第20行的回应：

愿他们不会遭遇诸神的嫉妒而倾覆。

祈祷诸神不会因嫉妒而粉碎有死之人的喜悦，正如品达在第七首伊斯特米凯歌第39行说到白昼短暂的快乐时所言，"愿有死之人的嫉妒不会带来倾覆"。只有正义女神能拯救有死凡人，来避免这种危险。

随后的诗行里，在继续列举胜利清单之前，品达警示胜利者，尽管许多人会由于成功而轻易给一个人打上"愚人中的智慧者"（行74）的标签，但是，好运其实仰赖于精灵（δαίμων）。此处的精灵是神的同义词，其意义的严肃性和第二首皮托凯歌第49、88行如出一辙。尽管如此，第76–78行的解释仍存疑。有人可能会期待，第77行的景象取材于胜利者出尽风头的竞技场，精灵高举一个摔跤手于地面之上（ὕπερθε βάλλων），却将另一个摔在地上（ὑπὸ χειρῶν）。过于从字面上对待这一景象，以为这一行描述了将对手抛举到空中、随后将其狠狠摔下的形象；这么解读并不

---

① 古代注本中将其改写为"没有指责"（ἀνεπίφθονον），参 Drachmann，p.216。

明智：①诗人可能对摔跤的技艺有模糊的概念，但是，在任何情形下，我们都不应该以严格的技术正确标准来评判他的诗句。②无论两处短语呈现了多么清晰的画面，我们只需要强调这一点就足够了：高举表明了胜利，覆于掌底则是失败。

更重要的一点是心怀尺规（μέτρῳ καταβαίνει）的解释。抄本中没有重要的变化，所有抄本中该动词都是一般现在时，尽管有些错将尺规的与格形式（μέτρῳ）写为宾格（μέτρον）。在第二首太阳神颂歌第22行可以发现关于这两个语词含义的一些线索，如上文所引，那一处出现了短语"以恰当的方式应战"，出自一个加入战斗保护了他的朋友并击败敌方的人。在本诗的段落中，[188]"尺规"尤其是适度的同义词，它严格修饰动词，并充分表明其场景是进入竞技场迎接比赛或战斗。③我们可以如此假设品达设想的场景：两个摔跤手正在比赛，精灵站在竞技场边，根据恰当的尺度加入战斗，分配胜利和失败，此时予以一人，彼时予以另一人。诸神为扭转局势而干预凡人竞赛，是史诗惯常的特征，品达在此发展了这个惯例，用于非人的精灵的活动，一种幽灵般的旁观（ἔφεδρος）力量，诗人通过"尺规"这个重要的词语来修饰它的干预，可以免受对它全然反复无常的指控。

这样，诗人对第76行的用意，以几乎无以察觉的方式回应了荷马的表述："摆在神明的膝头"（θεῶν ἐν γούνασι κεῖται）。④如果做这样的解释，就需要在第76行的"取决"（κεῖται）处加一个逗

---

① Farnell, op.cit., II, p.198.
② 亚里士多德在《诗学》1460b中有相关评论。
③ 如第十一首皮托凯歌，行49；第六首赞歌，行60。
④ [校按]语出荷马《奥德赛》1.267，意思是一切皆由神明决定。

号,并且在"提供"($παρίσχει$)旁边加一个分号。① 由此导致第77行的连词省略,这会让前一句过长。第77行所有的宾格都由分词扔($βάλλων$)支配,这样就没有必要把高举($καταβαίνει$)强行解释为及物动词。② 抄本这么处理毫无理由,只是将 $καταβαίνει$ 改为 $καταβαίν$',导致第77行句子的完全停顿,然后才是向胜利者发布的命令:"审慎地进入战斗"。在这样的命令之后,尽管确非必要,③ 但对句子而言,更顺理成章的做法是给出命令的理由("在麦加拉,你一举夺魁"),而这个理由的引导词应该是因为($γάρ$)而不是连词 $δέ$,甚至压根没有小品词。保留这种陈述语气唯一需要的变化,是挪动第78行的麦加拉($Μεγάροις$)前的在($ἐν$),这是一处非常明显的插入。在此理解上,文本必须如此句读:

> 但是,这并不取决于人;而神灵的激发,
> 此时将一人高举,彼时又将另一个覆于掌底。
> 他心怀尺规,下到赛场;在麦加拉你一举夺魁。

现在可以阐明诗文的含义了:这样的成功并不取决于人类,而是精灵的授予:精灵此时褒扬一个得到伟大胜利的人并推倒另一个,彼时则逆转这一过程[189](重复性的表达"此时一人……彼时另一人"暗示了这一点),精灵以恰当的尺度进入赛场。

第78行中间开始继续列举胜利名单,以再次提及阿里斯托墨

---

① Wilamowitz, op.cit., p.442 n3.
② Drachmann, p.217 及 Schroeder, op.cit., p.74 亦然。
③ Denniston, op.cit., p.169.

涅斯在皮托竞技会的胜利（行84）而告终。年轻摔跤手以冷酷的智虑击倒四个对手。品达这里的简单勾勒，是非常罕见的笔法，因为他很少专注于竞技比赛的细节，我们很难在他的凯歌中发现栩栩如生的细节刻画；而巴克基里德斯则正相反，在为奥托莫德斯（Automedes）所作的凯歌中，他以生动的细节描绘了五项全能运动。第八首奥林匹亚凯歌第67行中有一段描述，讲了一个获胜的摔跤手击败四个对手，令他们只能痛苦还乡。这两次都提到等待着失败者的结局，也都与获得摔跤比赛胜利的埃吉纳男孩相关，但这两处在品达的作品里应是孤例，或许不应太过较真，将此视为希腊人缺乏体育精神的证据。不过，第八首奥林匹亚凯歌第69行的"令人憎恶的返乡"和"隐匿的小道"，以及本诗第85行以下的"欢笑以及蛰行小巷偷偷返乡"，的确足以清晰地指明竞争者之间的苦涩，也指明了荷马时期侮辱失败者的习俗的遗存——在当时一对一的竞技运动中还遗存着这种习俗。

品达描述失败摔跤手垂头丧气的回家历程，不仅是反映一种传统观点，还有更深层次的意图。这构成了警示阿里斯托墨涅斯的不可或缺的部分。第76行已经指出，胜利并不依赖于人而是依赖于精灵，品达以一幕真实的战败图景来呈现竞技者胜利的黑暗对立面。考虑到这个背景，对衬诗节描绘胜利者华彩的开场白就给诗歌最后的三联句投下一层明亮的色彩，这一三联诗句聚焦于神明赐予光芒的灿烂时刻（行96）。这一明暗转换，强调了弥漫于诗歌最后三十行的无常感受：因为从第70行到结尾，的确存在一种思想的紧密联系。在继续列举胜利清单之前的警示段落里（行70-78），首先刻画了人类成功的变幻莫测；为了进一步解释，随后便是胜利和失败结果的两种相对场景；最后，紧随着胜利场景之后，无常的场景［190］给出最终的、得到升华的表达。品达在对立事物间的来回移动,在他那些反思凡人境遇的诸多诗歌段落中都很典型,而这让他的视角和语言更具强烈的敏锐感。①

这一对衬诗节在第88行的开篇诗句,历来的解读有许多方面的联想,这些联想过于生动所以让人难以忘记。不过,我们还是要做一些尝试,以消除任何模糊的印象,使语词尽可能精确。最不能令人信服的联想是,璀璨($ἁβρότης$,行89)意指年轻人的生机和娇嫩。②相反,如果以我们面前的第十一首皮托凯歌第34行为例,如果以修饰语伟大的($μεγάλας$)而不是因希望($ἐξ ἐλπίδος$)来理解的话,③那么我们应将此视为胜利者生活环境的奢侈和财富。④倘若把男子气概($ἀνορέαις$,行91)理解为一个具体所指的复数,那么这个词就会有更令人满意的解释,即竞赛中的胜利事迹:第三首涅嵋凯歌第20行中无疑是这个含义,"他开始了最有男子气概的行为";同样见于第四首伊斯特米凯歌第11行。相似的具体意义也显见于第十一首涅嵋凯歌第44行:"伟大男子气概的计划"。修饰语"飞翔"有助于呈现"张开"一词的隐喻:事迹被称为"有翼的",是因为它们使胜利者的名誉和思想得以翱翔。至于最后几个词语(行92),追求($μέριμνα$)在品达这里具有最特殊的意义,"对竞赛胜利的急迫想法"。⑤就这一抱负而言,在竞技者看来,财富是次要的,胜

---

① 如第六首涅嵋凯歌,行1–7;第七首,行1–8;第八首伊斯特米凯歌,行5–16。
② LSJ亦然。
③ 亦见Drachmann,p.218。
④ 参第五首奥林匹亚凯歌,行7;第一首伊斯特米凯歌,行50;第三首皮托凯歌,行110。
⑤ 参第一首奥林匹亚凯歌,行108;第二首奥林匹亚凯歌,行54;第三首涅嵋凯歌,行69;辑语214。

利才是人类奋斗的巅峰。①这一观点在品达最初的凯歌中可以得到证实。②

胜利带来的喜悦,是第93行欢愉($τὸ\ τερπνόν$)的主要意义,③而这份快乐非常短暂。这可以用一个隐喻来阐释:一朵花短暂地盛放,随后花瓣在狂风中凋零满地。我们倾向于把短语出于敌意($ἀποτρόπῳ\ γνώμᾳ$,行94)和分词摇动($σεσεισμένον$)相关联,作为它的施动力量,[191]连起来的意思就是"被某种敌意所动摇"。我们也倾向于认为,精灵的目标证明了神的嫉妒,如果与第十首皮托凯歌第20行进行比较的话。④另一方面,这个短语可能只是意见丛生($παρὰ\ γνώμῃ$)的变体。这看起来无论如何都会削弱形容词的意义。就第六首伊斯特米凯歌第71行"追求判断方面($γνώμᾳ$)的正当尺度,并立刻把握了它"而言,意见($γνώμη$)在品达这里不会有"计划""意愿"或"意图"的意思,然而这样的反对毫无作用。⑤

弗兰克教授关于第95行一日($ἐπάμεροι$)本义的思考很可能是正确的,⑥因此,这一语词与其后的问题间的思想关联,可以通过对比《奥德赛》以及阿基洛库斯来说明:

---

① 参第九首涅嵋凯歌,行32。
② 第十首皮托凯歌,行22-29。
③ 如第十首奥林匹亚凯歌,行93;第三首伊斯特米凯歌,行115;第十首皮托凯歌,行19;第七首涅嵋凯歌,行74。
④ Drachmann, Scholia, p.218.另一个解释性的注释是:$οὐ\ κατὰ\ τὴν\ ἡμῶνδ\ ὄκησιν$.
⑤ Schroeder, op.cit., p.75.
⑥ Op.cit., p.75及 *Transactions of the American Philological Association*, lxxvii(1946), pp.131-145.

> 地上人的思想取决于
> 父亲与诸神为这一天带来什么。(《奥德赛》,18.136)

奥德修斯是在发出下述评论时说了这句话:在幸福照耀人的时候,他们如何设想自己将永不再遭受悲痛,然而当神降下罪恶时,他们只能全力忍耐。阿基罗库斯对此解释如下:

> 有死之人的情感,格劳科斯,莱普提奈斯之子,
> 仰赖于宙斯为这一天带来了什么,
> 他们的想法正与他们遭遇的事情相合。(辑语68,Diehl)

本诗此处语境中的形容词 ἐπάμεροι 的意义与其说是"一日之间",不如说是"思考一日""心随日转";紧随 ἐπάμεροι 之后的问题自然是"谁是什么,谁又不是什么"。这句话我们不能这么理解:人这种造物,他的思想和心情随每日的运气的变化而变化,此日的他或同于往日,亦可能是今我非故我。品达的句子并不是以我们通常意义上的稍纵即逝一词来评论人类生命的短暂,[192] 而是评论一个人日常境遇的无常,以及由无常强加于他的心态。① 我们应注意,ἐπάμερος (-ιος) 的一个类似含义出现在荷马笔下的"日常的愚人"(ἐφημέρια φρονέοντες,《奥德赛》21.85),埃斯库罗斯第399则辑语也出现过,这些确实能对本诗的 ἐπάμεροι 给出了相对精确的解释:

> 有死凡人这一族类对时日抱有情感,

---

① 参第六首涅嵋凯歌,行6以下。

没有什么比烟雾的阴影更为确定。

人只为时日而思,他也没有能力思考超越时间的东西。人是如此虚无,一如品达以为的虚幻本质:影子之梦。自荷马以来,文学中以如此短语组合表达无常和虚幻,可见于埃斯库罗斯《阿伽门农》第839行:"影子的映像"。品达以一种平静接受了凡人生命短暂的暗示,这种平静抹去了他诗中的悲观。在诗歌的结尾,他看起来已到达了他在第七首伊斯特米凯歌第40行所展望的心境:

> 追求这一日的欢愉,
> 以平静之心,
> 我应如此面对衰老和死期。

正如他向埃吉纳仙女——宙斯身旁的许多英雄之母——祈祷,"护卫这座城邦一直航于自由行程",他以平静之心深思晴朗的白日和生活的甜蜜,这是阿里斯托墨涅斯胜利时刻的命运。

我们于是听完品达最后的凯歌,向他辞别。在这首诗中,我们听到了他关于"希腊的欢愉"（τὰ τερπνὰ τῆς Ἑλλάδος）的最终评判,五十多年前,他在第十首皮托凯歌中第一次赋诗庆贺这种甜美;我们听到的是,品达这位拥有泛希腊盛名的诗人,在漫长一生的最后时刻表达了内心至深的感情,而在日益壮大的雅典民主制面前,他看见自己坚信不疑的贵族政制屈从于一个不安和暴力的世界。这样一位诗人在这样的希腊历史时刻,以颂扬安宁精神的颂歌开启他的告别诗,并以祈祷自由而终结,这也是恰当的吧。品达本人,或者使其诗歌得以可能的贵族社会,都不可能再有比本诗最后两节更为恰当的悼文了。这些诗句表达了古希腊精神的核心。能使之不朽的不仅是语言之美，还包括诗句折射的诗人之灵魂、他对"神赐的光芒"的专注沉思以及他对人之无常的冷静接受。这确实是一种"壮美而宁静的落日"。①

---

① ［校注］"落日壮美而宁静"，出自英国诗人亨利（William Ernest Henley，1849—1903）的名诗《迟来的云雀从安静的天空发来消息》（*A Late Lark Twitters From The Quiet Skies*）一诗的最后一节：

> 我的任务完成了，漫长的一天结束了。
> 我的酬劳被取走了，而我心中
> 一些迟来的云雀在歌唱。
> 让我到安静的西部去。
> 落日壮美而宁静。
> 死亡。

图书在版编目（CIP）数据

品达《皮托凯歌》通释 /（英）伯顿（R.W.B.Burton）著；管博为，朱赢译. -- 北京 : 华夏出版社有限公司, 2024.（西方传统 : 经典与解释）. -- ISBN 978-7-5222-0742-1

Ⅰ. I545.072

中国国家版本馆CIP数据核字第2024W8R849号

品达《皮托凯歌》通释

作　　者	[英]伯顿
译　　者	管博为　朱赢
责任编辑	王霄翎
责任印制	刘洋
出版发行	华夏出版社有限公司
经　　销	新华书店
印　　刷	三河市万龙印装有限公司
装　　订	三河市万龙印装有限公司
版　　次	2024年10月北京第1版 2024年10月北京第1次印刷
开　　本	880×1230　1/32开
印　　张	8.5
字　　数	193千字
定　　价	69.00元

华夏出版社有限公司　　　　地址：北京市东直门外香河园北里4号　邮编：100028　电话：（010）64663331（转）　网址：www.hxph.com.cn
若发现本版图书有印装质量问题，请与我社营销中心联系调换。

西方传统：经典与解释
Classici et Commentarii
HERMES
刘小枫◎主编

古今丛编

伊菲革涅亚　吴雅凌 编译
欧洲中世纪诗学选译　宋旭红 编译
克尔凯郭尔　[美]江思图 著
货币哲学　[德]西美尔 著
孟德斯鸠的自由主义哲学　[美]潘戈 著
莫尔及其乌托邦　[德]考茨基 著
试论古今革命　[法]夏多布里昂 著
但丁：皈依的诗学　[美]弗里切罗 著
在西方的目光下　[英]康拉德 著
大学与博雅教育　董成龙 编
探究哲学与信仰　[美]郝岚 著
民主的本性　[法]马南 著
梅尔维尔的政治哲学　李小均 编/译
席勒美学的哲学背景　[美]维塞尔 著
果戈里与鬼　[俄]梅列日科夫斯基 著
自传性反思　[美]沃格林 著
黑格尔与普世秩序　[美]希克斯 等著
新的方式与制度　[美]曼斯菲尔德 著
科耶夫的新拉丁帝国　[法]科耶夫 等著
《利维坦》附录　[英]霍布斯 著
或此或彼（上、下）　[丹麦]基尔克果 著
海德格尔式的现代神学　刘小枫 选编
双重束缚　[法]基拉尔 著
古今之争中的核心问题　[德]迈尔 著
论永恒的智慧　[德]苏索 著
宗教经验种种　[美]詹姆斯 著
尼采反卢梭　[美]凯尔·安塞尔-皮尔逊 著
舍勒思想评述　[美]弗林斯 著

诗与哲学之争　[美]罗森 著
神圣与世俗　[罗]伊利亚德 著
但丁的圣约书　[美]霍金斯 著

古典学丛编

品达《皮托凯歌》通释　[英]伯顿 著
俄耳甫斯祷歌　吴雅凌 译注
荷马笔下的诸神与人类德行　[美]阿伦斯多夫 著
赫西俄德的宇宙　[美]珍妮·施特劳斯·克莱 著
论王政　[古罗马]金嘴狄翁 著
论希罗多德　[苏]卢里叶 著
探究希腊人的灵魂　[美]戴维斯 著
尤利安文选　马勇 编/译
论月面　[古罗马]普鲁塔克 著
雅典谐剧与逻各斯　[美]奥里根 著
菜园哲人伊壁鸠鲁　罗晓颖 选编
劳作与时日（笺注本）　[古希腊]赫西俄德 著
神谱（笺注本）　[古希腊]赫西俄德 著
赫西俄德：神话之艺　[法]居代·德拉孔波 编
希腊古风时期的真理大师　[法]德蒂安 著
古罗马的教育　[英]葛怀恩 著
古典学与现代性　刘小枫 编
表演文化与雅典民主政制
[英]戈尔德希尔、奥斯本 编
西方古典文献学发凡　刘小枫 编
古典语文学常谈　[德]克拉夫特 著
古希腊文学常谈　[英]多佛 等著
撒路斯特与政治史学　刘小枫 编
希罗多德的王霸之辨　吴小锋 编/译
第二代智术师　[英]安德森 著
英雄诗系笺释　[古希腊]荷马 著
统治的热望　[美]福特 著
论埃及神学与哲学　[古希腊]普鲁塔克 著
凯撒的剑与笔　李世祥 编/译
伊壁鸠鲁主义的政治哲学　[意]詹姆斯·尼古拉斯 著

修昔底德笔下的人性 [美]欧文 著
修昔底德笔下的演说 [美]斯塔特 著
古希腊政治理论 [美]格雷纳 著
赫拉克勒斯之盾笺释 罗逍然 译笺
《埃涅阿斯纪》章义 王承教 选编
维吉尔的帝国 [美]阿德勒 著
塔西佗的政治史学 曾维术 编
幽暗的诱惑 [美]汉密尔顿 著

古希腊诗歌丛编
古希腊早期诉歌诗人 [英]鲍勒 著
诗歌与城邦 [美]费拉格、纳吉 主编
阿尔戈英雄纪（上、下）
[古希腊]阿波罗尼俄斯 著
俄耳甫斯教辑语 吴雅凌 编译

古希腊肃剧注疏
欧里庇得斯及其对雅典人的教诲
[美]格里高利 著
欧里庇得斯与智术师 [加]科纳彻 著
欧里庇得斯的现代性 [法]德·罗米伊 著
自由与僭越 罗峰 编译
希腊肃剧与政治哲学 [美]阿伦斯多夫 著

古希腊礼法研究
宙斯的正义 [英]劳埃德-琼斯 著
希腊人的正义观 [英]哈夫洛克 著

廊下派集
剑桥廊下派指南 [加]英伍德 编
廊下派的苏格拉底 程志敏 徐健 选编
廊下派的神和宇宙 [墨]里卡多·萨勒斯 编
廊下派的城邦观 [英]斯科菲尔德 著

希伯莱圣经历代注疏
希腊化世界中的犹太人 [英]威廉逊 著
第一亚当和第二亚当 [德]朋霍费尔 著

新约历代经解
 属灵的寓意 [古罗马]俄里根 著

基督教与古典传统
保罗与马克安 [德]文森 著
加尔文与现代政治的基础 [美]汉考克 著
无执之道 [德]文森 著
恐惧与战栗 [丹麦]基尔克果 著
托尔斯泰与陀思妥耶夫斯基
[俄]梅列日科夫斯基 著
论宗教大法官的传说 [俄]罗赞诺夫 著
海德格尔与有限性思想（重订版）
刘小枫 选编
上帝国的信息 [德]拉加茨 著
基督教理论与现代 [德]特洛尔奇 著
亚历山大的克雷芒 [意]塞尔瓦托·利拉 著
中世纪的心灵之旅 [意]圣·波纳文图拉 著

德意志古典传统丛编
论德意志文学及其他 [普]弗里德里希二世 著
卢琴德 [德]弗里德里希·施勒格尔 著
黑格尔论自我意识 [美]皮平 著
克劳塞维茨论现代战争 [澳]休·史密斯 著
《浮士德》发微 谷裕 选编
尼伯龙人 [德]黑贝尔 著
论荷尔德林 [德]沃尔夫冈·宾德尔 著
彭忒西勒亚 [德]克莱斯特 著
穆佐书简 [奥]里尔克 著
纪念苏格拉底——哈曼文选 刘新利 选编
夜颂中的革命和宗教 [德]诺瓦利斯 著
大革命与诗化小说 [德]诺瓦利斯 著
黑格尔的观念论 [美]皮平 著
浪漫派风格——施勒格尔批评文集 [德]施勒格尔 著

巴洛克戏剧丛编
克里奥帕特拉 [德]罗恩施坦 著
君士坦丁大帝 [德]阿旺西尼 著

被弑的国王　[德]格吕菲乌斯 著

美国宪政与古典传统
美国1787年宪法讲疏　[美]阿纳斯塔普罗 著

启蒙研究丛编
赫尔德的社会政治思想　[加]巴纳德 著
论古今学问　[英]坦普尔 著
历史主义与民族精神　冯庆 编
浪漫的律令　[美]拜泽尔 著
现实与理性　[法]科维纲 著
论古人的智慧　[英]培根 著
托兰德与激进启蒙　刘小枫 编
图书馆里的古今之战　[英]斯威夫特 著

政治史学丛编
历史分期与主权　[美]凯瑟琳·戴维斯 著
驳马基雅维利　[普鲁士]弗里德里希二世 著
现代欧洲的基础　[英]赖希 著
克服历史主义　[德]特洛尔奇 等等
胡克与英国保守主义　姚啸宇 编
古希腊传记的嬗变　[意]莫米利亚诺 著
伊丽莎白时代的世界图景　[英]蒂利亚德 著
西方古代的天下观　刘小枫 编
从普遍历史到历史主义　刘小枫 编
自然科学史与玫瑰　[法]雷比瑟 著

地缘政治学丛编
地缘政治学的黄昏　[美]汉斯·魏格特 著
大地法的地理学　[英]斯蒂芬·莱格 编
地缘政治学的起源与拉采尔　[希腊]斯托杨诺斯 著
施米特的国际政治思想　[英]欧迪瑟乌斯/佩蒂托 编
克劳塞维茨之谜　[英]赫伯格-罗特 著
太平洋地缘政治学　[德]卡尔·豪斯霍弗 著

荷马注疏集
不为人知的奥德修斯　[美]诺特维克 著
模仿荷马　[美]丹尼斯·麦克唐纳 著

阿里斯托芬集
《阿卡奈人》笺释　[古希腊]阿里斯托芬 著

色诺芬注疏集
居鲁士的教育　[古希腊]色诺芬 著
色诺芬的《会饮》　[古希腊]色诺芬 著

柏拉图注疏集
《苏格拉底的申辩》集注　程志敏 辑译
挑战戈尔戈　李致远 选编
论柏拉图《高尔吉亚》的统一性　[美]斯托弗 著
立法与德性——柏拉图《法义》发微　林志猛 编
柏拉图的灵魂学　[加]罗宾逊 著
柏拉图书简　彭磊 译注
克力同章句　程志敏 郑兴凤 撰
哲学的奥德赛——《王制》引论　[美]郝兰 著
爱欲与启蒙的迷醉　[美]贝尔格 著
为哲学的写作技艺一辩　[美]伯格 著
柏拉图式的迷宫——《斐多》义疏　[美]伯格 著
苏格拉底与希琵阿斯　王江涛 编译
理想国　[古希腊]柏拉图 著
谁来教育老师　刘小枫 编
立法者的神学　林志猛 编
柏拉图对话中的神　[法]薇依 著
厄庇诺米斯　[古希腊]柏拉图 著
智慧与幸福　程志敏 选编
论柏拉图对话　[德]施莱尔马赫 著
柏拉图《美诺》疏证　[美]克莱因 著
政治哲学的悖论　[美]郝岚 著
神话诗人柏拉图　张文涛 选编
阿尔喀比亚德　[古希腊]柏拉图 著
叙拉古的雅典异乡人　彭磊 选编
阿威罗伊论《王制》　[阿拉伯]阿威罗伊 著
《王制》要义　刘小枫 选编
柏拉图的《会饮》　[古希腊]柏拉图 等著

苏格拉底的申辩（修订版） [古希腊]柏拉图 著
苏格拉底与政治共同体 [美]尼柯尔斯 著
政制与美德——柏拉图《法义》疏解 [美]潘戈 著
《法义》导读 [法]卡斯代尔·布舒奇 著
论真理的本质 [德]海德格尔 著
哲人的无知 [德]费勃 著
米诺斯 [古希腊]柏拉图 著
情敌 [古希腊]柏拉图 著

亚里士多德注疏集

亚里士多德论政体 崔嵬、程志敏 编
《诗术》译笺与通绎 陈明珠 撰
亚里士多德《政治学》中的教诲 [美]潘戈 著
品格的技艺 [美]加佛 著
亚里士多德哲学的基本概念 [德]海德格尔 著
《政治学》疏证 [意]托马斯·阿奎那 著
尼各马可伦理学义疏 [美]伯格 著
哲学之诗 [美]戴维斯 著
对亚里士多德的现象学解释 [德]海德格尔 著
城邦与自然——亚里士多德与现代性 刘小枫 编
论诗术中篇义疏 [阿拉伯]阿威罗伊 著
哲学的政治 [美]戴维斯 著

普鲁塔克集

普鲁塔克的《对比列传》 [英]达夫 著
普鲁塔克的实践伦理学 [比利时]胡芙 著

阿尔法拉比集

政治制度与政治箴言 阿尔法拉比 著

马基雅维利集

解读马基雅维利 [美]麦考米克 著
君主及其战争技艺 娄林 选编

莎士比亚绎读

哲人与王者 [加]克雷格 著
莎士比亚的罗马 [美]坎托 著
莎士比亚的政治智慧 [美]伯恩斯 著

脱节的时代 [匈]阿格尼斯·赫勒 著
莎士比亚的历史剧 [英]蒂利亚德 著
莎士比亚戏剧与政治哲学 彭磊 选编
莎士比亚的政治盛典 [美]阿鲁里斯/苏利文 编
丹麦王子与马基雅维利 罗峰 选编

洛克集

洛克现代性政治学之根 [加]金·I.帕克 著
上帝、洛克与平等 [美]沃尔德伦 著

卢梭集

致博蒙书 [法]卢梭 著
政治制度论 [法]卢梭 著
哲学的自传 [美]戴维斯 著
文学与道德杂篇 [法]卢梭 著
设计论证 [美]吉尔丁 著
卢梭的自然状态 [美]普拉特纳 等著
卢梭的榜样人生 [美]凯利 著

莱辛注疏集

汉堡剧评 [德]莱辛 著
关于悲剧的通信 [德]莱辛 著
智者纳坦（研究版） [德]莱辛 等著
启蒙运动的内在问题 [美]维塞尔 著
莱辛剧作七种 [德]莱辛 著
历史与启示——莱辛神学文选 [德]莱辛 著
论人类的教育 [德]莱辛 著

尼采注疏集

尼采引论 [德]施特格迈尔 著
尼采与基督教 刘小枫 编
尼采眼中的苏格拉底 [美]丹豪瑟 著
动物与超人之间的绳索 [德]A.彼珀 著

施特劳斯集

论法拉比与迈蒙尼德
苏格拉底与阿里斯托芬
论僭政（重订本） [美]施特劳斯 [法]科耶夫 著

苏格拉底问题与现代性（第三版）
犹太哲人与启蒙（增订本）
霍布斯的宗教批判
斯宾诺莎的宗教批判
门德尔松与莱辛
哲学与律法——论迈蒙尼德及其先驱
迫害与写作艺术
柏拉图式政治哲学研究
论柏拉图的《会饮》
柏拉图《法义》的论辩与情节
什么是政治哲学
古典政治理性主义的重生（重订本）
回归古典政治哲学——施特劳斯通信集
　　　　＊＊＊
哲学、历史与僭政　[美]伯恩斯、弗罗斯特 编
追忆施特劳斯　张培均 编
施特劳斯学述　[德]考夫曼 著
论源初遗忘　[美]维克利 著
阅读施特劳斯　[美]斯密什 著
施特劳斯与流亡政治学　[美]谢帕德 著
驯服欲望　[法]科耶夫 等著

施特劳斯讲学录
哲人的虔敬
苏格拉底与居鲁士
追求高贵的修辞术
　　——柏拉图《高尔吉亚》讲疏（1957）
斯宾诺莎的政治哲学

施米特集
宪法专政　[美]罗斯托 著
施米特对自由主义的批判　[美]约翰·麦考米克 著

伯纳德特集
古典诗学之路（第二版）　[美]伯格 编
弓与琴（重订本）　[美]伯纳德特 著

神圣的罪业　[美]伯纳德特 著

布鲁姆集
巨人与侏儒（1960-1990）
人应该如何生活——柏拉图《王制》释义
爱的设计——卢梭与浪漫派
爱的戏剧——莎士比亚与自然
爱的阶梯——柏拉图的《会饮》
伊索克拉底的政治哲学

沃格林集
自传体反思录

朗佩特集
哲学与哲学之诗
尼采与现时代
尼采的使命
哲学如何成为苏格拉底式的
施特劳斯的持久重要性

迈尔集
施米特的教训
何为尼采的扎拉图斯特拉
政治哲学与启示宗教的挑战
隐匿的对话
论哲学生活的幸福

大学素质教育读本
古典诗文绎读 西学卷·古代编（上、下）
古典诗文绎读 西学卷·现代编（上、下）